왕을 만든 여자

2

다산
책방

왕을 만든 여자 2

신봉승 장편소설

다섬
책방

차례

양 위 와 등 극

1

경회루를 둘러싼 짙푸른 녹음이 바람에 흔들린다. 무더운 바람이었는데도 연못의 물결은 동그란 파문을 일으키며 소리없이 밀려간다.

소년 단종은 창백해진 얼굴로 휘청휘청 걷고만 있다. 초점이 없는 시선이 허공을 맴돌고 있을 정도로 벌써 중심을 잡지 못하고 있다. 대전 내관 전균은 인도를 단념했는지 어느새 그의 뒤를 따르고 있었고, 대전의 상궁들도 모두가 맥을 놓고 걷고 있을 뿐이다. 대체 무슨 일이 있는 것일까, 주상의 행렬이 이 모양이면 이미 군왕의 위엄이랄 수가 없다.

소년 단종이 경회루에 당도하자 저만치에서 수양대군이 다가오고 있다. 그의 뒤로는 수많은 대소신료들이 묵묵히 따르고 있다. 물러나는 임금의 비애를 한눈에 알 수 있는 잔인한 풍경이 아닐 수 없다. 소년 단종은 그런 모든 것을 알고 있었기에 창백해진 용안에 울울함이 넘쳐나고 있다.

급하게 다가오던 수양대군이 우뚝 걸음을 멈추며 울음 같은 고함을 토해낸다.

"전하!"

수양대군은 포석 위에 그대로 무릎을 꿇는다.

"숙부, 내 숙부에게 양위하려 한 지 이미 오래 되었어요. 사양치 말고 보위에 올라 종사를 평안하게 이끌어주어요."

소년 단종은 수양대군 뒤를 줄줄이 무릎을 꿇은 만조백관들의 얼굴을 쭈욱 훑어본다. 아무도, 그 누구도 앞으로 나서서 불가하다고 외치는 신료는 없다. 다시 눈물이 솟을 것만 같아 단종은 시선을 돌리면서 외친다.

"성 승지는 왜 이리 늦는 게냐!"

마음이 급해진 전균이 상서사(尙瑞司) 쪽을 향해 달려간다. 대보(大寶, 옥새)의 도착을 기다리는 사이, 소년 단종은 고개를 들어 경회루의 낯익은 전각들을 둘러본다. 생명이 없는 그 풍경들도 통곡을 하는 듯 느껴진다.

─잘들 있거라.

열다섯 살 어린 가슴은 미어지고 있었는데 꿇어 엎드린 수양 대군은 고개를 들지 않는다.

"전하, 대보 대령이옵니다."

대보를 받쳐든 성삼문이 전균과 나란히 다가와 섰다.

"어서 이리로."

소년 단종이 재촉했으나 성삼문은 대여섯 발자국 앞에 멈춰 선 채 움직이지 않는다.

"어서!"

소년 단종의 두번째 재촉이 있어도 성삼문은 움직이지 않는다. 시위나 다름이 없다. 승지 한 사람의 힘으로는 막을 수 있는 일이 아니지만 그래도 성삼문은 양위의 부당함을 묵묵히 저항하고 있음이나 다름이 없다.

"성 승지!"

소년 단종이 노기를 섞어 소리친다. 그제야 넋이 나간 것 같은 표정으로 성삼문은 대보를 전균에게 내민다.

윤6월 한낮이건만 아무도 더운 줄 모를 만큼 긴장감에 휩싸여 있다. 성삼문에게서 전균에게로 옮겨지는 어보에 따가운 시선들이 집중되고 있다. 전균은 서슴없이 소년 단종에게로 다가가서 대보를 전한다.

"숙부……."

소년 단종은 대보를 받쳐들고 수양대군 앞으로 다가선다.

"성군이 되시오, 숙부."

수양대군은 차마 손을 내밀지 못하고 온몸을 떨며 소리없는 오열을 토하고 있을 뿐이다.

"숙부, 받으세요. 사양할 일이 아닙니다. 조카가 스스로 숙부에게 물리는 대보가 아닙니까. 어서 받으세요."

"전하……."

겨우 고개를 든 수양대군의 얼굴에는 보기에도 민망할 정도로 눈물이 번져 있다.

"어서요, 숙부."

어린 조카 소년 단종이 다시 내미는 대보를 수양대군은 두려운 듯 떨리는 두 손으로 받쳐든다.

"성군이 되시오."

다시 한 번 힘없이 당부하는 소년 단종의 목소리도 어느덧 물기에 젖어들어 있다. 대보를 받쳐든 채 수양대군은 다시 머리를 깊이 숙인다. 온몸이 사시나무 흔들리듯 심하게 떨리고 있다.

바로 그때다.

"전하, 전하, 신을 죽여주오소서!"

그야말로 폐부를 찢어내는 듯한 울음소리가 터져나온다. 백관들의 놀란 시선이 울음소리가 난 곳으로 집중된다. 꿇어앉은 채 통곡하고 있는 동부승지 성삼문이다. 대보를 쉬 바치지 않는 것으로 작은 항거를 보이다가, 대권의 이양을 확인하고서 통곡을 하고 있음이다. 경악과 분노에 찬 시선들이 그를 주시한다. 그래도 성삼문은 울음을 그치지 않는다.

"전하, 종묘에 대죄를 지으심이옵니다."

소년 단종은 입술을 깨물면서 돌아선다. 열다섯 살 어린 소년 홍위(어렸을 때의 이름)는 이제 임금이 아니다. 성삼문의 울음소리도 점점 잦아들고 있다.

아직 엎드리고 있는 수양대군, 아니 새로운 임금에게로 중신들이 하나하나 모여든다. 장중한 모습들이다.

"전하, 고정하오소서."

이제 어보까지 넘겨받은 명실상부한 임금이 되었다. 수양대군은 신료들의 부액을 받으며 비틀비틀 자리에서 일어선다. 그리고 천천히 걸음을 옮긴다. 이젠 옥체를 옮긴다는 말이 더 어울릴 것이리라. 일단 대보가 넘겨지자, 모든 일은 빈틈없이 착착 진행된다. 수양대군은 곧 익선관에 곤룡포를 갖추고 근정전으로 나아가 즉위한다.*

---

* 1452년 5월 14일 유시(酉時, 오후 여섯시경). 나이 서른아홉이면 성도(聖道)가 무르익을 때인데, 재위 기간이 겨우 이 년 삼 개월이었으니 참으로 애석한 죽음이 아닐 수 없다.

2

한 나라의 국왕이 되기 위해서는 임금의 맏아들로 태어나 세자의 자리를 거쳐야 한다. 그러나 때로 임금에게 소생이 없거나 세자가 광패하여 폐위를 당하는 경우, 새 임금은 궐 밖에서 들어온다. 또 때로는 쿠데타와 같은 권력투쟁에서 승리한 자가 스스로 왕위에 오르는 수도 있다. 그래서 잠저(潛邸, 임금이 즉위하기 전에 살던 집)라는 말이 존재한다.

수양저라고 불리던 곳도 이젠 잠저다. 가장인 수양대군은 왕숙의 처지로 집을 나섰다가 왕위에 올랐다. 지금 그의 잠저에는 가솔만이 남아 있다.

낙랑대부인 윤씨는 하루를 무척 길게 보내고 있다. 지난밤, 후원의 정자에서는 사십여 명의 공신들이 지아비를 왕위에 밀어올리기 위해 엄청난 소용돌이를 빚었다. 자신이 곤위(坤立, 왕비의 자리)에 오를지도 모른다는 생각이 아주 없지는 않았다고 해도, 앳되고 어린 장조카의 모습을 떠올리면 천벌을 받을 일인 것만 같아서 숨소리조차도 크게 낼 수가 없었다.

새참때가 되자 내정을 어지럽히는 발소리가 들리더니 화통 같은 목소리가 울린다.

"중전마마!"

윤씨부인은 눈앞이 캄캄해지는 심사를 추스르며 휘청거리는 몸을 일으킨다. 그녀가 대청으로 나서자 아들 도원군과 며느리 한씨를 비롯한 수많은 하인종속들이 상기된 모습으로 서 있다.

"중전마마, 하례드리옵니다. 대감마님께서 즉위의 절차를 마치셨다 하옵니다."

윤씨부인은 허공을 향해 손을 저으며 설렁줄을 잡고서야 무너지려는 심신을 바로한다. 한씨가 황급히 그녀를 부액하고 속삭이듯 말한다.

"어머님, 심기를 굳건히 하소서."

"중전마마!"

"하례드리옵니다, 중전마마."

윤씨부인은 아물거리는 기력을 가다듬으며 내정을 내려다본다. 하인 종속들은 맨바닥에 무릎을 꿇고 있다.

"다시 입 밖에 낼 일이 아니니라. 물러들 가렷다."

윤씨부인은 안간힘을 다해 뱉어내듯 말하고 비틀거리는 몸을 돌린다. 한씨부인이 그녀를 부액한 채 내당으로 인도한다.

"곧 대궐에서 전언이 있을 것이니라. 모든 언동을 각별히 유념하렷다."

도원군 장은 어머니 윤씨의 당부를 새삼스럽게 강조하고 내당으로 들었다.

안석에 기대앉은 윤씨부인의 모습은 백랍같이 굳어 있다. 도원군 장은 한씨부인 곁으로 다가가 앉는다. 윤씨부인은 태산 같은 한숨만 쏟을 뿐 아무 말도 하지 않는다.

"어머님."

며느리 한씨부인이 하례를 올릴 생각으로 입을 열었을 때다.

"보령 유충하신 주상전하 내외분의 용안을 어찌 바로 대할 수가 있을꼬."

"……"

"그리도 아니한다 하시더니."

수양대군이 보위에 올랐으면 윤씨부인은 이미 중전이나 다를 바가 없는데 그녀는 오직 소년 단종 내외의 일만을 염려하고 있다.

"어머님, 천명을 받자오신 것으로 아옵니다."

"아가……"

"아무도 거역할 수 없는 대세의 흐름인 줄로 아옵니다."

"아무리 그렇기로……."

"즉위의 절차도 이미 마치셨다지 않사옵니까."

윤씨부인의 양 볼에는 굵은 눈물줄기가 쏟아져흐른다. 한씨부인이 고개를 떨구자 윤씨부인의 젖은 시선은 맏아들 도원군에게로 옮겨진다.

"장은 어찌 생각하느냐?"

"어찌 아버님의 뜻만으로…… 대세를 헤쳐나갈 수 있었으리이까."

"아닐 것이니라. 기필코 다른 방도가 있었을 것이니라……."

탄식처럼 뱉어놓고 조용히 눈을 감는 윤씨부인의 젖은 눈두덩이가 파르르르 떨리고 있다. 그런 어머니의 근엄하고 자애로운 모습 때문인지 도원군 장도 고개를 떨군다. 이제 곧 세자로 책봉될 것이고 아버지의 뒤를 이어 보위에 오를 처지이지만 그는 어머니의 모습에 크게 감화된 모양이다.

한씨부인으로서는 시어머니의 언동을 이해할 수가 없다. 그녀는 설렘과 의욕이 반반 섞인 미묘한 기분이었다. 시아버지인 수양대군이 노심초사 애를 끓여오던 일이 드디어 이루어진 것이 아니던가. 천하에 둘도 없는 광영이 분명했고, 이런 날이 올 것을 애타게 기다려온 것인데 시어머니는 오히려 꺼리는 듯, 아니 두려워하고 있다.

윤씨부인이 눈을 떴다.

"나가서 집안 단속을 좀 해주겠느냐."

"단속이라니요?"

도원군이 되묻자 윤씨부인은 새삼 옷깃을 여미며 한숨을 내쉰다.

"아버님께서 보위에 오르신 게 사실이라 하더라도 필시 불가하게 여기는 사람들도 있을 것이니, 무슨 변괴가 있을지도 모를 일이 아니더냐."

"그럴 리가 있사옵니까. 아버님, 아니 전하의 뜻을 거스를 사람이 이 나라엔 없어야 하옵니다."

"잠자코 들어라. 그렇다 하더라도 집안이 모두 자중해야 할 일이니라. 등극하시었다는 말은 입 밖에 내지 말도록 하고, 문을 걸어 잠가서 아무도 출입하지 못하도록 단단히 일러라."

"아무도 드나들지 못하게 말씀이옵니까?"

도원군 장은 아버지의 등극을 하례하고자 몰려오는 사람들의 모습이 보이는 듯하다.

"그래. 아버님께오서 환저하실 때까지는 그 누구도 집안에 들여놓지 말도록 일러라."

도원군 장은 내당을 나선다. 한씨부인은 시어머니의 모습을 지켜보면서 천길 수렁으로 빠져드는 느낌에 젖는다.

윤씨부인은 다시 수심에 찬 표정으로 눈을 감는다. 스스로 문자(文字)가 모자라는 사람이라고 입버릇처럼 말해온 윤씨부인이다. 그런 윤씨부인이 계유정난이 있던 밤엔 김종서의 집으로 떠나는 지아비에게 갑옷을 받쳐입고 갈 수 있도록 했고, 오늘은 지아비가 보위에 올랐다는 소식을 듣고 집안 단속에 나서고 있으니 그 마음씀이 얼마나 깊겠는가.

　밤이 되면서 수양저의 대문 앞은 인산인해를 이룬다. 더러는 하례를 위해 달려온 종친들도 있었으나, 대부분이 구경을 온 사람들이다. 횃불을 든 내금위의 병사들이 그들을 양편으로 갈라 세우기 위해 비지땀을 흘리고 있다.

　"물렀거라! 주상전하 거둥이시다. 쉬이, 물렀거라."

　마침내 거창한 시위 소리가 들리고 무리를 이룬 횃불이 보인다. 임금을 태운 연(輦, 임금이 타는 가마의 하나)은 횃불에 싸여 있다. 익선관에 곤룡포 차림인 수양대군, 아니 세조의 모습은 근엄하기만 하다.

　잠저의 대문이 활짝 열린다. 세조는 자신이 거처하던 큰사랑의 내정에 이르러서야 연에서 내린다. 그는 윤씨부인을 비롯하여 도원군 장과 한씨부인의 하례를 받으면서 발걸음을 옮긴다.

　세조는 자신의 손때가 묻은 보료에 좌정을 한다. 들어선 가솔들은 임금이 되어 돌아온 가장에게 정중한 예를 올린다.

　"전하, 하례드리옵니다."

　한씨부인만이 입을 열었을 뿐이다. 세조는 눈시울을 적시는 지어미 윤씨의 모습을 지켜보며 착잡한 심정에 젖는다. 침묵은 오랫동안 계속되었다. 간간이 한숨소리가 들릴 뿐이다.

이윽고 세조가 입을 연다.

"불가항력이었어요. 불충을 입에 담으면서 또다시 허송세월을 할 겨를이 없습니다. 구태여 강변하자면 천명이 아니었습니까."

윤씨부인은 젖은 눈빛으로 지아비를 바라본다. 그는 침중한 목소리로 부연했다.

"부인께서는 중전의 자리에 오르셔야 합니다. 국모의 소임이 무엇인지는 아시고 계실 것으로 압니다."

윤씨부인은 억척이 무너지는 심중이었으나 거역을 하거나 반발을 할 수가 없다. 모두가 기정사실이 되었기 때문이다.

"너희들 내외는 세자와 빈궁이 되어야 할 것이 아니더냐. 막중한 소임을 명심해야 할 터이니라."

"그만 물러가서 천명의 뜻을 새기고 살펴야 할 것이니라. 나 또한 그러할 터인즉…… 부인께서도요."

숨죽인 모습으로 식솔들이 물러가자 세조는 무너지려는 듯한 한숨을 놓는다. 그러면서도 부왕인 세종대왕의 모습을 상기했다. 새 문자를 창제하고 수많은 전적을 인출했으며, 육진과 사군을 개척하면서도 과학문물을 융성하게 하지 않았던가. 병마에 시달리던 모습도 잊지 않았다. 안질이 심하여 눈앞에 앉은 신하들의 표정을 살피기 어려워했고, 각기(脚氣)가 더하면 온전히 옥체를 옮기지도 못하였으며, 조갈병(지금의 당뇨병)으로 수없이 냉수를 찾던 모습…….

―이루리라.

세조는 곤룡포 자락을 세차게 움켜잡았다. 문종에 비한다면 얼마나 건장한 육체던가. 세조의 턱밑 살이 꿈틀거리고 있다.

3

신왕인 세조가 입궐을 한다. 임금이 입궐을 했다면 분명히 이상한 표현이 된다. 그러나 대전에는 아직 소년 상왕이 있어서 세조는 잠저에서 기거를 하며 얼마 동안 정무를 살폈다.

―중전마마께서는 아직 아니 드셨다 하더이다.

상궁들은 수군거린다. 세조가 식솔들을 거느리지 않고 혼자 입궐했기 때문이다. 그러니 중전이나 빈궁의 인품인들 어찌 소상히 알 수가 있으랴. 그러나 이미 대궐 안의 소문은 무성하다. 이 또한 상궁들에게는 불안한 일이고도 남는다.

세조는 문무백관과 종친들이 도열한 가운데 소년 상왕에게 치사(致謝)의 예를 올린다. 소년 상왕은 더 치사하지 말라고 하면서도 경회루로 나올 수밖에 없다.

상왕은 남향(南向)해 앉고, 세조는 서향(西向)해 앉아서 서로 무릎 꿇고 잔을 나눴으며, 양녕대군 이하의 종친들이 차례로 상왕과 주상에게 잔을 올린다. 연회가 끝나자, 세조는 친히 처소까지 상왕을 모신다. 나이 어린 조카인 상왕이 몇 번이나 사양했지만 막무가내로 자신의 의사를 살려낸다. 처소에 들자 세조는 다시 사배를 올린다.

　"전하, 미욱한 신이 어의를 받들어 보위에 올랐사옵니다. 바른 길로 인도해주오소서."

　"잘하시겠지요. 이 나라의 만백성이 모두 그리 생각하고 있을 것입니다. 설마하니 철없는 저만큼 못 하시려고요."

　그리고 소년 상왕은 말을 덧붙인다.

　"부탁이 있어요, 숙부."

　"하교해주오소서. 천명으로 받들어 모시리다."

　소년 상왕의 다음 말은 비수가 되어 세조의 가슴을 찌른다.

　"첫째로, 금성 숙부에게 사약을 내리시면 아니 됩니다."

　"명심하겠사옵니다."

　대답을 하면서도 세조는 가슴이 미어터지는 아픔을 느낀다. 소년 상왕의 두려움이 상존해 있었기 때문이다.

　"금성 숙부뿐이 아니라 화의군, 한남군, 영풍군, 혜빈, 영양위…… 그 누구도 해쳐서는 아니 되어요. 약조를 해주시겠습니까?"

"전하, 명심하여 거행하겠사옵니다."

"또 하나는…… 수강궁(지금의 창경궁)에다 내 거처를 마련해
주세요."

이건 또 무슨 말인가. 세조는 두 눈을 크게 뜬다.

"경복궁에 남아 있으면서 천덕꾸러기가 되기는 싫어서요."

무서운 발상이 아닐 수 없다. 세조가 충절을 맹세하고 있는데
도 이같은 말을 입에 담는 것은 소년 상왕의 심중에 회한이 서려
있음이 아니고 무엇이겠는가. 세조는 간절한 어조로 자신의 처
신을 호소하듯 입에 담는다.

"전하, 당치 않으신 분부이시옵니다. 신은 상왕 전하를 하늘같
이 받들어 뫼시겠사옵니다. 이제 전하께오서 경복궁을 떠나시면
세상 이목이 어찌 되옵니까, 통촉해주소서."

"내가 떠나고자 하는 데에는 두 가지 까닭이 있어요. 첫번째
는 경복궁이 싫어졌어요. 너무도 많은 일들을 겪은 경복궁이 싫
어서 떠나려는 것입니다."

소년 상왕의 목소리는 물기에 젖어 있었고, 세조는 고개를 들
수가 없다.

"둘째로는…… 내가 경복궁에 머물러 있으면 숙부가 불편합
니다. 다른 말씀 마시고 수강궁으로 보내주어요."

"아니 되옵니다, 전하."

"하면 약조가 틀리질 않아요. 잠시 전 숙부께서는 내 말을 천명으로 받들겠다고 하셨습니다. 서둘러주세요."

세조는 확답을 하지 못한 채 상왕의 거처를 물러나온다. 태종 이방원도 상왕이 되었을 때 잠시 수강궁에서 기거한 바가 있었으나, 지금의 사정은 그때와 다르다. 가뜩이나 어린 조카를 보위에서 내쫓았다는 비방이 자자한데 상왕이 거처마저 수강궁으로 옮긴다면, 어린 조카를 궐 밖으로 내쳤다는 비방까지 듣게 되는 것은 불문가지의 일이기 때문이다.

―아니 될 말…….

세조는 중얼거리며 의정부로 간다. 아직은 소년 상왕의 새 거처가 마련되지 않았으므로 신왕인 세조에게는 몸을 쉴 곳조차 없는 형편이다. 이날 세조는 광화문까지 도보로 걸어나와서 연에 올랐다. 이를테면 임금이 퇴청을 하는 셈이니 실로 어색한 노릇이 아니고 무엇이랴.

잠저에는 겸복들이 뒷전으로 밀려나 사랑 쪽은 내시와 별감들이 차지하였고, 내당 쪽은 상궁나인들이 맡게 되어 어색하기가 한량없다. 집의 구조는 사가가 분명했으나 그 운영은 대궐의 격식을 따르고 있음이다.

세조가 정무를 살피는 곳은 서청(西廳)이었고, 한명회, 권남

등이 무시로 드나들던 큰사랑은 세조의 침전으로 쓰인다. 그리고 내당이 중궁전, 도원군 장과 한씨부인이 기거하는 작은사랑은 세자궁인 셈이다. 중전과 세자는 물론이요, 빈궁의 책봉도 아직 되기 전이었지만, 예우는 이미 이뤄지고 있었다. 중궁전의 의전을 맡은 상궁들은 '중전마마' '세자저하' '빈궁마마'라 부르면서 주위를 맴돌고 있다.

세조가 보위에 오른 지 사흘째 되던 날, 상궁들은 윤씨부인이 입을 중전의 평상복을 지어 올린다.

"중전마마, 서둘러 갈아입으시고 국모의 위엄을 갖추어주소서."

"그렇게는 아니되네."

윤씨부인은 나직한 어조지만 단호히 사양한다.

"중전마마."

"옷이 무슨 대순가. 나는 아직 중전으로 책립되지 않았네. 국법의 지엄함을 내가 먼저 지키지 않는대서야 말이 되는가. 어서 물리게."

"마마!"

"어서 물리라니까!"

윤씨부인은 사대부집 아낙들의 평상복인 치마저고리를 입고 있다. 도원군 장도 한씨부인도 윤씨부인의 모습을 따를 수밖에 없다. 상궁들은 긴장한다. 앞으로 국모의 지위에 있을 윤씨부인의 빈틈없이 엄한 성품에 존경과 두려움을 함께 느낌이 아니겠는가.

새 기풍은 내당에만 있는 것이 아니다. 서청으로 나와 정무에 임하는 세조의 모습도 의연하다. 아직은 영의정 한 사람만이 자리바꿈을 했고 다른 대소신료들은 모두가 선왕 때의 자리를 지키고 있다.

반정(反正)이나 정난을 주도한 새 임금이 등극을 하면 대개는 정적들의 치죄가 선행되게 마련이다. 이때의 정적이라면 금성대군을 비롯한 한남군, 영풍군, 그리고 그들의 추종세력이 아니겠는가. 이럴 경우 눈치 빠른 공신들의 주청이 새 임금의 뜻을 앞지르게 되는 것도 상례의 하나였으나 세조는 그것을 용인하지 않는다.

"그 일이라면 다시 거론하지 마시오. 결단코 나는 논죄하지 않을 것이오."

소년 상왕에게 약조한 바가 있다. 그러나 세조는 그것을 지키기 위해서라기보다는 자의로 이를 완강히 거부하고 있다. 정난 이후, 세조(당시에는 수양대군)는 안평대군을 사사했다. 그때 겪은 세조의 고통은 말로 형언할 수 없었다.

금성대군의 논죄를 세조가 완강히 거부하고 나서자 사헌부에서 상소를 올린다. 중신들은 앞을 다투어 그에 동조하고 나섰고, 정승과 판서들도 세조를 면대한 자리에서 이를 격렬히 주청하고 나선다. 세조는 묵묵부답으로 일관하며 불윤의 뜻을 밝히다가 영의정 정인지, 우의정 한확까지 동조하고 나서자 마침내 입을 연다.

"영상은 들으시오."

세조의 목소리는 무겁게 가라앉아 있다.

"따지고 보면 유(금성대군)는 본시 죄가 있었던 것이 아니오. 다만 자신을 위한 계책으로 인해 약간의 과실이 있었을 뿐인데, 그를 배소(配所)로 보낸 것은 스스로 경계하는 마음을 가지게 하려는 것이오. 옛날 제왕들의 고사를 보더라도 위징(魏徵)이 당 태종(唐太宗)에게 묵은 원한이 있었는데도 태종이 즉위하면서 국사를 위임해 믿었던 것이니, 이제 내가 여기에 이르러서 어찌 또다시 골육을 살상하겠소. 내가 즉시 불러올리려 하나 아직 못하고 있을 뿐이오. 경들은 다시 말하지 마시오. 그 나머지 배소로 보낸 사람들도 역시 죄는 없을 것이오."

신하들에게 사정을 하는 듯한 간곡한 어조였지만 세조의 어의는 단호했다.

"하오나……."

정인지가 다시 나서려 했다.

"다시 논하지 마시오. 끝까지 불윤할 것이오."

잠저를 나서는 중신들의 얼굴은 하나같이 일그러져 있다. 어떻게 해서든지 이루어져야 할 일들이 벽에 부딪치고 말았기 때문이다. 그러나 이런 일에 익숙해 있는 사람들은 사헌부의 언관들이다.

사헌장령 최청강이 금성대군을 중벌에 처할 것을 강경한 필치로 상소하자, 사헌부에서 연명으로 된 상소를 다시 올린다. 그럼에도 세조가 불윤하자, 15일에는 사간원, 16일에는 의정부에서까지 이에 동조하고 나선다.

"경들은 어찌하여 과인의 심중을 그리도 헤아리지 못하는가. 저들의 귀양처를 옮길 터인저!"

세조는 대소신료들의 주청과 정반대되는 조처를 취하고야 만다. 한남군은 아산으로, 영풍군은 안성으로, 영양위는 양근으로 옮기게 하였으니 중벌은 고사하고 도성 가까운 곳으로 불러들인 셈이나 다름이 없다. 신료들은 경악하지 않을 수가 없었다. 이대로 세조의 기를 살려둔다면 자신들이 원하는 다른 일도 이루어지지 않을 것이리라. 신료들은 전열을 가다듬고 더 강한 필치로 종친들이 저지른 죄의 중함을, 세조의 독선을 질타하고 나섰다. 그러나 세조는 여전히 눈도 깜짝하지 않았다.

4

보위에 오른 지 아흐레, 세조는 가솔들을 거느리고 잠저를 떠나 경복궁으로 이어한다.

이날 아침, 곧 세자와 세자빈으로 책봉될 도원군 내외는 가벼운 입씨름으로 어수선한 하루를 시작하고 있다. 어려서부터 병약했던 도원군 장은 매사에 적극적이지 못했으나, 지어미 한씨는 높은 학문과 예리한 통찰력을 구사하며 무슨 일에든 능동적으로 대처해 자신이 뜻하는 바를 이루고서야 일을 매듭짓는 적극적인 성품이었다. 그런 탓에 한씨부인은 병약하고 내성적인 지아비의 품성을 심히 우려하고 있었다.

"저하, 거동채비 되었다 하옵니다."

세자 장은 불편한 심기를 숨기지 않은 채 거처를 나섰고, 세자빈 한씨는 얼굴을 붉히면서 지아비의 뒤를 따른다.

"그동안 애들 많이 썼다."

윤씨부인은 흐느낌을 토하는 하인종속들에게 더러는 손을 잡아주고, 더러는 어깨를 다독여주며 지난날의 노고를 치하하면서 젖어드는 눈시울을 감당하기가 어렵다. 신분의 높고 낮은 것으로만 따진다면 하늘과 땅만큼이나 벌어져 있다 해도 하인들 모두가 정이 든 사람들이 아니던가. 그녀는 시선을 돌린다. 등 뒤로 정든 사람들의 흐느낌을 들으면서 중전 윤씨는 잠저를 떠난다.

연도에는 수많은 백성들이 땅바닥에 엎드린 채 길을 메우고 있다. 어떤 사람들은 고개를 들어 자애로운 새 중전의 모습을 바라보기도 했지만 대개의 관심사는 세자빈이 되어 입궐하는 군부인 한씨에게로 쏠리고 있다. 그녀의 높은 학문과 빈틈없는 성품, 그리고 단호한 결단력에 대한 소문은 이미 시정에 파다하게 퍼져나가 있다. 심지어는 지난 계유정난이 그녀의 계책으로 꾸며졌을 것이라는 해괴한 소문까지 나돌고 있었다.

그러나 맏아들 정(婷, 후일의 월산대군)을 안고 있는 세자빈 한씨의 이목을 나무라는 사람은 없었다. 가마 위에서 조용히 흔들리고 있는 그녀의 모습은 옥돌을 깎아서 만든 인형만큼이나 단아하고 빈틈이 없어 보였다. 그리고 뒤를 따르는 가마에는 동궁의 상궁이 되어 입궐하는 유모 안성댁이 세자 장의 어린 딸을 안고 있다.

세조는 입궐한 윤씨부인을 중전으로 책립하기 전에 조정을 먼저 개편한다. 그것은 23일과 28일 두 번에 걸쳐 실행된다. 자신과 더불어 새 시대를 이끌어갈 대소신료들의 직책을 보완하는 것은 시급한 일의 하나이기도 하다.

영의정에 정인지, 좌의정에 한확, 우의정에 이사철, 우찬성에 정창손, 좌참찬에 강맹경, 이조판서 박중손, 병조판서 이계전, 그리고 권남은 이조참판, 구치관은 우승지, 한명회는 좌부승지, 홍윤성은 예조참의, 유수는 호조참의로 각각 제수되었다. 한편 전위 과정에서 다소 불미한 일을 저질렀던 성삼문이 우부승지가 되었고, 하위지가 예조참판에 제수된다. 세조는 이러한 와중에도 집현전 출신의 인재들을 소홀히 하지 않을 만큼 빈틈을 보이지 않았다.

조정의 개편이 끝나자 왕실의 대사를 매듭지었다.

7월 11일에는 보위에서 물러난 소년 단종을 공의온문상태왕(恭懿溫文上太王)으로, 중전의 자리에서 물러난 송씨를 의덕왕대비(懿德王大妃)로 각각 봉한다. 그리고 아흐레 뒤인 7월 20일에 이르러서야 윤씨부인을 중전인 왕비로 책봉하였고, 또 엿새 뒤인 26일에 이르러 도원군 장을 왕세자로, 며느리 한씨부인을 왕세자빈으로 책봉한다. 이로써 왕실과 조정이 명실공히 새로운 시대로 접어든 것이나 다름이 없게 된다.

"중전마마, 하해와 같은 성은을 입고 있사옵니다. 많은 가르침을 주소서."

진초록색 당의로 갈아입은 안성댁이 중궁으로 들어 예를 올린다.

"자네가 성심을 다해 빈궁을 보살펴주게. 아무리 성품이 곧고 학문이 높기로 대궐의 지엄한 법도에는 생소할 것이네."

"그 점은 쇤네도 마찬가지일 것으로 사료되옵니다."

"하긴 다들 마찬가지일 테지. 누군들 이런 일을 짐작이나 했던가. 애써 배우고 익히노라면 하늘인들 무심하겠는가."

"망극하옵니다."

"궐 안에는 나인상궁들이 많네. 모르는 일은 그 사람들에게 배우고 익히도록 하게. 눈치 빠른 자네라 별 하자는 없을 것으로 아네."

중전 윤씨의 나이, 서른여덟. 불혹의 나이로 접어들었고 그 성품 또한 외유내강했다. 빈궁 한씨는 열아홉, 깊은 학문은 이미 정평이 나 있었고, 무섭고 엄한 성품이라 내명부 상궁과 나인들은 벌써부터 몸을 움츠리기 시작한다. 여기에 이미 성년이 되어가는 세자가 있으니, 내외에 과시해도 손색이 없는 왕실이다.*

새로 좌의정으로 승차한 한확은 퇴청에 앞서 잠시 짬을 내어 빈궁전을 찾는다. 활짝 웃는 빈궁의 앞에 이르러 깊고 정중한 예를 올린다. 잠시 당혹해하던 빈궁 한씨는 사가의 아버지를 향해 맞절을 하고 앉는다.

---

* 임금의 자리를 보위(寶位)라 하고, 중전의 자리를 곤위(坤位)라고 한다. 그리고 세자의 자리는 저위(儲位)라고 한다. 이 세 자리가 튼실해야 비로소 왕실의 체모를 갖추었다고 할 수 있다. 성군 세종이 세상을 떠나면서 무너지기 시작하였던 약체 왕실에 비로소 권위가 서게 된 셈이다.

"빈궁마마, 무어라 하례를 드려야 하올지, 입이 열리지 않사옵
니다."

"아버님."

"빈궁마마. 자중자애하셔야 할 것이옵니다. 윗전에 공손하고
아랫것에 인자하시며, 아무리 어렵고 괴로운 일이 계시어도 사
사롭게 처신하실 수 없음이 빈궁마마의 도리인 줄로 아옵니다."

빈궁 한씨의 얼굴에는 웃음이 가득하다. 나이답지 않게 대담
한 성품으로, 빈궁의 자리에 오른 것을 그녀는 자랑스럽고 대견
하게 생각하고 있다. 그런 딸의 모습이 한확은 오히려 우려스럽
게 여겨진다.

"마마. 마마께서는 간택이 되어 빈궁의 자리에 오르신 것이
아니옵니다. 각별히 유념하소서."

따끔한 일침에 빈궁 한씨는 심기를 가다듬는다. 그녀의 얼굴
에 감돌던 웃음기는 이미 가시고 없다.

"아비가 비록 좌상의 자리에 있으나 밤낮으로 뉘우치는 바가
있었음을 아소서. 마마께서 빈궁의 자리에 오르신 것은 뒷말이
있고도 남을 일임을 아셔야 하옵니다."

찌르는 듯한 아버지의 가르침이다. 한확의 곧은 성품은 이미
알려져 있지 않던가. 계유정난이 있었던 밤에 우의정의 자리를
사양했던 한확이며, 그후에도 수양대군과 의사를 달리했던 일이

많다. 지금도 빈궁의 자리에 있는 딸만 아니었다면 한확은 초연히 물러앉았을지도 모를 곧은 인품이다. 한확은 이 점을 상기시키는 것으로 아버지의 도리를 다하고 있다.

"빈궁마마, 배우셔야 할 것이옵니다. 이미 잘 아실 것으로 압니다만, 참는 방법을 얻었어도, 더욱 참고 경계하는 마음을 얻었어도 더욱 경계하라, 참지 않고 경계하지 않으면 작은 일도 크게 된다는 가르침은 아이들이 읽는 『명심보감』에 있는 구절이 아니옵니까."

어찌 빈궁 한씨가 모를 구절이랴만 까마득히 잊었던 명구를 기억하게 하는 아버지의 말씀이 뼈에 사무친다.

"익은 나락은 머리를 숙여도 쓰임이 있음이요, 속이 빈 나락은 바람에 흔들릴 뿐 쓰임이 없다 하였사옵니다. 무엇이 그리도 기쁘오니까, 마마."

"잘못했사옵니다, 아버님. 소녀가 아직 용렬하고 미천해서이옵니다. 용서해주오소서."

빈궁 한씨는 아버지의 뜻을 잘 알고 있다. 하찮은 잘못도 호되게 꾸짖어 다시는 잘못된 전철을 밟지 않게 하는 집요한 다스림이 한확에게는 있다.

"여염집 아낙이라면 잘못을 입에 담기 쉬우나, 빈궁의 자리에 계시자면 잘못이 있어서는 아니 될 것이옵니다. 빈궁의 잘못은 곧 왕실의 잘못이고 그것은 또 백성들에게 누를 끼치게 되는 일이 됩니다. 때문에 빈궁의 잘못은 백성들의 준엄한 질책을 받는다는 것을 명심하소서."

빈궁 한씨는 몸 둘 바를 몰라 한다. 밖에서 누가 듣고 있지는 않을까, 걱정이 될 정도다. 그러나 사가의 아버지 한확은 준엄한 꾸짖음을 멈추지 않는다.

"빈궁마마, 수레가 비어 있으면 잠시를 굴러도 소리만 요란하옵니다. 수레는 짐을 싣자고 만든 것이 아니옵니까? 비어 있는 수레는 아직 수레의 소임을 다하지 못하는 것이옵니다. 빈궁마마, 백성들이 지켜보고 있음을 한시도 잊으시면 아니 됩니다."

"명심하겠사옵니다, 아버님."

"이만 물러가옵니다."

말을 마친 한확은 자리에서 일어선다. 빈궁 한씨는 따라나서지 못한다. 아버지를 배웅하기 위해 전각 밖으로 나갔다가 내시나 상궁들의 얼굴과 마주치는 것이 두려워서다.

물러서시오, 승지의 명이외다!

1

이미 세조는 보위에 올랐지만 아직 명나라에서는 그 사실만 인정하였을 뿐 책명(冊名)에 대한 조칙(詔勅)은 내리지 않고 있다. 당시 조선의 사정으로는 명나라의 책명을 받지 못한 임금은 임금으로서 인정을 받지 못할 위험이 있다. 더구나 상왕인 단종이 숙부인 수양대군에게 보위를 물려준 것은 당위성과 명분에 있어서는 내세울 만한 것이 못 된다. 만일 이같은 문제를 명나라에서 트집을 잡는다면 상왕이 된 단종이 다시 임금의 자리에 복위할 가능성도 배제할 수가 없다.

세조가 외교에 능숙한 신숙주를 예문대제학으로 승차시켜 주문사로 삼고, 이조참판 권남을 사은사로 명나라에 보낸 것은 자신의 책명을 서둘러 받아내고자 하는 고육지책이었다. 1454년 10월 24일, 주문사와 사은사가 도성을 떠났고 세조는 애간장을 태우며 기다렸다. 그리고 마침내 그 이듬해 4월 20일, 기다리고 기다리던 명나라 사신 윤봉과 김흥이 경복궁으로 찾아와 황제의 조칙과 고명(誥命)을 전한다. 다시 이에 대한 사은사로 좌의정 한확이 명나라로 떠났고, 흥청거리는 주연은 꼬리를 물고 이어진다. 이같은 기쁨이라면 명나라의 사신들을 초청하여 큰 연회를 베풀어야 하는 것이 조선의 상황이었다.

마침내 6월 초하루, 세조는 상왕과 함께 창덕궁에서 명나라 사신을 위한 연회를 베풀기로 한다. 임금이 임석하는 연회나 행사에는 운검(雲劍), 혹은 별운검(別雲劍)이라 하여 이품 이상의 무반 두 사람이 큰 칼을 차고 임금의 뒷자리에 시립하게 되어 있다. 그런데 6월 1일의 연회에는 상왕과 세자도 함께 참석하게 되어 있으므로 세 사람의 운검을 세우기로 했고, 바로 그 운검으로 정해진 사람들이 성승과 유응부, 그리고 박쟁이다.

성삼문의 아버지인 성승은 일찍이 경상도 병마절제사를 지냈고 의주목사를 거쳐 지금은 지중추원사로 제수되어 있었으나 병칭하여 취임하지 않을 만큼 강골의 무반이었고, 유응부는 평안도절제사를 거쳐 동지중추원사로 있는 장쾌한 성품의 거한이다.

박쟁은 고사하고라도 세 사람의 운검 중에 두 사람이 뜻을 같이 한다면 세조와 세자의 목은 단숨에 떨어져나갈 수도 있었다.

유응부는 뛰는 가슴을 달래며 성승의 집으로 향한다. 세조와 세자의 목숨은 이제 이들 두 사람의 손아귀에 든 것이나 다름이 없다. 이 소식을 접한 성삼문과 박팽년도 가슴이 뛴다. 이들도 달리듯 성승의 집으로 간다. 성승과 유응부는 주안상을 받고 있다. 맹약의 술자리라기보다 뿌듯한 가슴을 달랜다는 편이 옳으리라.

"아버님, 운검으로 지명된 것이 사실이옵니까?"

성삼문의 목소리는 흥분으로 떨리고 있다.

"그렇다마다. 여기 계신 신지(信之, 유응부의 자)와 나, 그리고 박쟁이 운검으로 서게 되었네!"

성승의 목소리에도 결연한 분기로 떨리고 있다.

"하늘이 도우시지 않고서야, 하늘이……."

박팽년도 목이 멘다. 나이답지 않게 새까만 수염을 쓸어내리면서 유응부가 입을 연다.

"이제야 천지신명께 얼굴을 들게 되었음이야. 내, 역적 수양의 목을 단칼에 칠 것이니 자네들은 주상전하를 모실 차비만 하고 있게. 버릴 곳을 찾지 못하는 늙은 목숨, 종사에 걸게 되었으니 그 아니 기쁜 일인가."

무인다운 직성으로 유응부는 굵은 눈물마저 내비치고 있다.

"신지의 마음이 내 마음일세."

성승이 유응부의 젖은 얼굴을 바라보면서 비장하게 말하자, 박팽년과 성삼문은 가슴이 미어지는 듯한 감동에서 헤어나지를 못한다.

"아버님……"

성삼문이 머리를 깊이 숙이는데, 냉철한 박팽년이 눈을 빛내며 묻는다.

"박쟁, 그분은 어떠하신지요? 그 점을 생각해두어야 할 것 같습니다만……"

"그 점에 대해선 심려들 말게."

유응부가 두 손을 저어 보이면서 강조한다. 그리고 묻는다.

"주상전하를 다시 보위에 모시면, 영상은 누가 맡는가?"

"그것이……"

성삼문과 박팽년이 대답을 못 하고 머뭇거리자, 유응부가 호통을 치듯 나무란다.

"아니, 그것도 생각해두질 않았다는 말인가. 그런 비책도 없이 어찌 막중대사를 도모해?"

"송구하옵니다."

"이런 딱한 사람들…… 삼공 육판을 다 정하지는 못하더라도 영상이 누구라는 것쯤은 정해두었어야지. 그래야 조정이 뜻대로 수습될 것이 아니겠는가."

보다 못한 성승이 대안을 제시하고 나선다.

"자, 신지, 야단은 그만하고, 이 자리에서 영의정의 재목을 결정하세. 그러면 되질 않는가."

"그러세나."

무장다운 면모로 시원시원하게 응하는 유응부다. 박팽년의 조심스러운 어조가 뒤를 잇는다.

"찬성 정창손 대감이 어떨까 하옵니다만."

"정창손?"

성승이 되묻고, 유응부는 깊은 생각에 잠겼다가 천천히 입을 연다.

"정창손이라. 그 이상은 없겠구먼. 그러면 영상은 결정이 되었네. 한데 누가 정창손을 설득할 것인가?"

성삼문은 언제나 그랬던 것처럼 신중한 반응을 보인다.

"거사가 끝날 때까지 알리지 않는 것이 좋을 듯하옵니다. 정인지 등과는 비할 바가 아니긴 하지만, 그래도 지금 수양을 따르고 있는 사람이 아니옵니까? 누설의 위험이 있사옵니다. 천만다행으로 그분의 서랑(壻郎, 사위)인 김질이 동조하고 있으니까, 수양을 주살한 후에 추대를 한다 해도 거절은 아니할 것으로 아옵니다."

"그렇겠구먼."

세조를 살해하고 상왕 단종을 복위시키려는 거사 계획은 꽤 구체화되고 있었다. 뜻을 같이한 사람들에게 은밀한 연락이 이어지면서, 이들은 이제 숨을 죽이고 운명의 날인 6월 1일을 기다린다.

2

동녘 하늘이 부옇게 트여오고 있다. 종사의 물꼬를 틀어놓을 운명의 새벽이었다.

─아무래도 일진이, 일진이 사나워……!

한명회는 세조를 배알하기 위해 경복궁으로 향하던 급한 발길을 창덕궁으로 돌린다. 아직 이른 시각이었으므로 연회장으로 쓰일 광연전(廣延殿)을 먼저 살펴볼 심산에서다.

창덕궁의 정문은 돈화문(敦化門)이었으나 번거롭다는 생각으로 한명회는 서쪽 협문인 금호문(金虎門)을 통하여 궐 안으로 들어선다. 이른 아침인 탓으로 풀잎에는 이슬이 영롱했으나 인적은 보이지 않는다.

연회장으로 쓰일 광연전은 숙위하는 병사들이 지친 모습으로 경비에 임해 있다. 그들은 우부승지 한명회를 보자 놀라는 낌새들이다.

"별일 없었으렷다."

한명회는 짐짓 위엄을 세우면서 돌계단을 오른다. 그는 광연전의 내정을 세세히 살펴보고서야 전각의 문을 열고 안으로 들어선다. 북쪽 상단에 세조와 상왕이 자리할 어좌가 마련되어 있었고, 남쪽 하단에는 명나라의 사신들과 대소신료들의 연석이 마련되어 있다. 한명회는 어좌의 주위를 면밀히 살펴본다. 운검의 위치를 점검해보기 위해서다. 그는 무엄하게도 용상에 앉는다. 그리고 천천히 고개를 돌려서 뒤를 돌아보다가 소스라치게 놀란다. 운검과 용상의 거리가 너무도 가까웠기 때문이다. 세조가 남쪽 하단에 앉아 있을 명나라의 사신과 환담을 나누고 있을 때, 성승이나 유응부가 운검을 뽑아들고 휘두른다면 피할 시간도, 운신할 공간도 없지를 않은가.

— 이렇게 좁아서야 원…….

한명회는 신음을 토해내며 용상에서 몸을 일으킨다. 그리고 문 쪽으로 걸음을 옮기면서 또 다른 두 가지 사실을 찾아낸다. 하나는 장소가 협소하다는 것이었고, 다른 하나는 연회장이 너무 덥겠다는 생각이다. 모두가 불길하다는 예감을 불러일으키고도 남을 사단들이다. 그는 숙위하는 병사들에게 경비에 만전을 기할 것을 당부하고 광연전을 나선다.

한명회는 청향각을 지나 홍복헌 앞에 이르러서야 비로소 등판이 흥건하게 땀에 젖고 있음을 느낀다. 이른 아침인데도 무더위는 이미 기승을 부리고 있다. 한명회는 더욱 허둥거리는 걸음으로 경복궁을 향해 달려간다. 경복궁의 동문인 건춘문을 비호같이 뚫는다. 한명회는 자신도 모르게 정문을 피하고 있다. 무엇엔가 쫓기고 있다는 기분에서 헤어나지 못하고 있었기 때문이다.

"어서 고하시게."

전균이 꼬리가 길게 이어지는 목소리로 우부승지가 들었음을 고하자 세조의 목소리가 우렁우렁하게 들린다. 한명회는 다급한 걸음으로 강녕전으로 들어선다

세조는 환한 웃음을 얼굴에 가득 담고 있다. 한명회는 굽은 절로 문후를 올리고 좌정을 했으나 도무지 입이 열리지 않는다. 세조에게는 그런 한명회가 전에 없었던 모습으로 보일 것이 분명하다.

"무슨 일이야. 이렇게 이른 아침에."

"……."

"허허허, 오늘은 장자방답지가 않군 그래. 공의 당나귀상이 예

사롭지가 않으이."

한명회를 대하는 세조의 언동은 언제나 파탈이다. 그러나 오늘만은 거기에 회답할 처지가 아니었으므로 한명회는 조심스럽게 실마리를 풀어갈 수밖에 없다.

"별다른 일은 아니옵고…… 오늘 연회의 일로 몇 가지 아뢸까 하옵니다, 전하."

한명회는 가능하면 세조를 놀라게 하지 않을 생각이다. 아직 아무 물증도 없는 판국에 역모를 입에 담을 수도 없고, 그렇다고 무심히 지나칠 수도 없는 일이었기에 감정의 억제가 절실하다.

"연회의 일로, 무슨 채비가 덜 된 점이라도 있던가?"

세조는 이날의 연회를 진정 기꺼운 마음으로 기다리고 있다. 자신과 세자, 그리고 상왕, 이렇게 셋이서 명사들에게 베푸는 잔치였으니 마음이 들떠오르는 것은 당연하다. 그러니만큼 그 모든 절차에 부족함이 없도록 엄중히 지시를 하고 있었던 터이다.

"채비에는 추호도 미진함이 없는 줄로 아옵니다만……."

"그렇다면 되었질 않은가?"

세조의 의아스런 대답에 한명회는 숨을 고르며 마음을 가라앉힌다. 한명회는 다짐한다. 조심해서 말을 해야 한다. 자칫 세조를 격앙시킨다면 일을 그르칠 수도 있을 것이기 때문이다.

"비록 창덕궁이 별궁이라 하나, 여기서는 궐 밖이 분명하옵니다, 전하.”

“허어, 한승지답게 확 풀어서 얘기를 하게나.”

“예, 전하. 아뢴 대로 창덕궁은 궐 밖이온지라…… 세자저하까지 함께 납시심은 천만부당한 일이라고 사료되옵니다. 세자저하의 거동을 중단하여주소서.”

“뭐라? 아니, 한승지. 그대는 과인이 세자와 함께 연회에 나가야 하는 뜻을 정녕 모른다는 말인가?”

세조는 얼굴에 노기를 서리며 목소리를 높인다.

“알고 있사옵니다. 상왕전하까지 모두 한자리에 나가시어, 이 나라 왕실의 화목함을 내외에 과시하시려는 것이 아니옵니까.”

“그걸 알면서 어찌 그런 망언을 해!”

“하오나 세자저하께서 아니 나가시고, 상왕전하와 주상전하 양위분의 임어만으로도 왕실의 화목은 과시하실 수가 있사옵니다. 예로부터 주군께오서 궐을 비우면 동궁은 남아서 궐을 숙위하는 것이 상례이옵니다. 이는 불의의 사태가 있을 경우에 대통의 건재를 지키기 위함이 아니옵니까. 통촉해주소서, 전하.”

한명회의 간곡한 진언에 세조는 잠시 생각에 잠기는 듯했지만 그래도 쉬 뜻을 꺾으려 들지는 않는다.

“이치는 그러하네만, 지금 이와 같은 태평한 때에 무슨 불의의 사태라는 게야?”

"전하, 아뢰옵기 황공하옵니다만 왕통의 소중함을 생각하면…… 만에 하나의 위험이라 해도 삼가심이 옳을 줄로 아옵니다. 태평성대라 하오나, 이날이 있기까지 얼마나 많은 피를 흘렸사옵니까. 아직 간당의 남은 무리들이 불측한 마음을 버리지 않았을 것으로 아옵니다. 전하, 방심하실 일이 아니옵니다."

세조의 짙은 두 눈썹이 꿈틀거린다. 심히 마땅치 않은 듯 일그러진 모습이었다.

"한승지, 그렇다면 누군가가 나를 해치고자 한다는 말인가?"

"아무도 장담할 수 없는 일이 아니옵니까. 하오니 마땅히 백 가지 천 가지 위험에 대한 대책은 마련해두는 것이 현책인 줄로 아옵니다."

세조의 신음이 한숨에 섞여 쏟아져나온다. 선뜻 단안을 내릴 일이 아니었으나, 주도면밀한 한명회의 진언이라 마음에 걸린다. 오늘의 자신을 있게 한 장자방의 예측이라면 무턱대고 도외시할 수는 없으나 세조는 더 생각해보려는 눈치를 보인다.

한명회는 조그만 체구를 당차게 웅크리고 앉아서 하회를 재촉하고 있다. 결단은 오래지 않아 내려진다.

"그렇다면 세자는 대궐에 남도록 하지."

"성은이 망극하옵니다."

한명회는 속으로 막혔던 가슴을 쓸어내린다. 그러나 그런 한명회를 바라보는 세조의 표정은 불길하게 여기고 있는 모습이 완연하다.

"그리도 또 한 가지는……."

"또 한 가지라니, 대체 뭐가 또 남았다는 것이야!"

세조의 어투에는 노기가 서려 있었으나 한명회는 물러설 수가 없다.

"오늘 날씨가 몹시 무덥고, 광연전은 비좁기 그지없사옵니다. 혹여 명사 앞에서 무슨 추태라도 있을까 염려되오니, 소신에게 연회장의 모든 분별을 맡겨주소서."

"허, 이런 딱한 사람을 보았나. 그런 일은 예조에서 관장해야 하는 게야!"

"예조의 관원들이란 이치만을 따지기 좋아하는 사람들이라, 무슨 착오가 생겼을 경우에는 당황하여 분별을 못 할 때가 많은 법이옵니다. 하오니 소신에게 맡겨주소서."

딴은 그럴듯하다. 한명회의 기지라면 혹 무슨 실수가 있어도 임기응변으로 넘길 수 있을 터이다. 그러나 세조는 예조와의 마찰을 우려하지 않을 수가 없다.

"예조에서 마땅찮게 여길 것이 아닌가?"

"사전에 의논하겠사옵니다."

"그렇다면 도리 없겠으나, 그 자리에 명나라의 사신이 임석하고 있음을 명심하게."

"믿어주소서, 전하."

한명회는 회심의 미소를 지으면서 어전을 물러나와 창덕궁으로 달려간다. 모든 조처는 연회가 시작되기 전에 완벽하게 마무리되어야 한다. 촌각의 실수가 조정을 천길 수렁으로 밀어넣을 수도 있다.

연회가 있을 광연전의 주위는 이미 들떠 있다. 한명회는 숙위하는 병사들의 수부터 늘린다. 우선 그것이 급선무였다. 그런 경황중에도 그는 운검의 중지만이 조정을 구할 것이라고 다짐하고 또 다짐하고 있다.

3

날씨는 찌는 듯 무덥다. 광연전을 에워싼 숙위 병사들이 땀을 뻘뻘 흘리고 있다. 간간이 들려오는 매미 소리가 타들어가는 숙위 병사들에는 그나마 위안이 된다. 한명회는 그 무더위도 느끼지 못할 만큼 분주하게 움직이고 있다. 얼핏 보아서는 잠시 후 벌어질 대연회를 성대히 마치려는 노력 같기도 했으나, 사실은 모여들고 있는 사람들의 안색과 동태를 살피고 있다. 워낙 용의 주도한지라 한명회의 심중은 누구도 눈치 챌 수 없다.

무더위를 느끼지 못할 만큼 분주한 또 한 사람은 성삼문이다. 그는 잠시 후 수양과 세자가 피투성이가 되어 쓰러져갈 것이라는 사실을 굳게 믿고 있었다. 이를 위해 지난밤 이 거사의 주동이 되는 인물들과 책임부서를 조직해놓지를 않았던가.

각기 다른 임무를 띤 사나이들이 총알 같은 시선을 맞부딪치며 잠시 후에 일어날 유혈참극의 성사와 방지를 위한 만반의 준비에 골몰하고 있다.

"주상전하 납시오!"

내시 전균이 꼬리를 달며 길게 소리치자 매미 소리가 뚝 멎는다. 일순 모든 것이 갑자기 정지된 듯한 정적 속에서 세조의 모습이 서서히 드러난다. 세조의 뒤에는 소년 상왕이 따르고 있다. 주위의 시선을 의식했는지 세조는 활짝 웃는 얼굴로 소년 상왕에게 뭔가 설명을 하며 걸어온다. 그것은 장엄하고 아름다운 광경이기도 했다.

매미소리가 다시 들리기 시작한다.

세조와 상왕의 뒤에는 명나라의 사신이 따르고 있다. 이들의 모습도 즐거워 보인다. 이를 지켜보던 대소신료들은 이제야 세조의 시대가 열리고 있는 것이라 믿고 있다. 그러나 박팽년은 황급히 성삼문의 곁으로 다가서며 우려의 말을 뱉어낸다.

"아니, 근보. 이게 대체 어찌 된 일인가? 세자가 아니 보이질 않는가?"

"그러게 말일세."

힘없이 대꾸하는 성삼문의 안색은 불길함으로 가득해진다. 할 말이 없게 된 성삼문이 이맛살을 찌푸리는데, 운검으로 입시해야 할 성승 역시 초조해진 안색으로 다가와 추궁하듯 묻는다.

"대체 어찌 된 일이냐? 세자가 아니 오질 않았느냐?"

성삼문과 박팽년이 무어라 대답을 못 하고 난처한 표정만 짓자, 성승은 딱하다는 듯 혀를 찬다.

"쯧, 이런 낭패가 있나. 세자를 경복궁에 남겨두었다면, 혹시 저들이 무슨 눈치를 챈 것이 아니냐?"

성승은 저만치에서 바삐 움직이고 있는 한명회를 턱으로 가리킨다.

"저 칠삭둥이가 바람을 일으키며 설치고 다니는 것도 어째 심상치가 않구나."

"수양이 오늘 연회의 대소범절과 분별을 한명회에게 맡겼다고 합니다."

성삼문의 대답에 성승은 더욱 낭패해한다.

"그 또한 해괴하질 않느냐? 대체 예조가 무엇을 하는 곳이야. 어디서 말이 새어나갔는지 점검을 해야 할 일이 아니더냐!"

성승은 신음 같은 한숨을 쏟아놓는다. 누설되지 않고서는 예조에서 관장해야 할 일이 한명회에게 넘어갈 까닭이 있는가. 그때, 멀찍이 서 있던 유응부가 성큼성큼 다가온다.

"왜들 이러시오. 남들이 수상하게 여기리다."

"세자가 아니 왔으니 어찌하면 좋겠소이까?"

성승의 당혹해하는 모습을 지켜보던 유응부는 얼굴을 붉힌다.

"그게 무슨 말씀이오! 세자가 아니 왔다고 대사를 미루겠단 말씀이시오?"

유응부의 완강한 항변에 성승이 대답할 말을 찾지 못하자, 성삼문이 아버지를 대신하여 신중론을 펴고 나선다.

"혹시 일을 성사시킨다 할지라도, 세자가 경복궁에서 군사를 일으키면 어찌 되옵니까?"

"이 사람들이 무슨 소리를 하는 게야? 그러한 위험도 없으리라 믿었던가. 수양을 베고 난신들을 주살한 연후에 상왕전하를 옹립하기만 하면 대세가 우리에게 있음인데, 병약한 세자 하나가 무슨 장애가 될 것이겠는가. 예정대로 해치워야 해!"

장소가 장소인지라 유응부는 목소리를 한껏 낮추고 있었지만 그것은 준열하기 이를 데 없는 호통이다.

"드십시다."

성승도 결기를 굳힌 듯 유응부를 따른다. 때마침 박쟁까지 당도하여 세 사람은 나란히 광연전으로 향한다. 운검을 든 세 사람의 무반이 나란히 걷는 모습은 태산교악이 움직이고 있는 것처럼 위풍당당하다. 이미 뜻이 통한 세 사람의 가슴은 쿵쿵 뛰고 있다. 그들의 눈으로는 일개 찬탈자에 불과한 세조, 아니 수양대군을 단칼에 해치우고, 눈물로 나날을 보내는 소년 상왕을 복위시킬 순간이 눈앞에 다가와 있는 것이 아니겠는가.

그때 뜻밖의 일이 벌어지고 만다. 아까부터 광연전 주위를 숨 가쁘게 맴돌면서 온갖 간섭을 다 하고 다니던 한명회가 이들 세 사람의 운검 앞을 막아선다.

"못 들어가십니다."

세 사람은 가슴이 철렁 내려앉는다. 그리고 다음 순간 불같이 치밀어오르는 분노를 눌러 참을 수가 없다.

"무슨 소리야. 우리 세 사람이 운검으로 드는 줄을 몰라서 하는 말인가. 물러서게!"

유응부의 거친 목소리가 퉁겨지듯 쏟아진다. 그는 의식용 대도인 운검까지 들어 보이면서 호통치고 나선다.

"송구합니다만, 운검을 들이지 말라는 어명이 계시었사옵니다."

한명회의 대꾸는 얄밉도록 차분하기만 하다.

"어명이라니?"

성승이 넋을 잃은 표정으로 되물었으나 그 기개는 이미 한풀 꺾이고 있다.

"그러하오이다."

"무슨 까닭인가. 명나라 사신이 임석하는 연회면 범절을 갖추는 것이 상례요 도리인데, 어찌 운검을 아니 세워?"

불같은 성미의 유응부가 거구를 흔들며 울화를 터뜨린다. 억지로라도 밀고 들어갈 기세다. 그렇다고 그같은 기세에 눌릴 한명회는 더욱 아니다.

"어명이라고 하지를 않습니까. 날이 더운 데다 장소가 협소하니, 번거로운 절차는 모두 생략하랍시는 하교였사옵니다. 그래서 세자저하께오서도 경복궁에 남으셨습니다. 더욱이 세 분 대감께오서 모두 연로하시니, 전하께오서도 고초를 겪게 하는 것이 마음에 걸리신 듯하옵니다. 대감들의 충정이야 누가 모르리까만, 오늘은 그만 물러가 쉬시지요. 주상전하의 지극하신 성은인 줄로 아옵니다."

이게 무슨 말인가. 단순히 세 사람에게 해명하는 말이라고만 보아도 좋을까. 아니다. 새겨듣는다면 그것은 유응부 등을 위협하고 비아냥거리는 말이 아니던가.

"……!"

유응부의 관자놀이에 힘줄이 불거진다. 부르르 떨리는 오른손으로 운검의 칼자루를 움켜잡는다. 왜소한 몸짓으로, 그러나 당당하게 버티고 선 한명회와 유응부 사이에 섬뜩한 살기가 감도는 순간이다.

"나는 운검을 서라는 어명을 받았으되 폐한다는 어명은 받지 못하였으니 들어가 여쭐 것이네."

다시 막으면 베겠다는 기세로 유응부가 한 발 앞으로 나선다. 그러나 한명회는 꿈쩍도 하지 않는다.

"왕명을 출납하는 승지의 말을 믿지 아니하겠단 말씀이시오?"

"승지도 승지 나름이지."

"대감!"

마침내 한명회가 언성을 높인다. 그는 운검을 치우기 위해 새벽부터 뛰어다닌 사람이다. 오직 이 일만이 세조의 목숨을 구하는 첩경이라고 믿고 있는 한명회가 물러설 까닭이 없다. 광연전 앞은 그야말로 일촉즉발의 살기에 휩싸이고 있다. 멀리서 가슴을 죄고 있던 성삼문은 그 순간, 홍윤성이 한명회 곁으로 다가서는 것을 보았다. 관복차림이었지만 그 안에 무슨 병장기가 숨겨져 있는지도 모를 일이다.

성삼문은 급한 걸음으로 유응부 등 세 운검을 향해 달려간다.

"비키라니까."

"어명이라지 않소."

"이놈이!"

"놈이라니요. 공직에 임한 좌부승지의 명이오이다. 물러서시오!"

한명회의 눈빛에서 인광이 뿜어져나오고 있다. 그는 유응부의 얼굴에서 살기를 감지하고 있었다. 자신의 불길한 예감이 확인되고 있음이나 다름이 없다.

"어명을 거역하시겠소이까!"

한 발 뒤로 물러나면서 칼을 뽑을 자세를 취하는 유응부의 팔을 성삼문이 달려와 재빨리 움켜잡는다.

"대감! 고정하오소서."

"놓게, 어명의 수행일세."

"대감, 한승지의 말이 거짓은 아닐 것이옵니다."

성삼문의 만류가 지극하게 들렸는지, 유응부는 노기를 끓이면서도 참을 수밖에 없다. 머뭇거리던 성승과 박쟁마저도 유응부를 만류하자 그야말로 자의반 타의반으로 물러나지 않을 수가 없다. 결국 유응부는 끌려내려올 수밖에 없다. 한명회의 입가에는 비로소 안도의 웃음이 돈다. 그러나 밀려나는 유응부는 분루를 삼키고 있다.

─운이지. 때가 미치지 않았어.

이 일은 성삼문과 박팽년 등에게도 허무한 일이 되고 말았다. 성삼문은 애써 자위를 하려 했으나 가슴이 미어지는 것 같은 통한을 추스를 수가 없다. 운도 운이었지만, 그 모든 일이 한명회한 사람의 기지에서 비롯된 것임을 알았다면 그의 울분은 더했을 것이 분명하다. 그러나 거기까지는 아직 성삼문이 짐작할 수가 없다. 세자가 아니 온 것도, 운검을 폐한 것도 모두 우연한 일이라고만 생각하고 있었다.

너무 아쉬움이 컸던 탓일까. 연회가 파한 뒤에도 성삼문과 박팽년은 창덕궁을 떠나지 못한다. 화려한 연회의 뒤끝이라 그런지 마음은 더욱 허허롭기만 하다. 두 사람은 회한을 되씹으며 퇴궐할 수밖에 없었다.

4

명나라의 사신을 위한 연회를 마치고 경복궁으로 돌아온 세조의 진노는 하늘을 찌른다. 자신의 허락 없이 운검을 폐하여 외빈(外賓)에 대한 예우를 소홀히 한 것은 국가의 위신을 무너뜨린 것이나 다름없다는 격노였다.

"말이 되느냐. 이름 없는 여염에서도 손님 대하기를 극진히 하는 것이 주인 된 자의 소임이거늘, 항차 외빈을 맞는 연회가 아니더냐. 대체 무슨 연유로 운검을 폐하였는지 소상히 아뢰어라!"

좌부승지 한명회는 몸을 움츠린 채 숨을 죽인다.

"말을 하라지 않았느냐. 네 아무리 오만하고 방자하기로 과인의 위엄은 고사하고 종사의 체모를 이토록 깎아내리는 연유가 무엇이더냐!"

연회가 한창 무르익어갈 때 명나라의 사신은 임금이 친임한 연회에 운검을 세우지 않은 연유가 무엇이냐고 세조에게 물었었다. 그때 비로소 세조는 운검이 서지 않은 것을 알았고, 그 모든 것이 한명회의 소행이라고 직감하면서 얼굴을 붉힐 수밖에 없었다.

"운검을 폐한 연유를 아뢰라지 않았느냐!"

"전하, 신의 미천한 생각으로는 그리하는 것이 순리를 따르는 일이라고 믿었사옵니다."

"저, 저런 못된…… 네 순리가 언제부터 조정 대사를 앞섰단 말이더냐. 물러가라, 당장 물러가서 근신, 대죄하렷다!"

세조가 연상을 내려치면서 격노를 거듭하자 한명회는 식은땀으로 온몸을 적시면서도 변명의 말을 입에 담을 수 없다. 물증이 없어서다. 대소신료들이 지켜보는 자리에서 세조가 자신의 장자방 한명회를 향한 격노를 보인 것은 갖가지 추측을 난무하게 하고도 남았다. 실세 중의 실세에 대한 맹주의 진노나 비난은 권력의 개편으로 직결되는 것이 고금의 상례가 아니던가. 게다가 '당장 물러가서 근신, 대죄하라'는 세조의 엄명은 한명회의 종말을 예고하는 것이나 다름없었으므로 조정은 말할 것도 없고, 대궐 안을 뒤흔들어놓고도 남을 일대 사건이 아닐 수 없다.

세자빈 한씨는 최상궁으로부터 편전에서 있었던 이 엄청난 사태를 전해듣고 몸둘 바를 몰라 한다. 지금 좌부승지 한명회를 처단하여 퇴진케 한다면 먼저 정난공신들의 분열을 몰고 올 것이었고, 또 그것은 조정을 이끄는 실세의 기둥을 무너뜨리면서 큰 혼란을 자초할 것이기 때문이다.

"대체, 운검을 폐하게 된 연유가 무엇이라는 것이야."

세자빈 한씨는 짜증으로 뒤섞인 숨가쁜 목소리를 토해낸다.

"좌부승지께서는 끝내 아무 변백의 말씀도 아니 계셨다 하옵니다. 다만……."

"다만이라니?"

최상궁은 그제야 이른 아침 한명회가 입궐하여 세자의 거동을 중지하게 하였고, 스스로 연회장의 크고 작은 범절을 관장하겠다고 진언하여 윤허를 얻어냈다는 대전 내관의 은밀한 말을 소상히 전했다. 그 순간 세자빈 한씨의 얼굴이 창백하게 바래졌다.

"운검은 누구였다 하던가."

"성승 대감과 유응부……."

"그만 되었네!"

세자빈 한씨는 최상궁의 얼굴을 뚫어질 듯 보면서 싸늘하게 부연한다.

"역모의 조짐이 보였음일세!"

"역모라니요, 빈궁마마."

"운검할 사람들을 의심하지 않고서야 운검을 폐할 까닭이 없 지를 않겠는가."

최상궁은 잠시 문 밖으로 시선을 굴린다. 행여라도 누가 들었 을까 걱정되는 모양이다. 그러나 세자빈 한씨는 확신에 찬 목소 리로 두 사람의 운검을 다시 거론한다.

"성삼문의 아비가 성승이 아닌가. 나는 좌부승지의 예지를 믿 는 사람일세. 세자저하께오서는 지금 어디에 계신가."

"중궁전에 드셨사옵니다."

"중궁전이라니?"

세자빈 한씨는 미간을 찌푸리며 추궁하듯 묻는다. 편전에서 그와 같이 엄청난 일이 벌어지고 있었는데, 세자의 처지로 중궁 전에 들어 있다면 너무 한가한 처사였기 때문이다.

"주상전하께오서도 중궁전에 드셔 계시옵니다."

"하면 전하께서 부르셨다는 말이더냐?"

"그러한 줄로 아옵니다."

아, 세자빈 한씨는 신음을 토하면서 몸을 일으킨다.

"어디로 납시게요?"

"중궁전으로 갈 것이네."

동궁의 별채를 나선 세자빈 한씨는 몹시 허둥거린다. 세조의 진노가 중전에게 미치고 세자에게까지 미친다면 한명회는 구원받을 길이 없어지지 않겠는가. 한명회의 명예스럽지 못한 퇴진은 세조를 위해서나 종사를 위해서나 결단코 바람직한 일이 아닐 것이리라. 세자빈 한씨는 안간힘을 다해 진언하리라고 다짐하면서 중궁전으로 달리고 있다.

땅거미가 스며들기 시작한 중궁의 내정에는 상궁과 내시들이 넋이 나간 사람처럼 서 있다. 세조의 노기가 방 밖으로까지 새어 나왔기 때문이다.

"중전마마, 빈궁마마 드셨사옵니다."

최상궁의 목소리가 채 끝나기도 전에 중전 윤씨가 허둥지둥 달려나온다. 그리고 빈궁 한씨에게로 다가서며 애원하듯 말한다.

"빈궁, 대체 이 일을…… 아무래도 좌부승지가 무사하지 못할 것 같다."

"소인이 진언드릴 것이옵니다."

빈궁 한씨의 목소리는 하얗게 바래져 있다. 그러면서도 결기만은 살아서 꿈틀거린다.

"진노가 어디 어지간하셔야지. 정성을 다해서 고해야 할 것이야. 너만 믿으마."

세조의 분노가 얼마나 거칠었으면 중전 윤씨의 심신이 파김치가 되어 있을까. 심약한 세자의 모습은 보지 않아도 알 것만 같다. 세자빈 한씨가 중전의 뒤를 따라 방으로 들어서자 세조의 달갑지 않은 눈초리가 그녀의 움직임을 주시한다. 총명하고 지혜로운 며느리 한씨를 한명회와 같은 패거리쯤으로 보는 시선이 분명하다.

"아바마마……."

"들을 것 없느니라."

세조는 들었던 술잔을 소리나게 내려놓으며 세자빈 한씨의 간절한 목소리를 짓누르고 나선다.

"무엄 방자해도 유만부동이지. 제놈이 무엇이관데…… 과인의 체모를 깡그리 무너뜨리고, 그것도 모자라서!"

세자빈 한씨는 여기서 밀리면 물러설 곳이 없다고 생각한다. 군왕의 말은 취중에도 왕명이 되기 때문이다.

"아바마마, 세 사람의 운검 중에 어느 한 사람이라도 불궤를 도모하였다면 운검을 폐한 것은 하늘의 뜻을 받든 것이 될 수 있사옵니다."

"말을 삼가⋯⋯."

세조는 바른손을 번쩍 든 채 말을 이어가지 못했고, 중전은 사색이 된 얼굴로 탄식처럼 토한다.

"아가!"

세자 장은 상체를 굽히며 세조에게 용서를 구하는 동작을 취하고 있다. 이 모든 것이 일시에 일어난 일이었으므로 방 안의 움직임은 모두 정지되고 정적만이 깊이를 더할 뿐이다. 짧은 순간이었지만 엄청나게 길게 느껴지는 침묵이 흐른 후 세조가 들었던 손을 내린다. 세자는 상체를 들면서 지어미 빈궁의 무엄한 발설을 힐문하듯 쏘아보려 하였지만 입을 열지는 못한다. 그나마 중전 윤씨만이 안간힘을 다해 빈궁이 던진 화제를 이어가고자 하였다.

"운검이 불궤를 도모하다니, 좌부승지가 그런 말을 입에 담더냐?"

"아바마마, 좌부승지를 다시 부르시어 엄중히 하문하소서. 역모의 기미가 보였을 것이옵니다."

"빈궁은 말을 삼가렸다. 불궤니 역모니 하는 말을 입에 담으면 얼마나 많은 사람들이 피를 흘려야 하는지 너는 정녕 모른단 말이더냐. 더구나 빈궁이 운검을 거명하면서 불궤를 입에 담았다면 함께 문초를 받아야 하질 않겠느냐!"

"……!"

"알아들었으렷다!"

"아바마마, 나이 어린 빈궁이옵니다. 용서하소서."

세자 장이 지어미의 몽매함을 애절한 목소리로 대신 빌었으나 세조의 노여움은 도를 더할 뿐이다.

"총명과 경박함은 엄연히 다른 것이야!"

세자빈 한씨의 얼굴에 굵은 눈물줄기가 흘러내린다. 자신의 잘못을 뉘우치는 눈물이 아니라 세조의 지나친 독단을 염려하는 눈물이다.

― 앙금이 되지나 않을지.

중전 윤씨는 무너져내리는 속내를 추스르지 못한다. 지아비 세조와 며느리 빈궁의 갈등이 세자 장에게까지 미친다면 그들의 금실에도 금이 가고야 말 것이 아니겠는가.

밤이 깊어가는데도 네 사람은 자리를 뜨지 못한다. 끈적이며 부푸는 앙금이 두려워서다. 그때 대전 내관의 다급한 목소리가 들려온다.

"전하, 우찬성 정창손이 면대를 청하옵니다."

"밤이 늦었느니라. 밝은 날 다시 들라 이르라."

"전하, 아뢰옵기 황공하오나 불궤를 도모한 무리가 있었다 하옵니다."

"불궤라니!"

세조는 벌떡 몸을 일으키며 방을 뛰쳐나간다. 비록 취중이었으나 비호 같은 몸놀림이었다.

"빈궁, 불궤라고 하질 않느냐. 빈궁은 알고 있었느냐?"

"아니옵니다."

"모른다면서 어찌…… 그런 엄청난 말을."

"하오나 좌부승지만은 알고 있었을 것이옵니다."

중전 윤씨는 한숨을 놓을 뿐 해야 할 말을 잃는다. 세자빈 한씨의 등불보다 밝은 예지가 어디까지 이어질지 걱정이 앞서기 때문이다.

세조가 사정전으로 뛰어들었고 가까운 위치에 세자가 자리를 함께한다. 협실에서 대기하고 있던 정창손은 문 앞에서부터 기어들어오는 형국이다. 그는 세조의 탑전에 이르러 울부짖듯 토해낸다.

"전하, 신의 불충을 중벌로 다스려주오소서. 신이 역모를 꾀한 자들에게 영의정으로 영입되었었다 하옵니다."

"역모라니, 대체 누가?"

세조는 이미 취기가 말끔히 가셔 있다. 중궁전을 나설 때와는 사뭇 다른 냉정한 목소리로 추궁한다.

"전하, 그 일에 대해서는 신의 사위인 성균관 사예(司藝) 김질이 소상히 알고 있사옵니다."

"성균관 사예 김질은 어디 있는가?"

"협실에서 기다리고 있사옵니다."

"당장 김질을 들라 이르라!"

세조의 목소리는 점차 거칠어간다. 협실에서 기다리고 있던 김질이 내시 전균의 인도를 받으며 세조 앞에 부복한다. 그 때문인지 촛불이 크게 요동친다. 세조는 김질의 동태를 한참이나 쏘아보다가 추궁하듯 입을 연다.

"네 정녕 역모의 전모를 알고 있느냐!"

"그러하옵니다, 전하."

김질의 목소리는 심하게 떨려 나온다.

"당장 소상히 고하렷다!"

김질은 머리를 방바닥에 찧을 정도로 상체를 굽히며 죽어넘어가고 있다.

"전하! 신에게 중벌을 내려주오소서. 신이 성삼문과 더불어 역모를 논하였사옵니다."

성삼문이란 말에, 그리고 김질 자신도 역모에 가담했다는 말에 세조의 용안은 형언할 수 없이 일그러진다.

"중벌을 내려주소서, 전하!"

군왕은 역시 군왕이어야 한다. 세조는 목소리를 가다듬으면서

격양되어 있는 김질을 달랜다.

"지금이 어디 벌을 논할 때이더냐. 네가 역모를 내게 고하였으니 오히려 상을 주어 마땅한 일, 그만 하고 어서 소상히 고하여라."

"망극하옵니다. 전하."

"어서 고하라니까."

"예, 전하. 성삼문이 일전에 신을 청하여 말하기를……."

김질은 일의 전모를 낱낱이 털어놓는다. 한마디 한마디가 이어질 때마다 세조의 얼굴은 붉으락푸르락 무섭게 노기를 띠어간다. 김질의 목소리는 점점 기어들어가는 듯했고, 그의 장인 정창손은 마치 자신이 죄를 지은 것 같아 몸 둘 바를 모른다.

"신이 저들을 감히 물리치지 못하고 불측한 무리에 가담하였다가, 오늘에 이르러서야 두렵고 망극함을 이기지 못하여 고하는 것이옵니다. 죽여주오소서, 전하."

세조는 충격에서 헤어나기 위해 안간힘을 쓰고 있다. 성삼문이라면 배신감이 앞선다. 세종시대 집현전에서 만났던 인연이었다. 그리고 그 높은 학문과 인격은 조정의 대들보로 쓰일 인재가 아니던가.

"네 말에 추호도 꾸밈이 없으렷다!"

"그러하옵니다, 전하."

김질은 그것만이 살 길이라는 듯 다시 머리를 방바닥에 찧는다. 믿고 싶진 않았지만 믿을 수밖에 없는 일이다. 김질 자신이 가담했었다는 데 거짓일 수가 없다. 세조는 비굴하게 엎드린 김질의 한심한 몰골을 잠시 내려다본다. 스스로 자복해온 것은 다행한 일이었지만, 한편으로는 더러운 것을 보듯 기분이 떨떠름해지기도 한다. 저런 자는 아마 역모가 성공했으면 제일 앞서 날뛰었으리라는 생각도 든다.

"잠시 물러가 있으라."

두 사람을 물리고 나서도 한참을 생각에 잠겨 있던 세조는 승지들을 불러드린다. 한밤중에 일어난 일이었으므로 세조는 승지들이 입궐할 때까지 참담한 심정을 끓여야 했다. 그는 비로소 한명회의 모습을 떠올린다. 자신의 모진 질책을 받으면서도 거침없이 주청하던 칠삭둥이 당나귀상이 너무도 선명하게 뇌리를 어지럽혀서다.

급한 명패를 받고 도승지 박원형, 동부승지 윤자운, 그리고 우부승지인 성삼문이 입시했다. 성삼문을 보는 순간, 세조의 살기에 찬 두 눈은 푸른 불꽃을 뿜어낸다.

"저놈을 당장 잡아 꿇리렷다!"

세조가 손가락으로 성삼문을 가리키며 소리치자 입시한 승지들은 모두 안색이 하얗게 질린다. 어리둥절하긴 했지만 누구의 명이라 거역하겠는가. 임금의 호위병사들인 내금위들이 달려들어 성삼문을 꿇어앉힌다.

세조는 꿇어앉은 성삼문을 찌르는 듯한 눈초리로 쏘아본다. 성삼문은 이미 모든 것을 단념한 듯 오히려 차분한 얼굴로 세조를 올려다본다.

"이놈! 네가 네 죄를 알렷다!"

드디어 세조의 노성일같이 벽력처럼 터져나온다. 그러나 성삼문은 태연하게 버티어본다.

"전하, 황공하옵니다만 영문을 모를 일이옵니다."

"네가 김질을 모른다고는 못할 터이니라."

세조가 김질의 이름을 거론하자, 성삼문은 이미 일이 터졌음을 실감한다.

"이놈, 네가 그 김질과 무슨 일을 의논했느냐. 내 이미 알고 있거늘, 바른대로 고하렷다!"

세조의 호통이 태산교악과 같은데도 성삼문의 언동은 흐트러지지 않는다.

"청컨대 김질을 면대하게 해주오소서. 그런 연후라야 아뢸 것이옵니다."

"김질을 불러라!"

세조의 거친 어명에는 이미 살기가 배어 있다.

김질과 성삼문, 어제까지는 충의를 다짐했던 동지들이다. 그러나 지금은 다르다. 한 사람은 역적의 죄를 쓰고 삼족과 함께 멸해질 처지였고, 다른 한 사람은 배신자의 낙인이 찍히면서 부귀와 영화를 누릴 위치에 있다. 성삼문은 들어와 앉는 김질을 노려보았으나, 김질은 성삼문의 시선을 피한다.

"성균사예가 들어왔느니라. 할말이 있으면 해보렷다!"

세조의 노성일갈이 있자 성삼문은 타는 듯한 눈초리로 김질을 다시 쏘아본다. 고개를 숙이고 있는 김질의 모습이 너무도 측은해 보인다.

―저 쓰레기만도 못한 인간에게 무엇을 물어보리!

성삼문은 그렇게 생각하며 시선을 돌렸을 때, 세조의 호통소리가 전각 안을 찌렁하게 울린다.

"저런 고연. 성균사예가 먼저 말하면 된다. 성삼문이 네게 무어라 했느냐?"

입신양명에 눈이 멀어 고변한 것이 아니다. 우유부단하고 의심이 많은 성격 탓으로, 살이 찢어지고 뼈가 으깨지는 문초가 두려워서 이 자리에 앉게 된 김질이다. 성삼문과 나란히 앉고 나서부터 그는 기가 질려 세조의 채근에도 입을 열지 못한다.

"당장, 이실직고하지 못할까!"

세조의 노성이 다시 사정전을 찌렁찌렁 울린다. 결국 김질은 성삼문의 눈치를 살펴가면서 일의 전말을 다시 늘어놓기 시작한다. 이 무슨 치욕스런 모습인가. 고변하는 김질이 추해 보이는 만큼 성삼문의 의연한 모습이 돋보인다. 김질의 이야기가 운검을 드는 일에 미쳤을 때다.

"되었네. 더 말하지 말라!"

어전임을 아랑곳하지 않고 성삼문이 김질의 실토를 제지한다.

"어떠냐! 이래도 네가 그같은 일을 아니 꾸몄다고 할 터이더냐!"

세조가 얼굴을 붉히며 다시 추궁하자 성삼문은 쓴웃음을 머금은 얼굴로 대답한다.

"김질이 말한 것이 대체로 맞습니다만…… 그 곡절은 아직 밝혀지지 않았사옵니다."

"네가 무슨 곡절로 그런 무엄한 일을 꾸몄다는 게야!"

성삼문은 세조의 물음에는 대답을 하지 않고 엉뚱한 말을 중얼거린다.

"혜성이 나타났기에 참소(讒訴)하는 자가 나올까 염려하였더니……."

성삼문의 태도가 임금은 안중에도 없다는 투였으니, 세조가 더 참고 견딜 리가 없다.

"저놈을 포박하여 끌어내렸다."

내금위들이 달려들어 성삼문을 결박하고 끌어내자, 이제 국문하는 장소는 사정전 앞뜰로 옮겨졌고, 순식간에 형틀까지 대령이 된다. 임금이 죄인을 추국하는 것이 친국이다. 몇 차례 태장을 친 다음 세조는 엄중히 추궁한다.

　"네가 나를 안 지 오래되었고, 내가 너를 남달리 후하게 대했음은 너도 알 것이니라. 그러니 숨기는 것이 있어서는 아니 된다. 어서 바른대로 고하라."

　금방 매까지 쳤던 세조는 다시 마음이 흔들리는 모양인지 목소리가 낮아진다. 성삼문, 깨뜨려버리기엔 너무 크고 아까운 그릇이라고 여겨진 때문이리라. 더구나 선비의 몸이다. 몇 대 안 되는 매에도 살점이 갈라지고 피가 튀어서 목불인견의 참상이다. 그러나 그 기개만은 죽지 않은 듯 성삼문은 눈을 빛내면서 분연히 외친다.

　"몰라서 묻소이까. 옛 주군을 다시 세우려 한 것뿐이외다. 천하에 자기 임금을 공경하지 않는 자가 어디 있으오리이까. 상왕 전하만을 임금으로 섬기려는 나의 마음을 나라 안 사람들이 모두 알고 따르는 바인데, 이를 어찌 역모로 몰아가려 하오이까, 나으리!"

　"나으리?"

　세조는 그 말뜻보다도 나으리란 호칭에 더욱 충격을 받는다.

마치 난생처음 들어보는 말이기라도 한 양 그 말을 되뇌어본다.

"나으리, 네가 정녕 나를 나으리라 불렀느냐?"

"그렇소이다. 수양대군 나으리가 아니오이까. 아무리 익선관에 곤룡포를 갖춰 입어도 내게는 수양대군 나으리로밖엔 보이질 않소이다."

세조를 숫제 임금으로 여기지도 않는다는 말이었으니 일국의 군왕에게 이같은 모욕이 어느 천지에 다시 있겠는가. 옆에 늘어선 승지며 내관, 내금위들까지 무안해질 지경이다. 세조는 무어라 말을 잇지 못하고 부르르 몸을 떨고만 있다. 이미 각오가 되어 있다는 듯 성삼문의 독기 오른 목소리가 다시 튕겨져나온다.

"나으리! 나으리께서는 평소 종종 주공을 끌어대곤 하였는데, 주공이 과연 나으리와 같은 일을 지질렀소이까."

"……!"

"이 성삼문이 이러한 일을 도모하는 까닭은 오직 하나, 하늘에 두 해가 없음과 같이 백성에게는 두 임금이 없기 때문이요!"

세조는 애초 즉위하기 전부터 성삼문 등 집현전 학사들에 대해서는 후히 대접해준 것이 엄연한 사실이다. 그들과의 친교도 친교려니와 그들의 학문을 높이 산 까닭이다. 즉위 이후로 그들이 가진 감정도 모르는 바가 아니다. 그럴수록 그들을 중용해서 쓰는 것이 군왕의 풍모라고 여겨오지 않았던가. 지금 비록 그들이 신숙주나 한명회, 권남 등 정난의 주축들보다 낮은 품계에 있다 하나 그것은 세조의 본뜻이 아니다. 그런 까닭으로 성삼문이 순순히 굽히고 들어오면 없었던 일로 덮어주고픈 마음도 아주 없지는 않다. 그렇기에 그 일파를 모두 잡아들이지 않고 성삼문만을 국문하고 있음이다. 또한 아직 중신들을 입궐시키지 않은 것도 그러한 연유에서다. 그러나 일이 이렇게 되면 얘기는 달라진다.

"네가 정히 그리 생각하였다면, 선위 받던 당일에는 어찌 저지하지 않았느냐. 그때는 나를 따르더니 이제 와서 배반을 하겠다는 말이더냐?"

"당시의 형세가 저지할 수 없었음이오이다. 내가 나서도 막을 수 없음을 알고는 물러나서 목숨을 끊을 생각도 하였으나, 헛된 죽음은 무익할 뿐이라 오늘을 도모하기 위해 참고 기다려오지 않았소이까!"

한마디 한마디 대답하는 것이 이와 같이 당차니 견딜 수 없는 쪽은 오히려 세조다. 이는 마치 성삼문이 세조를 국문하는 것 같은 형국이 아니던가.

"저놈을 매우 쳐라."

다시 살점이 튀는 잔혹한 매질이 이어진다. 그러나 어디 매질을 당하는 자만이 고통스럽다 하랴. 그 모양을 바라보는 세조의 마음 또한 갈기갈기 찢어지는 것만 같다. 맞으면서 웃을 수 있는 것이 성삼문이었다면 매질하게 하면서도 통곡을 해야 하는 쪽이 세조의 처지다.

"그만 멈추어라!"

그 고함은 비명과도 흡사하다. 태장을 멈추자 기를 잃어가던 성삼문이 마지막 안간힘으로 고개를 치켜든다.

"더 치시오, 나으리."

"이놈! 누구누구가 너와 공모하였느냐. 어서 대어라."

"나 혼자 하려 했던 일이오."

"이실직고하지 못하겠느냐. 내가 이미 알고 있거늘!"

성삼문은 잠시 생각에 잠겼다가 아버지 성승을 거론하고 나선다.

"내 아비와 공모하였소이다."

왜 하필 아버지 성승의 이름을 먼저 댄 것일까, 세조는 그 말을 듣고 싸늘하게 쏘아붙인다.

"너희들이 한 일이 정녕 정당하다고 생각한다면 어찌 공모한 자를 숨기려 하느냐. 그것이 바로 네놈 스스로 죄를 알고 있다는 말일 것이니라."

성삼문도 그 말에는 대꾸를 하지 못한다.

"어서 대지 못하겠느냐."

"김질의 고변이 있었으니 나으리께서 이미 알고 있는 일이 아니오이까."

"좋다, 그렇다면 내가 말을 하지. 박팽년, 하위지, 이개, 유성원
이렷다?"

"그러하오."

"성승, 유응부, 박쟁에다 김문기!"

"그러하오."

성삼문은 순순히 시인을 한다. 자신이 부인한다고 해서 끝나
는 일이 아님을 왜 모르겠는가.

"도승지!"

세조가 소리 높여 불렀다.

"예, 전하."

도승지 박원형이 창백한 낯빛으로 허리를 굽히며 대답한다.

"즉시 간당들을 잡아들이도록 하고, 지체없이 대소신료들을
입궐하게 하라."

피바람이 일고 있음이다. 차마 입에 담지 못할 피바람은 이렇
게 일기 시작한다.*

---

* 후일 사육신(死六臣)으로 기록될 사람들은 이날 밤 하나하나 잡혀오기 시작하였고 급기
야 사정전 앞마당은 피바람으로 요동치기에 이른다.

이　몸이　죽어가서

1

세상일은 참으로 알 수 없다. 어떤 사람들은 호사다마(好事多魔)라 하여 즐거운 일이 있으면 반드시 궂은 일이 있을 것이라고 했다지만, 그 말이 성립된다면 궂은 일이 있으면 반드시 즐거운 일이 있다는 말도 있어야 하지를 않겠는가.

세자빈이 된 군부인 한씨는 그 빛나는 학문과 추상같은 위엄으로 궐 안 내명부를 휘어잡고 있었다.

"허허허, 빈궁은 아무래도 폭빈(暴嬪)이야. 빈궁이 행차하면 궐 안의 초목까지도 숨을 멈춘다고 하던걸……."

세조는 며느리 한씨를 폭빈이라고 놀리면서도 대견히 여겼다. 궐 안 내명부들에게도 암투가 있기 때문이다. 젊은 여인들은 임금에게 잘 보이기 위해 온갖 추태를 다 보이는가 하면 늙은 것들은 대비나 중전의 신임을 얻기 위해 그야말로 물불을 가리지 않는 대궐 안에 빈궁 한씨와 같은 존재가 있다는 것은 다행한 일이다.

그 빈궁 한씨가 회임을 하였다는 소식은 온 대궐 안을 들뜨게 하고도 남는 길보가 아닐 수 없다. 그러나 중전 윤씨만은 조심스럽기 그지없다. 지금 임금이 정무를 살피는 사정전 앞마당이 피로 물들어가고 있지 아니한가. 불에 단 인두로 죄인들의 등판을 지져댈 때 풍겨나는 노린내를 대궐 어느 곳에서도 맡을 수 있는 지경이니 궐 안의 심란함을 헤아릴 길이 없다.

"아가, 경사로운 일이 사람들의 입초시가 될까 걱정스럽기 그지없고나."

중전 윤씨는 며느리 한씨가 문안을 들 때마다 언동 조심할 것을 누누이 당부하였고, 동궁에 들러서는 시름시름 앓고 있는 아들 도원군에게도 신신당부하곤 했다.

"어마마마, 크게 심려하실 일이 아닌 줄로 아옵니다. 빈궁도 어머님의 당부를 잘 알아들었을 것으로 아옵니다."

"그리만 되어주면 얼마나 좋을꼬……."

쌓여만 가는 중전 윤씨의 심려는 아랑곳없이 사정전 앞뜰의 친국은 끝없이 이어질 모양으로 매질하는 태장소리, 뿜어지는 비명소리가 더해만 간다.

2

탕, 탕, 탕!

중문 두드리는 소리가 들려온다. 아무리 세심히 들어도 남정 네가 두드리는 우악스러운 문소리는 아니다. 밤은 이미 깊어 있 는데 아낙네가 왔다면 은밀하고 환급한 일이 아니겠는가.

"나으리…… 접니다."

민씨부인의 조심스러운 목소리가 들려왔다. 한명회는 거침없 이 대답한다.

"들게나."

민씨부인이 조금은 상기된 얼굴로 앞장서 들어왔고, 놀랍게도 안성댁이 뒤를 따랐다.

"아니, 안성댁…… 아니지. 야심한 시각인데 최상궁이 웬일이 야?"

안성댁은 빈궁 한씨를 사가에서부터 모셔온 보모였으나 지금 은 빈궁전의 범절을 살피는 상궁이 되어 있다. 빈궁 한씨가 그녀를 한명회에게 보냈다면 궐 안의 사태가 반전되었음이 아니고 무엇이겠는가.

"빈궁마마께서 화급한 일이라 하시면서 서찰을 적어주셨사옵니다."

"오, 그래……."

최상궁이 저고리 소매에서 봉서를 꺼내는 동안 민씨부인이 입을 연다. 그녀로서도 입 다물고 있을 일이 아니어서다.

"근보 어른께서 자복을 하셨답니다."

한명회는 알고 있다는 듯 한씨의 서찰을 펼쳐든다. 얼마간 흘림이 섞인 언문이었지만 빈궁 한씨의 성품만큼이나 깔끔하고 유려한 필체다.

참으로 놀라운 예견이셨습니다. 어찌 천우신조라고 아니하리까. 모든 시름을 더시고 어명을 기다리소서. 더욱 소임이 막중해지신 것을 감축드리며, 기쁨을 못 이겨 몇 자 적어 전합니다.

한명회는 짜릿한 감동에 젖어든다. 그는 세조를 처음으로 만나던 날, 후원 정자로 나왔던 나어린 한씨의 모습을 상기해본다. 그날 이후 여러모로 배려를 아끼지 않았던 사연들도 주마등처럼 뇌리를 스쳐간다. 모르는 척하고 기다려도 될 일을 서둘러 전해준 빈궁 한씨의 마음 씀씀이가 고맙기 한량없어서다.

한명회는 최상궁에게 묻는다.

"친국은 마쳤는가?"

"마치는 것이 다 무엇이옵니까. 사정전 앞마당이 피로 물들었습니다."

"순순히 자복을 했다던가?"

"그렇기는 합니다만, 무엄하게도 전하를 나으리라고 불렀답니다."

"……!"

아무리 예견한 일이었다고는 해도 세조를 나으리라고 불렀다면 어찌되는가. 한명회는 파래진 목소리로 다시 묻는다.

"근보 한 사람이던가?"

"웬걸요. 가담한 사람들이 모두 잡혀왔는데…… 유성원이라는 분은 사저의 사당에서 자진을 했답니다."

"차라리 그게 편할 테지……."

"곧 입궐하랍시는 어명이 계실 것으로 아옵니다."

"빈궁마마께는 내가 감읍해하더라고 전해주시게. 대은으로 간직하겠다고."

최상궁이 일어서기도 전에 대전 내관 전균이 달려와서 세조의 어의를 전한다.

"서둘러 입궐하랍시는 어명이시옵니다."

한명회는 고개를 끄덕이는 것으로 대답을 대신하고 입궐을 서둔다. 광화문으로 이어진 육조관아의 넓은 거리가 칠흑같이 어두운데도 말발굽 소리가 요란하다. 잔당들의 소탕이 계속되고 있는 모양이다. 한명회는 전균과 나란히 걷고 있다.

"고변이 있었는가?"

"그러하오이다. 우찬성 정창손 대감께서 서랑과 함께 배알을 청하셨습니다."

"서랑이면, 성균사예 김질이 아닌가?"

"그렇지요. 역모가 성사되면 우찬성께서 영의정 자리에 오르게 되어 있었답니다."

한명회는 등골이 오싹해지는 전율감에 젖는다. 역모의 밀계가 거기까지 진행되어 있었다면, 세조 다음에 주살되었을 사람은 곧 자신이었을 것이기 때문이다.

궐문은 대낮같이 밝혀져 있다. 한명회는 위풍당당한 모습으로 수문장의 예를 받으며 사정전으로 향한다.

비릿한 피 냄새가 진동하는 사정전의 앞마당은 잡혀온 신하들의 야유와 그들을 다스리는 내금위의 호통으로 아수라장이 되어 있었다. 한명회는 되도록 그들에게 시선을 주지 않은 채 사정전으로 든다.

세조의 모습은 보기에도 참담하다. 한명회는 엉거주춤 굽은 절을 마치고 그 앞에 꿇어앉는다.

"전하, 찾아계시옵니까."

세조는 초점을 잃은 시선으로 한명회를 한참 건너다본다. 어색한 대좌가 아닐 수 없다.

"한승지가 내 목숨을 구했음이야."

"망극하옵니다, 전하."

그러나 세조의 표정은 펴지지 않는다.

"어찌하면 좋은가, 저들 모두를 극형으로 다스린다면 조정의 한쪽이 무너짐인데……."

한명회는 대답하지 않는다. 그는 내심 세조의 새로운 치세가 열리고 있음이라고 믿고 있었기 때문이다.

"경이 아니면 이 난제를 해결할 사람이 없어. 말을 해. 어찌하면 역모도 다스리고 인재도 살릴 수가 있는가?"

한명회는 바로 그 인재가 문제라고 대답하고 싶다. 그러나 지금은 그럴 수가 없는 형편이 아니던가.

"전하, 성삼문이 스스로 지은 죄를 자복하였사옵니까?"

한명회가 묻는 말에 세조는 침통하게 대답한다.

"하였지."

"다른 자들도 자복을 하리라고 보시옵니까?"

"하겠지."

"하오면 역모가 분명하질 않사옵니까. 주군의 목숨을 노렸음을 스스로 자복하였다면, 대역무도임을 유념하소서."

죽일 수밖에 없지 않느냐는 뜻을 우회적으로라도 진언한 셈이다. 그리고 한명회는 다시 입을 열지 않는다.

3

피비린내가 코를 찌르는 어두운 옥사.

조심조심 옥문으로 들어서는 한 사람이 있다. 동지들을 고변한 김질이다. 산발에 피투성이로 저마다 한 덩어리의 육괴처럼 내동댕이쳐진 채로 눈만을 야차처럼 빛내고 있는 동지들을 보자, 김질은 눈물부터 솟구쳐서 견딜 길이 없다. 돌연 얼굴을 내민 사람이 김질이라는 것을 안 수인(囚人)들의 얼굴에는 약속이나 한 듯 분노가 치밀어오르기 시작한다.

"수양의 개가 여기는 웬일이더냐?"

준열하게 소리친 사람은 박팽년이다. 박팽년은 성삼문, 유응부와 함께 가장 모진 고문을 받았다. 유응부는 무인다운 체력으로 원기를 회복했고, 성삼문도 그럭저럭 의식만은 찾아가고 있었으나, 박팽년만은 금방이라도 숨이 넘어갈 것처럼 기력을 잃어가고 있다. 그런 와중에도 김질을 보자 노호를 토했으니, 그 분하고 원통함이 가위 뼈에 사무쳐 있었음이 아니고 무엇이랴.

"어서 물러가거라, 개만도 못한 놈……!"

성미가 불같은 유응부는 퉤퉤 침을 뱉어내며 씩씩거린다. 금방이라도 달려들어 목이라도 조일 기세다. 김질은 털썩 무릎을 꿇고 앉는다.

"내 말을 꼭 한 번만 들어들 주시오. 지금의 주상전하께오서는 아무도 대적할 수가 없는 엄연한 지존이 아니시오."

"그럴 테지. 그러니 왕위를 도둑질했고, 우릴 이 꼴로 만든 것이 아니더냐."

옥 안에서 하위지가 야유를 던져온다.

"그것만이 아니오. 여러분을 살리려 하시는 도량을 생각해보시오. 결코 무도한 분이 아니오. 아직은 늦지 않았어요, 지금이라도 생각들을 고쳐야 하오이다."

"저, 저런 개돼지만도 못한 놈이……!"

누군가 카악 뱉은 가래침이 김질의 관복자락에 달라붙는다. 관솔불을 밝힌 옥 안에서도 그 가래에 피가 섞여 있음을 확연히 알 수 있다.

"어서 나가거라, 못된 놈!"

유응부의 호령이 옥 안을 쩌렁쩌렁 울린다.

"아니오이다. 잠시, 잠시 진정들을 하시지요."

"수양이 자넬 보냈는가?"

"그러하다네."

김질은 진실로 동지들을 살리고 싶다.

"어제까지의 일은 묻지 않을 것이니, 지금부터라도 마음을 고쳐서 따르기만 한다면 모든 것을 불문하시겠다…… 하시었네."

"아하하하……!"

박팽년이 죽어가는 소리로 앙천대소를 터뜨린다. 곧 다른 목소리들이 거기 어우러져서 옥 안은 웃음바다로 변해간다. 피에 젖은 몸들을 뒤틀어가며 웃는 모습들이 무시무시하기까지 하다. 김질의 얼굴에는 뜨거운 눈물이 흘러내리기 시작한다. 회한의 눈물이다. 마땅히 피투성이가 되어 동료들과 함께 고통 받고 있어야 할 자신이 아니던가.

성삼문은 잠시 눈을 감고 있다가 시 한 편을 낭송한다.

이 몸이 죽어가서 무엇이 될꼬 하니

봉래산 제일봉에 낙락장송 되었다가

백설이 만건곤할 제 독야청청하리라

김질뿐이 아니다. 듣고 있는 모든 사람들이 눈물을 흘린다. 천 마디의 말이 어찌 한 편의 시를 따르랴. 이번에는 박팽년이 시를 읊는다.

가마귀 눈비 맞아 희는 듯 검노메라
야광명월이야 밤인들 어두우랴
임 향한 일편단심이야 변한 줄이 있으랴

박팽년의 시가 끝나갈 무렵부터는 흐느끼는 소리가 들려오기 시작한다. 누구의 울음인지는 알 수가 없어도 단장의 오열인 것만은 분명하다. 그것은 폐부를 도려내는 아픔일 수밖에 없다. 사연인들 어찌 그같이 절절할 수 있는가.

옥문을 나서는 김질의 몰골은 눈뜨고 볼 수가 없다. 그는 무너지듯 땅바닥에 주저앉는다. 누군가가 달려나오는 것만 같다. 그는 기어서라도 여기를 벗어나고 싶었으나 몸이 말을 듣지 않는다. 검은 그림자가 이마에 부딪쳤다. 느티나무였다. 김질은 그 느티나무에 수없이 이마를 찧으며 황소 같은 울음을 토해낸다. 울어도 울어도 응어리진 수치심은 가시지를 않는다.

4

창문이 희붐하게 밝아오고 있다.

세조의 분노는 사그라지지 않는다. 그는 지난밤 관복자락이 흙투성이로 변한 김질로부터 옥중의 사연들을 전해들으면서 수없이 연상을 내려치며 통분의 고함을 쏟아냈다.

"고얀 것들! 죽일 것이니라. 암, 죽이다마다!"

세조는 김질이 돌아가고 난 다음에도 길길이 소리치며 눈물을 쏟았다. 배신감이 치밀어올라서다. 중전 윤씨가 달려오고, 세자 내외도 달려와 고정하기를 청했으나, 세조는 미친 듯이 사정전을 휘저으면서 울부짖을 뿐이다.

"물러가라. 물러들 가거라. 너희가 청하지 아니하여도 내 저들의 몸뚱이로 어육을 뜰 것이니라. 어서들 물러가라!"

참았던 울분이 터지면 주체할 길이 없듯 세조의 터진 울분은 아무도 막지를 못한다. 비록 자신의 목숨을 노렸던 무리들이었어도 살리고 싶었다. 연유야 아무려면 어떤가. 중용해 쓰고 싶었다. 자신의 치세를 위해서도 종사를 위해서도 그들이 필요한 것이라고 세조는 믿고 있었기에 좌절감은 더 클 수밖에 없다.

마침내 세조는 승정원에 명한다.

"집현전을 혁파하라!"

이 무슨 청천벽력이던가! 얼마나 많은 업적을 남긴 집현전이었던가. 얼마나 많은 인재를 양성해낸 집현전이었던가. 세조 또한 집현전에서 잔뼈가 자라지 않았던가. 세종시대의 찬란한 업적이 집현전을 모태로 이루어진 것을 모르는 사람이 있던가. 세조는 그 집현전을 혁파하라 명한다. 그를 자극한 또 하나의 작은 일이 있었기 때문이다. 성삼문과 뜻을 같이했으면서도 체포되지 않았던 집현전 부수찬인 허조가 자진하였다는 소식이 들려서다.

"경언을 정시하라!"

집현전 출신의 학자들과 얼굴을 마주해야 하는 자리를 세조가 그냥 둘 리 없다. 독선과 독단의 길을 열고 있는 것이기도 했다. 폭풍과도 같은 회오리바람이다. 집현전이 혁파되고 하루가 지난 6월 7일에는 박팽년이 옥사를 한다. 항간에는 옥사가 아니라 자결이라고도 했다.

세조의 분노는 그치지 않았다.

"저들의 주검을 거열(車裂, 죄인의 두 다리를 두 개의 수레에 각각 묶고 수레를 달리게 하여 몸을 찢어 죽이는 극형)에 처하라!"

이미 죽어 있는 시체에 거열을 가한다면 그 잔인함을 어찌 입에 담을 수 있으랴. 죽어 있는 것은 박팽년만이 아니다. 유성원, 허조도 자진하지를 않았던가.

세 사람의 시체는 수많은 사람들이 지켜보는 앞에서 거열에 처해지고 만다. 그것뿐이 아니다. 그들 직계의 식솔들은 모두 교형에 처하고, 어미와 딸, 처첩과 형제들, 그리고 그 형제들의 처첩까지도 모두 먼 변방에 있는 천민촌의 노비로 삼게 했다. 멸문지화란 이를 두고 하는 말일 것이리라.

6월 8일.

이개, 하위지, 성삼문, 성승, 박중림, 김문기, 유응부, 박쟁, 송석동, 권자신, 윤영손 등에 대한 처형이 군기감(軍器監) 앞에서 있었다. 세조는 잔인하게도 백관(百官)으로 하여금 모두 나가서 지켜보게 하였다. 이제까지의 친구이자 후학들이 거열로 몸뚱이가 찢어지는 참경을 지켜보면서 그들은 울지도 못한다. 거리는 온통 피로 물들었고 사람들은 통분의 눈물을 삼켰다. 찢어져 쓰러진 그들의 목은 다시 잘리어져 무려 삼 일 동안이나 거리에 효수된다.* 민초들은 그렇게 무참하게 죽어간 사람들을 충절이라 불렀다. 아무도 그들을 역모꾼이라 부르지 않았다. 민심이란 시대의 고금을 가리지 않는 천심(天心)의 흐름인지도 모른다.

---

* 이로써 역사에 충절의 상징으로 기록되는 사육신의 상왕복위모의(上王復位謀議), 이른바 병자년 옥사가 끝난다. 소년 단종의 양위가 몰고 온 피바람이었다.

고 운 님   여 의 옵 고

1

세조의 밤은 수렁이나 다름이 없다. 달빛은 김종서의 원혼이었고 귀뚜라미의 울음은 성삼문의 신음으로 들린다. 세조는 잠을 이루지 못한다. 뜬눈으로 밤을 보낸 세조의 눈은 언제나 붉게 충혈되어 있다.

9월 11일, 세조의 마음을 더욱 아프게 하는 소식이 전해진다. 사은사로 명나라에 갔던 사돈 한확이 중도에서 병을 얻어 죽었다는 비보가 있었기 때문이다. 이때 한확의 나이 쉰일곱. 공적으로는 정난 일등공신이요, 좌의정이면서도 사사롭게는 세조의 사돈이었다. 누이가 명나라 성조의 비로 뽑힌 덕에 일찍이 명나라로부터 광록시소경이라는 벼슬을 받았고, 그 학문과 인품을 널리 떨친 명현이다. 외모가 준수하였을 뿐 아니라 그 성격이 순하면서도 고결하여 조선의 외교를 담당한 거인이기도 하였다. 그런 사돈 한확이 국사를 수행하던 중에 세상을 떠났으니 세조의 충격은 클 수밖에 없다.

—아버님…….

산월을 앞둔 빈궁 한씨도 눈앞이 캄캄해진다. 그녀에게 있어서 한확의 존재는 친정아버지이기 전에 스승이었다. 그녀의 학문과 곧은 성품은 고스란히 한확에게서 물려받은 것이나 다름이 없다.

세조는 설움에서 헤어나지 못하는 며느리를 위로하기 위해 몸소 빈궁의 거처로 거동한다. 빈궁 한씨는 먼저 달려온 중전의 가슴에 안겨 흐느낌을 토하고 있다. 세조는 며느리의 흐느낌이 잦아들기를 기다렸다가 마음에서 우러나는 위로의 말을 입에 담는다.

"내 어찌 가슴 미어지는 네 설움을 헤아리지 못하겠느냐. 네게는 아버님이자 스승이셨던 것을……."

중전 윤씨도 눈시울을 적시면서 울음을 토한다.

"내게도 사돈이기 전에 스승이셨기에 매사에 조심스럽고 어려웠던 어른이셨느니라."

"망극하옵니다."

"아버님의 시호를 양절(養節)이라고 정할 것이니라."

"성은이 망극하옵니다."

세조는 한확을 위한 모든 배려에 성의를 다하고 있다.

"한승지를 보내 양절공의 시신을 모셔오게 할 것이며, 초종(初終, 초상이 난 때부터 졸곡까지를 이르는 말)의 일도 승정원에 일러 범절에 유루 없게 할 것이니 빈궁은 너무 서러워 말라."

세조가 며느리의 친정아버지 한확의 시신을 고국으로 모시기 위해 심복 한명회를 보냈으니 극진한 예우를 하고 있음이 분명하다.

"아바마마, 백골이 난망이옵니다."

빈궁 한씨는 통렬한 흐느낌으로 세조의 성은에 거듭 망극해하면서도 치미는 설움을 참아내지 못한다. 그녀는 아버지 한확의 빈틈없는 훈도가 자신의 모든 것을 에워싸고 있다고 믿고 있었다.

"너무 서러워하는 것도 아랫사람이 취할 도리가 아닐 것이며, 또한 임부의 몸임도 잊어서는 아니 될 것이니라."

"명심……하겠사옵니다."

빈궁 한씨가 흐느낌을 삼키며 자세를 바로하는 것을 보면서 세조는 입가에 미소를 담는다. 참으로 총명하고 영특하다는 생각이 들어서다.

세조의 하루하루는 허망하기가 그지없다. 그는 정무도 미룬 채 취한 나날을 보내고 있다. 대소신료들은 조정대사는 고사하고 군왕의 몸을 걱정하지 않을 수가 없는 지경이다.

"전하. 조정을 개편하시어 심기 일전하오소서. 성덕에 누를 끼칠까 심히 우려되옵니다."

정인지의 간절한 주청이 며칠 동안이나 계속되자 세조는 조정을 개편한다. 10월 18일의 일이다. 정창손을 우의정에 제수했고, 김질을 동부승지에 명한다. 자신의 목숨을 구해준 사람들에 대한 우대나 다름이 없다. 신숙주를 좌찬성에 제수한 것도 이때다. 구치관이 병조참판, 홍윤성이 예조참판이었으니 이미 권남이 이조판서, 홍달손이 병조판서임을 감안한다면 그야말로 측근 일색으로 메워진 조정이나 다름이 없다. 칠삭둥이 한명회까지 이날 비서실장격인 도승지에 제수되었으니 명실상부한 세조의 장자방이 된 셈이다.

2

또 한 해를 보내고 새해를 맞는다. 세조 3년(1457), 정축년.

이 해는 계유년 정난을 주도해온 쿠데타의 실세들에게 경사를 안겨다주면서 시작된다. 1월 18일에 홍윤성이 예조판서에 제수되고, 3월 5일에는 양정이 공조판서의 자리에 오르면서 도성으로 돌아오게 된다. 판서라면 모든 사람들로부터 대감이라 불리는 정이품의 당당한 자리다. 당사자들의 위풍당당함은 말할 나위도 없지만, 그들의 아내들도 정부인(貞夫人)이 되어 외명부(外命婦) 중에서도 두번째로 높은 서열에 오르게 된다.

소년 상왕의 나이도 이제는 열일곱, 겉으로 보기에는 나무랄 데 없는 청년이었으나, 마음은 우울하고 여려서 시름을 껴안고 있었다. 간혹 대비 송씨와 궁궐을 거닐어보기도 하였으나, 아무 대화도 나누지 않은 채 한숨만 쉬다가 거처로 돌아오곤 하는 무료한 일상이 되풀이되고 있다.

"대비는 무섭지 아니하오?"

넓은 창덕궁은 그들 내외에게 폐쇄된 감옥이나 다름이 없다.

"대비께서도 마음을 모질게 하고 있어야 할 것으로 압니다."

"받자옵기 민망하옵니다, 전하."

"아니에요. 우릴 외방으로 내치고자 하는 의논이 있었다고 들었어요. 언젠가는 다시 거론될 것으로 알아요."

소년 상왕은 그런 말을 할 때마다 눈시울을 적시곤 한다. 대비 송씨는 힘이 되어주지 못하는 것이 언제나 안타깝다. 창덕궁을 찾아와 상왕 내외를 위로해주는 사람은 대비 송씨의 아버지 송현수뿐이다. 그의 출입도 따지고 보면 소년 상왕의 경거망동을 삼가게 해달라는 세조의 엄명이 있었기 때문이다. 그런 사정을 모르는 소년 상왕은 오히려 장인을 걱정하는 마음이 지극하다.

"빙부, 이젠 오시지 않아도 된다니까요. 여기에 자주 오시면 빙부의 신상에도 해가 미칠 것으로 압니다."

사정이 이와 같고 보면 송현수는 소년 상왕의 거처에 오래 머물 수가 없다. 그는 귀로에 대비의 거처에 들러서 소년 상왕의 근황을 듣곤 하였지만, 영특한 대비는 아버지의 처신을 난감하게 하기가 일쑤다.

"아버님, 상왕전하를 내치겠다는 의논이 있었다는 것이 사실입니까?"

"몇 번 있었던 것으로 압니다만, 금상전하께서 불윤하신 것으로 아옵니다. 너무 심려치 마오소서."

"이미 거론된 일인데 심려를 아니 하다니요. 아무리 충절들의 씨가 말랐기로 어찌 이럴 수가 있답니까."

그것은 득달이나 다를 바 없다. 대비 송씨는 울부짖으면서 눈물을 뿌리기도 했고, 때로는 흐느끼는 목소리로 애원하기도 한다. 송현수는 그때마다 소년 상왕의 핼쑥해진 얼굴을 떠올리며 신하 된 도리, 장인 된 구실을 다하지 못하는 회한에 젖곤 하였다.

나날이 고통만 더해가는 송현수에게 내객 한 사람이 찾아왔다. 권완이었다. 권완은 대비 송씨가 소년 단종의 지어미인 중전으로 간택될 때, 함께 후궁으로 간택된 두 사람의 잉첩 가운데 권씨의 아버지다. 권완도 송현수와 같은 처지에 있는 사람이나 다름이 없다. 초록은 동색이라 두 사람의 의기가 투합되는 것은 어려운 일이 아니다.

"조정의 육판 중에 네 사람이 무뢰배의 무리들이에요."

"어디 그뿐입니까. 칠삭둥이가 도승지인데, 이게 어디 말이나 될 일이랍니까."

송현수의 심정은 허탈하기 그지없다. 그럴 수밖에 없는 것이 그는 두 가지의 짐을 진 처지가 아니던가. 대비는 애원하듯 의지하려 들고, 임금은 친구의 의를 내세우며 창덕궁을 감시하게 한다. 애간장이 녹아나는 하루하루를 지내고 있는 처지가 아닐 수 없다.

"함길도에 가 있던 양정을 불러들인 것부터가 꼭 무슨 일을 꾸미고 있는 것으로 보이질 않소이까. 전일에 그토록 떠들다가 멈추었으니, 미구에 다시 시작할 것이 틀림없소이다."

"무엇을요?"

"몰라서 물으십니까. 상왕전하를 외지로 내치자는 것이지요."

"……!"

"틀림없어요. 내치는 것 정도가 아니라 무언가 끔찍한 일을 꾸미고 있는 것으로 보아야 합니다."

"끔찍한 일이라니요?"

"세세히야 알겠습니까만, 상왕전하께 위해라도 가할지…… 저들이 금수만도 못한 것은 삼척동자도 아는 판국이에요."

급기야 권완은 심중의 핵을 들고 나온다. 송현수도 어렴풋이 짐작하고 있었던 일이었지만, 막상 권완으로부터 그런 말을 듣고 보니 가슴이 세차게 두근거린다.

"막아야지요. 그럴 수는 없어요."

송현수는 불쑥 그렇게 내뱉는다. 그로서도 어지간히 상기되어 있었던 모양으로 자신도 모르게 뱉어버린 강한 어조다. 권완은 동조자를 얻은 듯, 송현수를 뜨겁게 건너다보며 감동을 거듭한다.

"백만 원군이오이다, 판돈령!"

송현수는 눈을 내리깐다. 권완의 의사에 동조의 뜻을 밝혔음에도 다시 주춤거린 것은 세조의 말을 떠올린 때문이다. '더러는 판돈령부사를 의심할 것이오만 과인은 그렇지가 않아요. 경은 내 옛 친구가 아니오. 부디 상왕전하를 바로 인도해주시오.' 그는 세조를 배신하는 것이 마음에 걸린다. 어디 그뿐이던가. 금성대군이 두 번씩이나 실패한 일, 게다가 성삼문 등의 처참한 종말까지 목격하지 않았던가.

"이제 더는 보고 있을 수가 없어요. 저들보다 먼저 이쪽에서 손을 쓰지 않는다면, 판돈령께서나 저는 다시없는 불충을 저지르게 됩니다."

"그렇다 해도 어찌합니까. 우리에게 무슨 힘이 있어야지요."

송현수의 대답은 어느 사인가 다시 움츠러들고 있다. 권완은 그런 송현수를 그냥 놓아두지 않는다.

"사람을 모읍시다. 뜻을 같이하는 충절을 모으자니까요."

"정말 따라줄 사람들이 있을지……."

송현수의 마음은 이미 수없이 생각해본 대로, 일이 성사되기 어렵다는 쪽으로 기울어져 있다. 권완은 그같은 송현수의 마음을 집요하게 흔들어대고 나선다.

"있어요, 있습니다. 판돈령께서 기둥이 되어야 하는 것이 사람을 모으는 첩경이에요."

"그렇게 모아진 사람들이 저들의 세력에 비할 수 있을지……."

"허어, 왜 그리 심약하신 말씀만을 하오이까. 이런 일이 어디 병력을 움직인다 해서 되는 일이오이까. 수를 줄이고 은밀하고 신속하게 처결하는 것이 승기오이다. 이 일은 병력이 아니라 충의로 하는 것이 정도예요. 눈물로 지새우는 대비마마를 생각하셔야지요. 이는 대비께서도 바라고 계시는 일이 아닙니까. 판돈령께서 다시 국구가 되시어 이 나라의 국기를 다지셔야 하오이다. 이래도 내 말을 모르겠소이까!"

마침내 송현수는 권완의 강한 의지에 감복하고 만다.

"알겠소이다. 제가 나서지요. 우선 입이 무거운 충절들만 가려서 모으도록 합시다."

"고맙소이다."

두 사람은 굳게 손을 잡아 흔든다. 한 사람은 소년 상왕의 장인이요, 또 한 사람은 거기에 버금가는 후궁의 아버지다. 게다가 소년 상왕의 괴롭고 답답한 처지를 누구보다도 소상히 아는 사람들이 아니던가. 이들은 서로의 뜻을 다짐하고 또 다짐한 다음 은밀히 사람들을 모으기 시작한다.

세상일이란 갑자기 일어나는 법이 아니다. 하나의 씨앗이 자라서 나무가 되고 그런 연후에야 꽃이 피고 열매가 달리질 않던가. 소년 상왕의 운명도 마찬가지다. 그의 운명은 자신도 모르는 사이에 시대의 흐름에 지배당하고 있음이나 다름이 없다.

송현수와 권완이 그들과 뜻을 같이하는 사람들을 은밀히 모으고 있는 동안, 계절은 봄을 쓸어내고 뜨거운 여름을 맞아들이고 있었다.

"무엇이라고? 송현수가 역모를?"

윤사윤이 고하는 말을 들은 세조는 창백해진 얼굴을 보기 흉할 만큼 일그러뜨린다.

"그러하옵니다, 전하. 권완과 동조하여 상왕의 복위를 꾀한 줄로 아옵니다."

"……!"

세조는 부릅떴던 눈을 감아버리고 만다. 입시해 있던 도승지 한명회는 그런 세조의 모습을 싸늘한 눈으로 지켜보고만 있다. 세조는 쿵쿵거리는 가슴을 진정하듯 잠시 허공에 시선을 던져둔다. 분노가 아니라 참담한 회한 속으로 빠져드는 모습이다. 세조의 숨소리가 차츰 거칠어진다. 전혀 예상하지 못했던 것은 아니다. 다만 이런 일이 없기를 기원해온 세조가 아니었던가.

─송현수까지!

세조는 배신감을 느낀다. 이같은 일이 있을까 두려워서 몇 번씩이나 같은 말을 되풀이하면서까지 간절히 당부해두었는데, 그가 앞장서리라고 어찌 짐작이나 했으랴. 한명회의 시선은 세조의 얼굴에서 떠나지 않고 있다. 어서 어명을 내리라고 채근하는 듯한 시선이다.

세조의 이마에는 땀방울이 솟아난다. 날씨 탓만은 아니다. 병자년의 악몽이 다시 살아나는 괴로움을 겪고 있음이다. 이미 결심이 서 있는 세조일 것이나 그는 좀처럼 입을 열지 않는다. 끈적한 바람이 사정전 안에까지 스며든다. 정교하게 엮인 대발도 잠시 흔들린다. 부복해 있는 윤사윤도, 세조를 뚫어질듯 바라보는 한명회도 숨결을 가다듬는다. 세조의 눈자위에 다시 물기가 보인다.

"도승지."

"예 전하."

세조는 눈을 감은 채 중얼거린다.

"의정부의 주청대로 되어가는구먼."

"받자옵기 민망하옵니다. 전하."

"그만 되었어. 내 익히 알고 있는 일이니까. 예문제학은 어서 나가 의금부로 하여금 송현수와 권완을 잡아들이라 이르렷다."

윤사윤은 기어드는 목소리로 대답하고 사정전을 물러나간다.

"도승지는 중신들의 입궐을 명하고 교지를 초하라. 중신들이 입궐하기 전에 마쳐야 할 것이야. 이런 변을 당한 처지로 따로 논죄를 할 필요는 없지 않겠는가."

"……!"

세조는 서둘러 매듭지을 모양이다. 금성대군이 두 차례, 그리고 병자년의 옥사, 모두가 같은 일이 아니었던가. 그때까지만 해도 소년 상왕을 옹호하고 있었던 세조다. 그러나 지금은 사정이 다르다. 상왕을 외방으로 내치기로 결심한 다음에야 가슴 쓰리기만 한 얘기를 두 번 세 번 입에 담을 필요는 없다.

"강봉(降封)을 해야겠지."

상왕을 외방으로 내치자면 지체를 낮추어 죄인 취급을 해야 한다. 세조는 그것을 물었다.

"당연히 그래야 하실 줄 아옵니다."

"노산군이라 하게나."

세조는 잠시 말을 끊는다. 혈육만으로 따져도 가깝고도 가까운 장조카가 아니던가. 더구나 여염의 일도 아닌 왕실의 일이다. 당연히 섬기고 받들어야 할 상왕을 강봉하여 외방으로 내치는 일이 즐거움이 될 수가 있을까. 세조는 돌이킬 수 없는 회한으로 참담해하는 모습이 완연하다.

"강봉을 하면 외방으로 안치해야 하는데, 어디가 좋겠는가?"

"강원도 영월이 적지인 줄로 아옵니다."

미리 생각이라도 해두었던 듯, 한명회는 거침없이 대답한다.

"왜 하필이면 영월이야?"

뜻밖이었는지 세조가 의아해서 묻는다.

"함길도나 평안도는 민심이 불온하여 고려할 수 없사옵고, 경상도에는 유(금성대군)와 어(한남군), 전라도에는 영(화의군)과 전(영풍군)이 안치되어 있지를 않사옵니까."

역시 용의주도한 한명회다. 안치한 뒤에도 혹시 있을지 모르는 어떤 불궤까지 모두 고려하고 있었다.

"영월 땅에 청령포란 곳이 있사온데, 앞으로 삼면은 강이요, 뒤는 기암절벽이라 조용하고 경개 좋은 곳이라 하옵니다."

삼면은 강이요, 뒤가 기암절벽이라면 마치 절해고도와도 같은 고립된 곳이 아니던가. 그것을 한명회는 경개가 좋다는 말로 표현한다. 이상하게도 세조는 순순히 받아들이고 있다.

"도승지가 모든 것을 알아서 처결하되 한치의 유루도 없도록 각별히 유념하시오."

"명심하여 거행하겠사옵니다."

한명회가 사정전을 물러나간 다음에도 세조는 몸을 움직이지 못한다. 오직 눈물이 앞을 가릴 따름이다.

—주공(周公)이 되려 했음인데.

경복궁은 순식간에 술렁거리기 시작한다.

소년 상왕이 무사하리라고 믿고 있던 사람은 아무도 없다. 그러면서도 막상 유배한다는 사실이 밝혀지자, 많은 내시와 상궁들은 전신의 맥을 놓고 눈물을 흘릴 따름이다. 입궐을 하는 대소 신료들도 모두 풀이 죽어 있다. 그들도 하나같이 소년 상왕의 비

운을 생각한다. 태어난 다음날 어머니를 잃은 소년 상왕이다. 그
리고 십칠 년 세월이 흐른 오늘에 이르기까지 형극의 길만을 걸
어오지 않았던가.

중신들이 사정전으로 들어와 부복하자, 세조는 곧 교지를 내
리는 것으로 이 엄청난 일의 모든 절차를 간단하게 매듭지어버
린다.

전날 성삼문 등이 말하기를, 상왕도 그 모의에 참여하였다 하였으므
로, 종친과 백관들이 합사하여 말하기를, 상왕도 종사에 죄를 지었으니
편안히 서울에 거하는 것은 마땅하지 않습니다 하고 여러 달 동안 청하
여 마지않았으나, 내가 진실로 응하지 아니하고 처음에 먹은 마음을 지
키려고 하였다.

지금에 이르기까지 인심이 안정되지 아니하고 계속 잇달아 난을 선
동하는 무리가 그치지 않으니, 내가 어찌 사사로운 은의로써 나라의 큰
법을 굽혀 하늘의 명과 종사의 중함을 돌아보지 않을 수가 있겠는가. 이
에 특별히 여러 사람의 의논에 따라 노산군으로 강봉하고 궁에서 내보
내 영월에 거주시키니, 의식을 후하게 봉공하여 종시 목숨을 보존하여
서 나라의 인심을 안정시키도록 하라.

아무 의견도 더 나눌 것이 없다. 의금부에 잡혀온 송현수와 권

완은 그때 이미 그들의 모든 계책을 순순히 자백한 다음이다. 따로 국문을 할 일도 아니었으므로 벌만 내리면 될 일이다. 그러나 세조는 그 일마저도 다음날로 미룬다.

병자년의 옥사가 있은 다음부터 끈질기게 나돌던 소년 상왕의 유배설, 그래도 설마 했던 그 일이 이렇듯 간단하게 매듭지어지자, 그것을 주청했던 중신들마저도 허탈해지고 만다.

"아무도 들이지 말라."

사정전을 나와 강녕전으로 든 세조는 황금빛 보료에 주저앉으며 소리내어 흐느낀다. 터져오르는 오열을 참을 길이 없다. 아버지 세종대왕의 모습이 보였고, 형인 문종 임금의 병약한 모습도 보인다. 두 분의 환영은 세조의 미어터질 듯한 가슴에 비수를 들이대는 듯 격노해 있다. 얼마를 울었는지 모른다. 그가 문득 제정신으로 돌아왔을 때 방 안은 등촉이 밝혀져 있다. 등촉의 수발을 맡은 내관이 다녀나가는 것도 몰랐던 모양이다.

밤이 이슥해지자 중전 윤씨가 들었다. 그녀의 눈두덩도 부어올라 있다. 두 내외는 아무 말도 하지 않은 채 눈물만 흘린다. 상왕이 어떤 조카인가. 사가에서의 일이었다면 이들 두 내외가 맡아서 길러야 할 금지옥엽 같은 장조카가 아니었던가. 두 사람 모두 천지신명에게 대죄를 지었다는 생각을 하고 있다.

"중전…… 아무 말도 말아요. 아바마마께 용서받을 수 없는 대죄를 지었음이에요. 죽어서인들 형님의 용안을 바로 대할 수 없을 것으로 압니다. 오직 부끄러울 따름입니다."

"망극하옵니다."

다른 말이 있을 수가 없다. 두 사람은 자식 된 도리, 숙부 된 도리를 다하지 못하는 회한을 씹을 뿐이다. 그리고 얼마 안 있어 첫닭 우는 소리를 들었다. 날이 밝아올 모양이다.

4

지척이 천리라 했던가. 창덕궁의 소년 상왕은 아직 아무것도 모르고 있다. 강봉과 부처지가 결정되고 하룻밤을 지낸 다음날인 6월 22일에서야 소년 상왕은 비로소 가슴 섬뜩한 소식을 접한다. 대비 송씨의 사가의 어머니인 부부인 민씨가 입궐하여, 어제 낮에 지아비 송현수가 잡혀갔음을 고하였기 때문이다.

"무슨 일로요?"

"전하의 복위를 밀계하였다 하옵니다."

소년 상왕은 하마터면 비명이 터져나올 만큼 소름끼치는 전율을 느낀다. 모든 것이 끝났다는 허무한 느낌일 것이리라.

"전하, 대체 이 일을……."

부부인 민씨는 북받치는 설움 때문에 말을 잇지 못한다. 소년 상왕은 이상하게 마음이 평온해지는 것을 느낀다. 그것은 전율 다음에 오는 허탈감 같은 것이었는지도 모른다.

"상왕전하! 신 전균 주상전하의 어명 받자옵니다."

대비와 부부인이 놀란 시선을 부딪치며 소년 상왕을 바라보았을 때, 상왕은 담담한 어조로 말한다.

"들어와 고하여라."

전균은 침통한 모습으로 들어와 부복한다. 그는 잠시 동안 입을 열지 못한다. 전균은 세종대왕, 문종대왕, 그리고 단종의 삼대를 모셨던 대전 내관이다. 게다가 계유정난으로 공신의 서열에 올랐고, 지금은 세조를 모시는 내시부의 우두머리 격인 판내시부사의 처지다. 쉽사리 입을 열 수가 없음이 당연하다.

"괘념치 말고 어서 고하라."

"전하, 전하께오서는 노산군으로 강봉되셨사옵니다."

상왕은 담담히 앉아 있었고, 대비와 부부인은 약속이나 한 듯 통렬한 흐느낌을 토해낸다.

"전하, 으흐흐흐."

전각 밖에서도 곡성이 진동한다. 강봉이 무엇을 말하는가. 유배를 동반하고 있는 것임은 누구나 알고 있는 일이다. 그러나 끝까지 침착함을 잃지 않는 소년 상왕의 모습은 의젓하기까지

하다.

"강봉이 되었다면 창덕궁에서도 살 수 없는 일, 내가 갈 곳이 어디라 하더냐?"

전균은 왕명을 받들고 있으면서도 감히 입을 열지 못한다. 소년 상왕의 담담하고 의젓한 모습이 그의 가슴을 찢어지게 했다.

"강원도 영월이옵니다."

그 말 한마디에 어렵게 참아왔던 눈물이 끝내 소년 상왕의 얼굴을 적시고 만다.

"흐으으…… 전하…….."

두 여인은 뼈를 깎는 아픔으로 통렬한 흐느낌을 다시 토해냈고, 소년 상왕은 뺨 위로 흐르는 피눈물을 닦을 생각도 하지 않고 중얼거린다.

"내 한 몸 없어지면 백성들도 편안해지겠지…….."

소년 상왕은 잠시 사이를 두었다가 다시 묻는다.

"언제 떠난다더냐?"

"오늘 모실 것으로 아옵니다."

소년 상왕은 보일 듯 말 듯 고개를 끄덕인다. 이제 나이 열일곱, 죄인의 호송을 서두르지 않을 까닭이 없다는 것쯤은 알고도 남을 상왕이다.

"대비는 어찌 한다더냐? 대비도 함께 모신다더냐?"

"대비마마께오서는…… 함께 가시질 못하옵니다."

급기야 대비 송씨가 칼날같이 소리친다.

"말이 되느냐! 지아비를 받들지 못하게 하다니, 대체 어느 천지에 그같은 망동이 있다더냐!"

원한과 분노에 사무친 힐문이다. 핏기가 가신 얼굴, 불을 뿜는 눈초리다. 그러나 소년 상왕은 태연하게 송씨를 위로하고 나선다.

"잘되었구려, 대비. 나야 죄인이라 가야 하지만, 대비에게야 무슨 잘못이 있소. 대비만이라도 편하게 지내야지요."

"전하…… 전하께오서 영월 땅으로 가신다면 저들이 금수가 아닌 다음에는 신첩으로 하여금 마땅히 뫼시게 해야 할 것이옵니다. 마땅히……."

"대비, 그 마음씀은 고마우나 그리 될 수는 없는 일이 아니오. 대비는 사가로 나가야 하오."

두 사람의 애절한 모습에 전균은 외면하지 않을 수가 없다.

"빙모, 대비를 잘 보살펴주시오. 빙모만 믿겠어요."

소년 상왕의 모습은 처연해 보인다. 그는 치미는 설움을 애써 눌러 참으며 대비 송씨의 손을 움켜잡는다.

"대비…… 나야 왕실에 태어나 기업(基業)을 감당치 못하였으니 강봉도 당연하고 부처도 당연하나, 대비는 전생에 무슨 죄를 짓고 태어났기에 열여덟 어린 나이로 이같은 고초를 겪는단 말씀이오."

"마마……."

대비의 오열은 멈추지 않는다. 소년 상왕의 얼굴은 회한이 빚어내는 쓴웃음과 뜨거운 눈물로 범벅이 되었고, 부부인 민씨는 북받치는 흐느낌을 감내할 수가 없다. 세 사람의 슬픔은 물꼬가 터진 봇물과 무엇이 다르랴.

"아뢰옵니다. 대비마마께서는 지금 곧 사가로 납시어야 하오이다."

생이별을 재촉하는 운명의 시각이 닥쳐오고 있다.

"대비……!"

소년 상왕이 먼저 입을 연다. 잠시라도 더 함께 있고 싶은 아쉬움을 감추지 못하는 어조다.

"잠시도 지체할 수 없소이다. 서둘러 시행하시오!"

지휘하는 자의 노기 어린 목청이 다시 울린다.

"대비, 살아 있으면 다시 만나게 될 것으로 압니다. 지체하면 저들의 노여움을 사게 됩니다. 어서 그만……."

소년 상왕은 말을 마치지 못한 채 외면하고야 만다. 급기야 그의 두 어깨가 요동치기 시작한다. 대비는 부부인 민씨의 부액을 받으면서도 비명같이 소리친다.

"전하, 지어미의 도리를 다하게 해주소서!"

부부인 민씨는 그녀의 몸부림을 감싸안으면서 간곡히 이른다.

"마마, 전하의 심기를 헤아리소서. 작별의 문안을 여쭈셔야지요."

"전하, 전하, 함께 데려가주소서. 어느 천지에 이같은 생이별이 있으리이까!"

대비는 물결처럼 출렁이는 가녀린 몸을 부부인 민씨에게 의지하며 작별의 문안을 올릴 수밖에 없다.

"전하, 용렬한 신첩의 불충을 너그러이 헤아려주시옵고, 만수……무강하오소서, 으흐흐……."

대비는 그들의 짧은 생애에서 마지막이 될지도 모르는 작별의 문안을 올리고, 엎드린 채 일어나지 못한다.

"무엇들을 하느냐. 어서 대비를 뫼시지 않구!"

소년 상왕은 소리치듯 언성을 높이고 고개를 돌린다.

"전하, 전하, 전하!"

대비의 비명 같은 오열이 소년 상왕의 귓전을 때린다. 미치고 싶도록 처절한 생이별이었으나, 소년 상왕은 끝내 고개를 돌리지 않는다. 대비는 부부인에게 몸을 의지하여 몇 번이고 전하를 부르면서, 그토록 사랑했던 지아비의 탑전을 물러나고 있다.

"전하, 전하!"

대비는 떼밀리듯 가마에 몸이 실리면서도 몸부림치며 소리친다. 뿌옇게 흐린 그녀의 시선 앞에는 상왕의 모습이 끝내 보이지 않는다. 내관과 상궁들은 맨땅에 엎드려서 통곡한다. 한여름의 투명한 햇볕이 눈뿌리가 시큰하도록 쏟아져내리고 있다.

　이윽고 대비가 탄 가마가 움직이기 시작한다.

　"마마, 대비마마!"

　"대비마마!"

　내관과 상궁들은 땅을 치며 통곡한다. 그들의 애통한 몸부림도 떠나가는 대비 송씨의 가마를 멈추게 하지 못한다. 가마는 짙은 녹음 속으로 스며들듯 사라져가고 있다.

　이무렵, 소년 상왕은 마루에 나와 섰다. 그의 시계에는 그가 원하는 아무 풍경도 들어오지 않는다.

　─잘 가시오, 대비!

　소년 상왕은 기둥에 몸을 의지했다. 그리고 애써 참았던 통곡을 쏟아내며 스르르 무너져내린다. 무엇이 이토록 소년 상왕을 슬프게 하는가. 그것이 타고난 운명이라고 해도 소년 상왕에게는 처참한 처사였다. 그날 이후 그는 세상을 뜰 때까지 대비 송씨의 모습을 다시 볼 수가 없었다.

경복궁에서는 세조가 영의정 정인지를 불러 상왕의 유배경위를 묻는다.

"영상, 상왕전하를 영월로 모실 채비가 다 되었소?"

정인지는 잠시 사이를 두었다가 대답한다.

"예, 전하. 노산군을 영월로 호송할 채비가 모두 끝난 줄로 아뢰옵니다."

강봉된 마당에 상왕전하라니 무슨 소리냐는 듯이 정인지는 은연중에 꼬집고 있다.* 세조는 소리치고 싶은 노기가 치밀었지만 용케도 참는다. 정인지와 입씨름할 계제가 아니었기 때문이다.

"누가 호송을 하오?"

"첨지중추원사(僉知中樞院事) 어득해, 군지감정(軍資監正) 김자행, 판내시부사 홍득경으로 하여금 의금부도사와 군사 오십명을 거느리고 가도록 하였사옵니다."

"알겠소. 영월까지 가는 길에 만에 하나라도 결례되는 일이 없도록 유념하라 이르시오."

"예, 전하."

---

* 아무리 임금의 말이라 해도 이치에 닿지 않는 것은 꼭 따지고 넘어가는 바로 이같은 성격 때문에 후일 정인지는 수많은 구설수에 휘말리게 된다.

"그리고 영상, 과인이 화양정(華陽亭)까지 전송을 나가면 아니 되겠소?"

화양정은 도성 밖이다. 이곳까지 전송을 나가겠다는 것은 세조의 안쓰러운 심정을 그대로 말해주는 것이나 다름이 없다. 그러나 영의정 정인지의 대답은 냉정하기 그지없다.

"아니되옵니다, 전하."

"일이 이 지경에 이르렀다 하나, 과인은 진심으로 주공이 되리라 맹세를 했던 사람, 다시는 만날 수 없는 조카가 될지도 모르는 마당이니, 마지막으로 숙부 된 도리를 다하고 싶소이다."

"아니되옵니다, 전하. 사사로운 정을 보이지 마오소서. 전하께오서 죄인의 전송을 나가신다면, 어렵게 세운 국법의 지엄함이 다시 흔들리게 되옵니다."

"그렇다면 내관을 보내 나의 애틋한 심정을 전하게 하는 것도 아니 되겠소?"

세조는 임금의 위엄까지 팽개친 채 영의정 정인지에게 사정한다. 그는 인간의 도리, 숙부의 도리에 매달려 있다.

"무방할 줄로 아옵니다."

"고맙구려."

빈정거리듯 말하는 세조의 가슴속은 갈가리 찢어지는 것만 같다. 법도, 법도, 자신이 그렇게도 경원했던 말이 아니던가. 그

법도니 이치니 하는 말에 질질 끌려다니는 조정이 싫어 분연히 몸을 일으켰던 것이었지만, 지금은 세조 자신이 거기에 끌려다니고 있다.

소년 상왕, 아니 노산군의 유배 행렬이 창덕궁의 정문인 돈화문을 나서고 있다. 연도에 엎드린 백성들은 소리 죽여 흐느낀다. 그들은 누가 잘못인지는 따지지 않는다. 다만 비운의 노산군을 애처로워하고 있을 뿐이다. 그것이 바로 세조를 원망함이 아니겠는가.

갓 도포 차림으로 말을 탄 노산군은 되도록 연도에 엎드린 백성들을 보지 않으려고 시선을 허공으로 던진다. 호종하는 신료들이나 병사들의 얼굴에도 아무 표정이 없다. 행렬은 흥인지문을 지나 도성을 벗어나고 있다. 이젠 인적도 드물었고 민가도 드문드문 보일 뿐이다. 행렬이 살곶이를 지나 화양정에 이르렀을 때는 반나절이 훨씬 지나서다.

먼저 와 있던 내관 안노가 세조의 마지막 안부를 전한다.

"상왕전하, 옥체 보전하랍시라는 주상전하의 작별 문안을 전해올리옵니다."

노산군은 잠시 묵묵히 서 있다가 임금이자 숙부에게 전하라는 마지막 말을 남긴다.

"내게 죄가 있다면, 성삼문의 역모를 알고서도 입에 담지 못한 것뿐이니라."

"망극하옵니다, 상왕전하."

내관 안노는 소년 상왕이 화양정을 떠나는 모습을 지켜보고
서야 발길을 돌린다. 그는 도성으로 돌아가는 길에 얼마나 울었
는지 모른다.

—무사하실지…….

안노는 절레절레 고개를 젓는다. 무사할 리가 없다. 미구에 사
약의 행렬이 뒤따를 것이라 생각하니 소년 상왕의 핏기 없는 얼
굴이 눈에 선할 따름이다.

동녘 하늘이 밝아오는 경복궁의 새벽은 적막하기만 했다. 지
난밤에 내린 이슬로 내정은 촉촉이 젖어 있다. 사위의 어둠이 걷
히자 풀잎에 매달린 이슬이 더욱 선명하게 보인다. 이제 눈부신
아침 햇살을 맞으면서 하나하나 사라져갈 이슬이다. 그는 영월
땅으로 떠나간 소년 상왕을 영롱한 아침 이슬에 비유했을지도
모른다. 세조는 아침 일찍 강원도 관찰사에게 유시를 내렸다.

노산군이 있는 곳에 사철 과실을 따는 대로 잇달아 바치고 원포(園
圃, 울안 밭)를 마련하여 수박이나 참외 등에 이르기까지 많이 준비하여
지공(支供)하고, 또 매월 수령을 보내어 그 기거를 문안하게 하며, 그

지공하는 물자의 수와 기거 절차를 월말에 기록하여 아뢰어라.

 강원도의 험한 산길에 시달리면서 노산군은 영월 땅 청령포에 도착한다. 동·남·북의 삼면이 깊은 강으로 둘러싸인 청령포는 마치 작은 반도와 같은 지세다. 서쪽은 깎아지른 절벽이었으니 오직 뱃길로만 통할 수 있게 되어 있다. 이러한 절해고도와 같은 곳에 당도한 상왕, 아니 노산군은 마치 세상의 끝까지 밀려온 듯 적막하기만 하다. 이제 이곳에서 시비(侍婢) 둘만을 데리고, 이십여 명 군사들의 감시 속에서 살아야 한다. 거처인들 오죽하랴. 몹시도 작고 초라한 집은 그래도 지붕에 기와가 얹혀 있는 것이 다행일 정도다.

 노산군은 거처에는 들어가볼 생각도 하지 않고, 멍하니 서서 푸른 강물만을 내려다보고 있다. 그리곤 혼자 중얼거려본다.

 "대비, 이제 당도하였구려. 말로만 듣던 첩첩산중, 이곳이 영월 땅 청령포라오."

 호종하고 온 어득해 등 일행도 눈시울이 뜨거워지는 것은 어쩔 수가 없다. 그들도 미어지는 가슴을 주체할 수가 없어서 서둘러 하직을 고한다.

 "전하, 신 등은 이만 돌아갈까 하옵니다."

 천천히 고개를 돌려 어득해를 바라보는 노산군의 눈빛은, 이미 어린아이의 그것이 아니다.

"그래야지요. 며칠 쉬어가랄 형편도 아니구려."

"망극하옵니다."

"경의 보살핌이 있어 탈 없이 이곳까지 당도하였소. 험한 길이니 조심하여 가시도록 하오. 그리고 주상께 아뢰어주시오. 이곳 청령포는 누가 은밀히 나를 찾으려야 찾아올 수도 없는 곳, 더는 심려치 않아도 될 것이라고."

"전하……."

그런 노산군을 두고 돌아서는 마음들이 오죽했으랴. 그때 한 의금부도사가 지었다는 시는 두고두고 사람들의 마음을 울렸다.

천만 리 머나먼 길에 고운 님 여의옵고
내 마음 둘 데 없어 냇가에 앉았으니
저 물도 내 맘 같아서 울어 밤길 예놋다

소년 상왕의 강봉과 유배, 이 엄청난 사실이 예사로울 수는 없다. 아직은 노산군을 참 임금으로 생각하고, 그의 복위를 계책하고 있는 사람들이 있었기 때문이다.

6

경복궁은 벌써 며칠째 숨소리조차 들리지 않는 고요 속에 빠져 있다. 상궁나인들의 발걸음도 조심스럽다. 7월도 그믐께로 접어들고 있어 아침저녁으로 제법 시원한 바람이 불고, 한가위가 눈앞에 다가와 있는지라 조금은 들뜰 것 같은데도 경복궁 안은 그지없는 정적만이 켜켜이 쌓여가고 있다. 지난해 성삼문 등 사육신이 어육이 될 무렵 빈궁 한씨의 회임 소식이 알려졌었는데, 이번에는 상왕이 강원도 영월 땅에 부처가 되는 때에 만삭이 돼 빈궁 한씨가 거처를 산실청으로 옮겼다.

세상만사를 언제나 조심스럽게 여기면서 심신을 다스려온 중전 윤씨는 불길해지는 마음을 가늠할 길이 없다. 어찌 생각하면 이같이 세상이 어수선 할 때 빈궁 한씨의 몸에서 알토란 같은 왕손이 생산된다면 그간의 시름이 가시는 경사가 되고도 남을 일이지만, 세상일이란 그렇게 단순한 것이 못된다. 게다가 얼마 전부터 세자 장이 앓아눕는 날이 잦아지고 있지 않던가.

후덕한 중전 윤씨는 산실청으로 거처를 옮긴 며느리 빈궁에게로 다가와 한숨 섞인 속내를 전한다.

"동궁의 일은 내가 성의를 다해 보살필 것이니, 빈궁은 순산할 일에만 마음을 쓰도록 해야지."

"송구하옵니다. 어마마마."

빈궁 한씨는 비스듬히 몸을 일으킨 자세로 송구해한다. 자신이 산실청으로 옮김으로써 지아비 세자의 병구완을 시어머님 중전에게 맡긴 꼴이 되어서다.

"아니다, 내가 왜 빈궁의 마음씀을 모르겠느냐. 때로는 어미의 간병이 더 나을 수도 있을 것이야."

중전 윤씨의 마음씀은 언제나 다정하고 따뜻하다. 지아비 세자도 어머니의 간병을 더 마음 편히 받아들일지도 모른다. 사실 세자는 빈궁 한씨의 지나칠 정도로 곧은 품성과 교양이 넘쳐흐르는 말솜씨가 마음에 들지 않을 때도 있었던 터이다.

중전 윤씨는 기어이 안 해도 될 말을 입에 담고야 만다.

"빈궁, 아버님께서 몹시 심란해 계실 때가 아니더냐. 떡두꺼비 같은 왕손을 생산하여 심란해진 아버님의 심기를 편하게 해드리자꾸나."

"명심하겠사옵니다, 어마마마."

중전 윤씨가 산실청을 물러가면서부터 빈궁 한씨는 초조해지는 마음을 가눌 길 없다. 지아비 세자의 환후가 걱정되어서다. 수라 대신 올려지는 전복죽은 아무 하자 없이 끓여지고 있는지, 또 탕제는 제대로 올려지고 있는지, 하나같이 걱정되는 일뿐이다. 따지고 보면 산실청으로 거처를 옮겼다 하여 특별히 달라지는 것은 없다. 그렇다면 지아비 세자가 있는 동궁으로 달려가야 하나, 이런 사소한 일까지 법도에 따르는 것이 대궐의 관행이다.

"어서 동궁에 좀 다녀오세요. 모든 범절에 한치의 어긋남이 있어서는 아니될 것으로 알아요."

빈궁 한씨는 유모 최상궁을 득달한다. 하루에도 몇 번씩 동궁으로 보내 제반 범절을 챙긴다. 궐 안 내명부들은 빈궁 한씨의 치밀하고 빈틈없는 성품에 감동도 하고 불만도 하지만 지아비를 섬기는 빈궁 한씨의 지성은 언제나 경복궁의 귀감이기도 하였다.

"지필묵을 좀……."

마침내 빈궁 한씨는 지필묵이 마련된 연상 앞에 앉는다. 지아비 세자에게 편지를 쓸 생각에서다. 은은한 묵향이 산실청에 번지기 시작하면서 빈궁 한씨는 세필을 들고 백옥과도 같은 화선지 두루마리를 적시어간다. 약간 흘림이 섞인 언문 궁체는 그녀의 성품만치나 깔끔하고 유연하게 흘러간다.

마땅히 곁에서 구완하는 것이 지어미 된 도리온대 하늘의 가르침에 벗어나고 있는 것 같아 견딜 수 없는 가책에 시달리고 있사옵니다. 출산을 마치면 그날이라도 거처로 달려가 맡겨진 소임에 소홀함이 없도록 각별히 유념할 것이옵니다. 통촉하소서.

세자 장은 지어미 한씨의 서한을 몇 번이고 다시 읽는다. 지어미에 대한 다소의 불만도 그녀의 서찰을 읽는 동안은 얼음 녹이는 따뜻한 바람으로 불어온다.

7월 30일. 마침내 산실청에서는 빈궁 한씨의 숨넘어가는 듯한 비명소리가 이어지더니 우렁찬 애기소리가 들린다.*

"왕자 아기씨, 탄신이요!"

경복궁 안이 갑자기 밝아지듯 생기가 돌기 시작한다. 중전 윤씨는 동궁에서 달려와 며느리 한씨의 노고를 치하하였고, 세조 또한 빈궁의 노고를 대견히 여긴다는 덕담을 내린다.

"빈궁, 이미 세손 정이 무럭무럭 자라고 있어 왕통의 이어짐이 반석과도 같으리라 여겼는데, 다시 왕손을 이어주니 이 나라의 왕실이 마치 빈궁에게 의지하고 있음이나 다를 바가 없구나. 허허허."

"당치 않으시옵니다. 아바마마."

"게다가 네 자질이 또한 아름답고 보니…… 그 모두가 조정의 시름을 더는 일이라고 이 아비는 믿고 있음이니라."

---

* 이날 생산된 애기의 이름이 혈(娎)이니, 아버지는 세자 장이요, 어머니가 수빈 한씨다. 물론 후일의 일이지만, 이 어린아이가 사 년 후 자산군(者山君)으로 봉해졌다가 칠 년 후 다시 잘산군(乽山君)으로 개봉되며 그 이듬해 마침내 보위에 오르니 성종대왕(成宗大王)이다. 바로 연산군의 비극을 잉태하는 비극의 시대를 예고하고 있음이나 다름이 없다.

"망극하옵니다."

"내 빈궁의 은혜에 보답하기 위해서라도 세자의 병구완을 게을리하지 않을 터인즉……."

빈궁 한씨에게는 그 어떤 상찬이나 위로도 따를 수 없는 은혜로운 말이다. 세자가 병환을 털고 일어나 왕도를 익혀갈 수만 있다면 그보다 더 바람직하고 행복한 일은 다시없을 것이기 때문이다.

어찌 기쁜 노릇이 아니던가. 궂은 일로 영일이 없던 경복궁에 비로소 다시 웃음소리가 돌았고, 그 웃음소리로 인해 생기가 다시 넘쳐나기 시작한다.

운 명 의   갈 림 길

1

이젠 스물한 살, 빈궁 한씨의 모습은 어느 한 곳도 나무랄 데가 없다. 다음 중전의 자리는 한씨를 위해 마련되었다 해도 과언이 아닐 만큼 그녀의 일거수일투족은 아름답고 빛나는 모범이었다. 게다가 맏아들 정은 당당한 세손이요, 맏딸 경근은 공주라고 불리는 금지옥엽이다. 그리고 갓 태어난 셋째 혈 또한 나무랄 데 없는 이목구비를 갖추고 있다.

중전 윤씨는 세자의 병간에 여념이 없다가도 산실청으로 달려와 새 손주를 안아들고 노래하듯 흥얼거린다.

"어이구 우리 왕손 음전하기도 하지. 어서어서 무럭무럭 자라서 이 나라 종사의 기둥이 되어야지."

빈궁 한씨에게는 동궁의 일이 궁금하다. 세자의 용태를 먼저 입에 담아주지 않는 시어머니 중전이 야속스럽기만 하다. 그렇다고 먼저 입을 열어 물어볼 수도 없는 것이 양가의 법도이니 항차 왕실에서의 일이랴. 바로 그때 문밖에서 급한 전언이 울린다.

"빈궁마마, 세자저하께오서……."

"아니, 왜?"

"동궁마마께서 혼절을 하셨다 하옵니다."

중전 윤씨가 허둥허둥 아기를 제자리에 눕히고 다시 몸을 일으키자 수빈 한씨도 다급하게 따라 일어선다.

"아직은 안 된다. 삼칠일도 지나지 않았느니라!"

"어마마마."

"내 훌쩍 다녀올 것이니 너무 심려 마라."

빈궁 한씨는 중전 윤씨를 따라나설 수가 없다. 삼칠일(산후 이십일 일간)이 무슨 대수란 말이던가. 육신이 멀쩡한 마당이면 당연히 동궁으로 달려가 지아비 세자의 용태를 살피는 것이 지어미의 도리가 아니던가. 빈궁 한씨는 문설주에 몸을 기대며 시름없이 눈물을 흘린다. 천만다행으로 세자 도원군이 혼절에서 깨어났다는 전언이 산실청에 다시 전해진다.

―동궁으로 나가리라!

빈궁 한씨는 다짐을 거듭한다. 지아비가 사경을 헤매고 있는
데 삼칠일이 지나지 않았다 하여 지아비의 병구완을 못 한대서
야 어찌 부부간의 도리를 다했다 하랴. 빈궁 한씨는 최상궁을 동
궁에 보내 시어머니 중전이 자리를 비운 사이를 살피라 명하고
자신은 빈궁의 차림을 갖추고 뛰어나갈 때를 기다리고 있다. 기
다리는 시간은 오래지 않았다. 빈궁 한씨는 빠른 걸음으로 동궁
으로 향한다. 그녀가 동궁의 중문으로 들어섰을 때, 어의가 침통
을 옆구리에 끼고 댓돌을 내려서고 있다.

"왜, 저하의 용태가……?"

"잠시 혼절을 하셨을 뿐이옵니다."

빈궁 한씨는 아찔한 현기증에서 벗어나며 서둘러 동궁으로
들어간다.

비록 병석이지만 몽매에도 그리던 지아비 장의 모습이다. 놀
란 세자는 다가오는 지어미 빈궁의 모습을 가까스로 지켜보고
있다.

"저하, 심기를 굳건히 하오시고……."

빈궁 한씨가 말을 이어가지 못하자 세자 장은 힘없는 손을 간
신히 들어올린다. 빈궁은 뼈마디가 앙상한 지아비의 손을 잡는
다. 까칠하기는 해도 온기가 있는 손이다.

"노고가 크셨습니다. 양 윗전께서도 어찌나 대견해하시는

지……."

"망극한 성은이시옵니다. 저하."

빈궁 한씨는 지아비 세자의 두 손을 잡은 채 하염없이 눈물을 흘리고 있다. 이 두 사람의 삶도 기구하다면 기구했다. 열네 살 어린 나이로 수양대군의 맏며느리가 되었다가 빈궁의 자리에 오르기까지 그녀가 겪었던 우여곡절은 그대로 문종, 단종, 세조로 이어지는 왕실 3대의 풍상과도 같다. 계유년의 정난으로부터 빚어진 시아버지 세조의 야망은 급기야 김종서, 황보인 등의 피를 보아야 했고, 보위에 오른 다음에도 역모설에 따른 잔혹한 형벌이 계속되더니, 지난해인 병자년의 옥사는 또 얼마나 많은 사람들의 원혼을 짓밟는 학살의 소용돌이였던가. 그리고 얼마 전에는 나이 어린 상왕마저 강원도 영월 땅에 부처하였다. 그래서 사람들은 세자의 병치레를 하늘의 응징이라고 하며 고소해하고 있다는 풍설까지 나돌고 있다.

─어림없는 소리!

빈궁 한씨는 그같은 풍설을 일축한다. 세자가 시름시름 앓기 시작한 것은 계유년의 정난 때부터였지만, 그런 환 중에서도 아들 하나, 딸 하나의 어머니가 되지를 않았던가. 그리고 지금은 셋째까지 순산을 했다. 빈궁 한씨는 지아비 세자의 야윈 손을 부여잡으면서 마음속 깊은 곳에서 솟아나는 결기를 입에 담는다.

"저하, 심기를 더욱 군건히 하오시고 하루속히 쾌차하셔야 하옵니다. 세 아이들도 그리 소망하고 있을 것이옵니다."

"……"

제자는 고개를 끄덕이는 것으로 지어미의 간절한 소망에 화답한다.

"아바마마께오서 헤아릴 수 없이 많은 고초를 감내하시면서 종사의 대계를 군건히 하신 것은…… 모두가 저하께서 보위를 이으시고, 우리 정이 또 그 뒤를 이어가기 위한 초석을 다지시는 일이라고 저는 군게 믿사옵니다."

물기에 젖어 있는 빈궁 한씨의 목소리에는 그녀가 바라는 모든 소망이 담겨 있었고, 또 그것은 자신과 자녀들의 장래를 보장받기 위한 간절한 염원이기도 하였다.

사람들은 빈궁 한씨의 빈틈없는 인품을 중전의 재목이라고 칭송한다. 세조도 중전 윤씨도 세자빈을 향한 그런 칭송을 당연한 것으로 받아들였다. 그녀도 내심 자신에 의해 궐 안의 법도가 세워지는 것이 보고 싶기까지 하였는데, 세자의 병이 날로 깊어 가는 것이 안타까울 뿐이었다.

죽음이란 하늘이 만든 영원불멸의 명작이다. 그러므로 애써 마중할 필요도 없지만 그렇다고 비실비실 피해다닐 수도 없다.

죽음이 하늘의 섭리 안에 있는 것이라면 설혹 왕실의 바람이 간절하다고 하더라도 어찌 천지자연의 순리를 넘어설 수가 있겠는가.

추석이 지나고 찬바람이 불어도 세자 장의 병세는 호전되질 않는다. 아니 더해갈 뿐이다. 빈궁 한씨는 산후의 몸인데도 지아비 세자의 곁을 한시도 떠나지 않고 정성을 다한 간병에 임하고 있다.

"빈궁마마, 아니 되옵니다. 쇤네 등에게 맡겨주오소서."

혈을 순산한 지 보름 남짓 지났을 뿐인데도 지아비 장을 병간하는 빈궁 한씨의 모습은 숭고하게 보일 정도로 비장하다. 그러나 윗전인 세조나 중전은 빈궁의 지극한 노고를 방치할 수가 없다.

"그만 산실로 돌아가 잠시라도 쉬라니까."

세조와 중전 윤씨의 간곡한 만류가 있었는데도 빈궁 한씨는 지아비 세자의 곁에서 잠시도 떠나려 하지 않는다.

"저하, 어서 쾌차하시어 갓 태어난 혈을 안아보셔야지요. 모두 저하의 모습을 닮았다 하옵니다."

빈궁 한씨는 누워 있는 세자의 곁에서 지성으로 간병에 열중한다. 그녀에게는 이보다 더 가슴 아픈 일은 없다. 자신의 미래가 걸려 있는 일이기도 하다. 비록 산후의 몸이었어도 벌써 며칠

밤을 지샜는지 모른다. 빈궁 한씨의 얼굴은 푸석푸석 부어오르기까지 한다.

중전 윤씨에게는 오로지 간병에만 매달리는 빈궁이 애처롭기 그지없다.

"빈궁, 빈궁의 정성은 갸륵하나, 좀 쉬어야 하질 않겠느냐? 빈궁의 몸도 좀 보살펴야지."

"당치 않으시옵니다, 어마마마."

"아니다. 그렇지 않다. 이러다간 성한 사람이 먼저 지칠 일이다."

"어마마마……."

빈궁 한씨는 이미 지칠 대로 지쳐 있다. 그녀의 의지만 아니었다면 벌써 쓰러졌을지도 모를 일이다.

"최상궁은 무엇을 하고 있는가, 어서 빈궁을 모시질 않고."

"빈궁마마……."

최상궁은 중전 윤씨의 뜻을 받들어 흐느적거리는 빈궁을 부액한다. 전각 밖에 있던 상궁들은 빈궁의 초췌한 모습을 보며 눈시울을 적시고 있다.

나뭇잎은 단풍으로 물들어가고 있다. 빈궁 한씨의 눈에는 그러한 모든 것이 뿌옇게 흐려 보일 뿐이다. 모두가 빈궁에게는 허무한 노릇이 아니고 무엇인가. 그녀도 세자의 병세가 심상치 않음을 짐작하고 있다. 남달리 총명한 빈궁 한씨가 아니던가. 세자의 죽음이 자신에게 미칠 영향이 얼마나 처참한 것인지는 알고도 남을 일이다.

빈궁 한씨는 최상궁에게 의지하여 산실청으로 걸음을 옮기면서도 하염없이 눈물을 흘리며 휘청거린다.

"고정하오소서, 빈궁마마."

최상궁의 위로는 눈물겨웠으나 그것이 빈궁에게 위안이 될 수는 없다. 산실청에 들어선 한씨는 그대로 자리에 눕고야 만다. 아무리 의식을 가다듬으려 해도 천근 같은 눈자위가 깊은 잠을 몰아올 뿐이다. 그녀의 심신은 솜더미에 내려앉듯 나른하게 가라앉고 있다.

세조가 동궁으로 발걸음을 옮긴 것은 그날 밤이다. 세자는 긴 잠에 빠져 있는 듯 의식 없이 누워 있다. 세조는 그런 세자의 모습을 말없이 지켜보고 있다가 자리를 고쳐 앉으며 한숨을 놓는다. 세조의 곁에 앉은 중전 윤씨인들 지아비 세조의 속내를 모를 까닭이 있을까.

"빈궁은 어디 있소?"

세조가 중전 윤씨를 돌아보며 묻는다.

"잠시 쉬라 일렀습니다. 산후 조리도 다 하지 못한 빈궁마저 쓰러질까 싶어서요."

"잘하시었소."

그리고 두 사람은 말을 잃는다. 세자의 거친 숨소리만 들릴 뿐 방 안은 시름 깊은 정적으로 가득해지고 있다. 중전 윤씨는 파리해진 세조의 얼굴을 살피면서 문득 지난날의 일들을 떠올려 본다. 세조가 수양대군으로 있던 시절, 그때가 더 행복했다는 생각이 든다. 그때만 해도 단란한 가정이 있었질 않았던가. 계유년 정난이 있고 나서부터 가정이라는 개념이 무너지기 시작했다. 가족 아닌 다른 사람들이 몰려들기 시작한 것은 그때부터가 아니었던가. 영의정이 되고, 보위에 오른 다음부터 악몽과 같은 일들이 이어지는 나날이었다. 역모가 있으면 유배가 따랐고, 유배 뒤에는 피바람이 소용돌이치는 극형이 이어지곤 했다. 그런 주검 속에는 형제도 있었고, 종친들도 있었다. 그것이 어찌 한두 번이던가. 자고 나면 그런 일들의 연속이었다 해도 과언이 아니질 않던가.

"……흐음."

중전 윤씨는 가늠할 수 없이 큰 한숨을 쏟아놓고 흠칫 놀라기까지 한다. 바로 눈앞에 지아비 세조가 앉아 있었기 때문이다. 세조는 그런 중전의 모습을 말없이 지켜보고 있다. 그 또한 중전과 같은 생각을 하고 있었을지도 모른다. 그만큼 이들의 삶은 고통 속에 있었고, 왕실의 법도에 얽매여 있었다.

"중전께서도 들으셨겠지요?"

세조는 응어리를 토하듯 뱉어낸다.

"무엇을 말씀이오니까?"

"항간에 나돈다는 소문 말이오."

"소문이라니요?"

중전 윤씨는 온몸에 소름이 쫙 돋는 것을 느낀다. 그 해괴망측한 소문이 세조의 귀에까지 들어갔다는 말인가!

"세자는 죽을 것이라는구료. 그리고 그것이 모두…… 나에게 내리는 하늘의 응징이라는구료……"

세조는 넋 나간 표정으로 허무하게 중얼거리면서 잠시 세자의 얼굴을 살펴본다.

"허허허, 하늘이 다른 사람의 소리는 들으시면서, 내 소망은 왜 아니 들으시는가. 내가 한 일이 그른 일이거든 이 몸에 벌을 내리시라 빌었거늘, 죄 없는 세자는 왜……"

"……"

중전 윤씨의 눈시울은 이미 젖어들고 있다.

"죽으면 내가 죽어야지. 세자는 오래 살아서 태평성대를 누리는 임금이 되어야 하지를 않소."

세조의 마음은 주체할 수 없이 심란하다. 자신이야 어차피 피를 보고 회한을 씹는 풍운 속의 임금이더라도, 세자의 치세는 세종시대와 같은 태평성대가 되어야 하리라고 기구하고 있었다. 따지고 보면 할아버지 태종이 걸었던 길을 가고자 했던 세조의 심중일 수도 있다. 태종시대에 있었던 그 수많은 살생과 악업은 세종시대가 열림으로써 잊혀지지 않았던가.

　— 세자의 새 시대만 열어줄 수 있다면…….

　그러나 세조의 이같은 간절한 소망도 서서히 시들어가고 있다. 세자의 나이 겨우 이제 스무 살이다. 만일 세자가 잘못되는 날이면 겨우 여덟 살인 둘째아들 광(胱), 그러니까 해양대군(海洋大君)으로 세자책봉을 다시 해야 한다. 그렇게 되면 빈궁 한씨의 운명은 또 어찌 되는가. 눈앞이 캄캄해지는 노릇이 아닐 수가 없다. 세조는 회한의 수렁으로 빠져들고 있다. 항간의 풍설대로라면 자식의 목숨을 재촉하기 위해 그토록 많은 생목숨을 앗아낸 것이 된다. 인과응보란 정말로 있는 것일까, 그는 두려움의 늪으로 빠져들고 있다.

　"되도록 근신하고 되도록 삼가서, 천명만을 헤아려 따르려 했었는데……."

　"망극하옵니다."

　세조는 흥건하게 젖은 시선을 다시 세자에게 돌린다. 세자의 얼굴은 평온해 보인다. 죽어가는 사람에게 시름이 있을 까닭이 없다. 세자는 종일을 자다가 잠시 눈을 뜨곤 했다. 의식을 지탱

할 수 있는 기력마저도 없어 보인다. 어떤 날은 단 한 번도 깨어나지 않을 때도 있었다.

2

8월 16일에는 세자의 병세가 위중한데도 역모죄로 하옥되어 있는 송현수에 대한 처분이 어명으로 결정된다. 장 1백 대를 때려 변방의 관노로 영속시키고, 그 가산은 적몰케 하였다. 그 처와 자녀들은 송현수가 영속된 곳의 관노비로 삼았고, 다만 가족들이 모여 살게는 해주었다. 대역죄인에게는 파격적일 만큼 관대한 처분이다. 영월 땅에 부처되어 있는 어린 조카의 장인에게 극형을 내릴 수가 없음이었고, 또 한편으로는 사경을 헤매고 있는 세자를 위한 기원일 수도 있었으나, 그 같은 조처에도 불구하고 세조에게는 통한의 설움이 결국 찾아들고야 만다.

9월 2일. 오랜 세월 병석에서 신음하고 있던 세자가 세상을 뜬다. 나이 스물. 그야말로 꽃 같은 나이였다. 슬하에 두 아들과 딸 하나를 남기고 홀홀 떠나간 세자의 시신을 안고, 빈궁 한씨는 몸부림치며 통곡한다.

"저하, 저하! 소인은 어찌하라고 이렇듯 떠나시옵니까. 또 세손들은 어찌 하시구요."

성년이 된 세자를 잃은 조정이 어찌 서럽지 않을 것이며, 자식을 잃은 세조가 어찌 눈물을 뿌리지 않으랴. 그러나 조정은 새 세자를 맞아들이면 되는 일이며 세조도 세월이 가면 응어리진 상처가 치유될 수도 있다. 그러나 빈궁 한씨의 설움과 회한은 다르다. 국모의 자리가 보장되어 있었던 빈궁의 자리에서 물러나야 하고, 아직은 세손으로 책봉되지 않았다 할지라도, 장차 세손의 자리에 올라야 하는 큰아들의 일이라면 참변이 아니고 무엇인가. 의지할 곳을 잃은 것에서 그치는 것이 아니라 희구해온 삶과 희망을 송두리째 잃는 것이나 다름이 없다. 빈궁 한씨의 애통함이 극에 이를 수밖에 없었다.

얼마나 총명하고 학덕을 겸비한 빈궁이었던가. 이미 국모의 자질을 갖추고 있을 만큼 빈틈을 보이지 않았던 탓으로 조정 안팎으로부터 칭송이 자자했던 여인이다. 세조나 중전은 물론 최상궁의 설움도 통렬하기 그지없다. 환관도 상궁도 모두 피눈물을 쏟는다. 빈궁 한씨에 대한 한결같은 동정의 설움이리라.

"저하, 일어나오소서. 어서 일어나시어 종사를 살피소서, 저하. 부디 일어나오소서!"

빈궁 한씨는 세자의 시신을 흔들면서 미친 듯이 통곡한다. 무엇을 바라고 여기까지 왔던가. 이제 나이 스물한 살, 나이 어린 세 자녀를 거느리고 혼자 살아가야 한다. 빈궁의 자리에서 물러나면 종실의 과부일 뿐이다. 이게 어디 말이 되는가. 그녀의 통한은 장강보다 더한 회한의 물결이 되어 넘실거린다.

세자는 자신의 죽음을 알고 있었다. 그러나 그같은 자신의 심중을 누구에게도 밝히지 않았을 뿐이다. 다만 한 편의 시를 남겨 떠나가는 사람의 회한을 전했다.

비바람 무정하여 모란꽃은 떨어지고
섬돌에 펄럭이는 붉은 작약, 붉은 난간을 가득 채우네
명황이 촉 땅에 가 양귀비를 잃고 나니
빈장(후궁)이야 있었건만 반겨보지 않았네

떠나가는 사람의 심정도 애통했던 모양이다. 세조도 이 시를 읽으면서 한없이 눈물을 흘렸다. 중전 윤씨의 심중이라 하여 무엇이 다르겠는가.

세자의 죽음은 소강상태에 빠져 있던 옥사를 매듭짓는 쪽으로 급선회하는 계기를 마련해준다. 일종의 허탈감이 불러일으키는 반작용이랄 수도 있다. 세자의 쾌차함을 빌어오던 중신들이 아니던가. 이젠 두려울 것이 없다. 중신들의 얼굴마다 그런 결기들이 이심전심으로 번져가고 있다. 삼가고 조심해왔는데도 하늘의 은혜를 누리지 못했다는 생각, 그런 생각들이 과격한 행동을 하게 하는지도 모른다.

"전하, 비록 국상중이라 하오나, 서둘러 처결할 일이 있는 줄로 아옵니다."

"……!"

세조는 긴 한숨을 놓는다. 짜증스럽기만 한 일이다. 신숙주를 비롯한 신료들은 세조의 심기를 눈치 챈 듯 말을 이어가지 못한다. 임금과 신하들 사이에는 잠시 어색한 침묵이 흐른다. 서로가 알고 있는 말을 하지 못한다는 것, 또 그것이 대좌한 분위기로 인한 것이라면 차라리 고통스럽다는 편이 옳을지도 모르겠다.

"좌찬성."

"예, 전하."

세조가 먼저 입을 열자 대답을 마친 신숙주의 얼굴은 팽팽하게 긴장한다. 무슨 일이 있어도 세조를 설득하리라고 결의를 다지는 표정이다.

"세자를 잃은 과인의 심기가 어떠한지…… 누구보다도 좌찬성이 더 잘 알 것이 아니오. 시급한 일이 아니면 후일로 미루도록 하시오."

"촌각도 더는 미룰 수가 없사옵니다, 전하."

"허어, 촌각도 미룰 수가 없다니……!"

"전하. 종사의 안위가 달린 일이옵니다. 어찌 신만의 주청이리까."

신숙주의 어조에 힘이 실리고 있다. 자신의 주청이 옳음을 확신하고 있는 목소리다.

"오늘만은 좀 쉬고 싶구려."

슬며시 비켜서려는 세조다. 그러나 느슨하게 풀어줄 신숙주가 아니다.

"전하, 죄인 유와 노산군에 대한 논죄옵니다."

"……!"

세조가 소스라치듯 신숙주를 쏘아본다. 노기라기보다는 원망에 가까운 기색이 그 눈빛에 담겨 있다. 신숙주는 추호의 흔들림이 없이 세조를 주시한다.

'피하려 하지 마오소서. 피할 수 없는 일이옵니다.'

신숙주의 눈빛에 담겨진 소리 없는 외침이다. 세조가 퉁명스럽게 짜증을 토한다.

"노산군은 영월에서, 유는 안동에서 지은 죄의 값을 치르고 있지 않은가. 더 논죄할 일이 없을 것으로 알아요."

"전하, 말 한마디를 잘못하여도, 그것이 사직에 관한 일이면 극형에 처하는 것이 이 나라의 법도이옵니다. 유는 세 번씩이나 대역을 범한 것이 뚜렷하게 드러났사온데 어찌 용서를 할 수 있겠습니까. 마땅히 사사해야 할 줄로 아뢰옵니다. 또한 유와 성삼문 등이 모두 노산군을 끼고 불궤를 도모한 것인즉, 노산군도 편히 살게 할 수는 없는 일이옵니다. 통촉하소서."

신숙주는 참고 참아왔던 사안들을 다른 신료들을 대신하여 거침없이 모든 것을 말해버린다. 그것은 조정의 공론이었기에 망설일 일도 아니었다.

"……!"

세조의 눈빛이 오히려 초점을 잃은 듯하다. 허망한 시선으로 신숙주를 바라보는 세조의 얼굴은 더없이 참담해 보인다.

"좌찬성, 아니 범옹."

범옹이라 부르는 것은 군신간이 아니라 옛 친구로서의 우정에 호소하려는 기색이었다.

"범옹, 경은 자식을 잃은 아비의 심정을 정녕 모른단 말인가? 세자를 잃은 지 이제 겨우 이레가 지났는데…… 지친을 논죄할 수가 있겠는가!"

"전하, 천하의 대도로 가셔야 할 것으로 아옵니다."

"알았어요, 그만 물러가시오."

"전하!"

세조는 끝내 아무 언질을 주지 않았다. 신숙주는 지친 몸으로 탑전을 물러나와 의정부에 세조의 심중을 전했다.

"뒤로 미룰 일이 아닐세."

영의정 정인지의 반발이다. 자리를 함께했던 중신들도 하나같이 정인지의 의향을 따르고 있다. 이들은 무리지어 달려가 세조의 탑전에 다시 부복한다. 정인지, 정창손, 강맹경, 한명회 등이다.

"과인의 뜻은 이미 좌찬성에게 소상히 전한 바가 있으니, 다시 거론할 일이 아니오!"

세조는 단호히 이들의 주청을 거절했으나 누구도 물러나려 하지 않는다. 오히려 입을 모아 논죄를 주청하고 나서는 판국이다.

"전하, 유는 사사하셔야 하옵니다. 노산군도 편안히 둘 수는 없음이옵니다. 비록 앞에 나서지는 않았다 하나, 반역을 주도한 것은 분명한 일인 줄로 아옵니다."

"노산군은 이미 강봉이 되었으니 추폐하여 서인으로 만들 수는 있을 것이나, 그 둘을 사사하는 일은 따를 수가 없소. 유의 모역은 실상 궁박한 외지에서 고생하여 생긴 불만이랄 수도 있지 않소. 골육지친인데 너그러이 용서함이 과인이 할 수 있는 마지막 도리라 여겨지오."

어디까지나 지친의 정리만을 앞세우는 세조였으나, 모인 신하들이 어디 녹록한 사람들인가. 즉각 반론이 제기된다.

"유는 속적(屬籍)이 이미 끊어졌으니 골육지친이란 당치 않사옵니다. 또한 유는 순흥부에 부처되어 있으면서 술, 음식, 의복, 금은보화에 이르기까지 조금도 부족함이 없어 마치 모래나 진흙을 쓰듯 했다 하오니, 어찌 궁박하였다 하겠사옵니까. 유의 뜻이 오직 대역에 있을 뿐이니, 지금도 역심을 버리지 않았을 것이 분명하옵니다."

"……."

"극형에 처해야 하옵니다."

"사사해야 하옵니다."

세조는 모면하고 싶다. 신료들을 남겨둔 채 침전으로 가버리면 그만일 것이었으나, 몸이 말을 듣지 않는다. 신료들이 채근하는 소리가 다시 파상적으로 들려온다.

"전하!"

"……."

"전하! 화급을 다투는 일이옵니다."

"사직이 위태하옵니다."

"다들 들으시오. 이같은 막중대사를 어찌 단숨에 결정을 하겠소. 내가 상량(商量, 생각하여서 분간함)할 것이니 물러들 가시오."

"전하, 이미 명백하게 드러난 대역은 상량하실 것이 못 되옵니다."

"상량할 것이오!"

세조는 입술을 파르르 떨면서도 더는 입을 열지 않는다. 결국 중신들의 주청은 받아들여지지 않았다. 그러나 그것으로 끝날 일이 아니다. 세조와 조정 중신들은 몇날 며칠을 두고 이 일로 입씨름을 계속한다. 이로부터 한 달쯤 지나자 세조로서도 더 이상은 결행치 않을 수가 없게 된다.*

3

태풍이 할퀴고 지나간 자국은 복구하면 된다. 그러나 사람의 마음을 짓밟고 지나간 상처는 쉬 아물지 않는다. 노산군으로 강봉되어 처참하게 세상을 등진 단종의 죽음은 많은 사람들의 가

---

* 설혹 조정의 명이 있었다고 하더라도 강한 의문이 제기되는 것이 노산군의 죽음이다. 그의 죽음은 『세조실록』 3년(1457) 10월 21일 조에 다음과 같이 짤막하게 기록되어 있기 때문이다. "……명하여 송현수를 교형에 처하고, 나머지는 아울러 논하지 말도록 하였다. 다시 영 등의 금방(禁訪)을 청하니, 이를 윤허하였다. 노산군이 이를 듣고 또한 스스로 목 매어서 졸(卒)하니 예(禮)로써 장사지냈다." 이로만 본다면 노산군이 스스로 목숨을 끊었으므로 조정은 예장한 것으로 된다. '예로써 장사지냈다'는 구체적인 절차는 확인할 수 없지만 일반적인 관례로 보아서는 비명(碑銘)이 있어야 하고 상석(床石)을 놓아야 하며, 한 쌍 정도의 망주석은 세워야 이른바 예장이라고 할 수 있다. 그러나 이같은 사실을 증명할 수 있는 사료는 불행히도 어디에도 없다. 역사를 승자의 기록이라고 한다. 그렇다면 『세조실록』이야말로 승자의 기록이 아니겠는가. 그러나 야사의 총집이랄 수 있는 『연려실기술』이나, 남효온이 쓴 『육신전』에는 상왕 단종의 처참했던 최후가 구체적으로 담겨 있다. 이같은 까닭으로 역사는 행간으로 읽어야 시대의 흐름을 바르게 유추할 수가 있음이리라.

슴에 허망함을 심어준다. 그 허망함은 하나의 응어리로 자라나고 있다. 세조의 심중도 마찬가지다. 사직을 반석 위에 올려놓는다는 명분, 화근의 씨앗을 도려낸다는 당위, 신하들의 주청을 견디다 못해 받아들였다는 자위, 설사 그렇더라도 마음이 편할 수는 없다. 세자까지 잃어야 했던 세조는 업보라는 생각을 떨쳐내지 못한다. 구천을 맴도는 수많은 원혼들이 자신이 가야 할 길을 막아서고 있다면 어찌 되는가.

세조는 느닷없이 의정부에 명한다.

"법화경(法華經)을 인행하라. 대장경(大藏經)을 인행하라. 석보(釋譜)를 인행하라."

자신이 앗아낸 수많은 원혼이라도 천도하고 싶다. 어머니 소헌왕후가 세상을 떠난 다음 그는 아버지 세종의 명을 받아『석보상절』을 지어올리지 않았던가. 그것이 어머니 소헌왕후의 영혼을 천도하려는 세종의 애틋한 심정이었기에 세조는 문득 그때의 일을 생각해낸다. 그러나 조정 중신들은 그같은 세조를 달갑게 여기지 않는다.

낙엽만이 사각거리며 구르는 겨울철이다. 빈궁 한씨의 슬픔과 좌절은 헤아릴 길이 없다. 세자가 세상을 떴다면 빈궁의 자리에서 물러나야 하기 때문이다. 세 명의 소생을 바라보노라면 그녀는 눈물을 멈출 수가 없다. 당연히 세손으로 책봉되었어야 했을 월산대군이 네 살, 후일 명숙공주가 될 딸아이가 두 살, 그리고 최상궁이 안고 있는 막내아들은 이제 겨우 태어난 지 넉 달째, 문자 그대로 강보에 싸여 있는 핏덩이다.

―휴우…….

빈궁 한씨는 태산 같은 한숨을 쏟아놓는다. 설혹 빈궁의 자리에서 물러난다 해도 세조의 맏며느리이고 보면 살아가는 일이야 무슨 어려움이 있으랴만, 종실의 나이 어린 과부의 처지로 올망졸망한 소생을 키워갈 일은 큰일이라는 생각이 든다.

"오늘이 며칠인가?"

빈궁 한씨는 힘없는 목소리로 최상궁에게 물어본다.

"동짓달 초열흘이옵니다."

"초열흘…….."

세자의 지위에 있던 지아비를 잃은 지 두 달 남짓 지난 셈이다.

'이젠 논의가 되겠지.'

빈궁 한씨에게는 두려움이 아닐 수 없다. 새 세자를 책봉하는 것은 기정사실인데도 빈궁 한씨에게는 그것이 견딜 수 없는 두려움이자 슬픔이다. 바로 그 일이 정해지는 날, 자신은 빈궁일 수가 없을 것이며, 궐 밖으로 밀려나야 하지 않겠는가.

세조의 둘째아들인 해양대군은 여덟 살이다. 임금이 있으면 세자가 있어야 한다. 소생이 없다면 별 문제가 없겠지만 여덟 살이나 된 둘째아들이 있다면 무슨 문제가 있겠는가. 중전 윤씨가 빈궁의 거처에 들어 며느리의 손을 잡는다. 한씨의 손은 이미 떨리고 있다. 중전의 입에서 무슨 말이 나올 것인지를 알고 있기 때문이다.

"아가, 이조판서와 예조참판이 명나라로 떠났구나."

"⋯⋯!"

순간 빈궁 한씨의 양 볼로 눈물이 왈칵 쏟아져흐르기 시작한다. 이조판서면 한명회, 예조참판이면 구치관, 이들이 무엇 때문에 명나라로 떠났겠는가. 해양대군을 세자로 책봉하고 그 책명을 받으러 가는 것이 아니겠는가.

"아가, 설사 그렇기로 왕실의 맏며느리는⋯⋯."

"어마마마!"

빈궁 한씨는 중전의 말을 제지하듯 입을 열어놓고도 뒤를 이어가지 못한다. 눈물은 범벅이 되어 흘렀고, 흐느낌이 목을 막았기 때문이다. 빈궁의 통렬한 흐느낌은 서운함 때문이다. 중전 윤씨가 오늘따라 빈궁이라 부르지 않고 아가라 부르고 있지를 않던가. 성품이 온화하고 후덕한 중전이 따뜻한 정리를 돈독히 하려는 심정이었을 뿐, 일부러 그렇게 불렀을 리가 만무하다. 그러나 빈궁 한씨는 그 서운함을 달랠 길이 없다.

"어마마마, 잠저에 물러가 있을까 하옵니다."

"물러가다니? 대체 그게 무슨 소리냐."

중전 윤씨는 창백하게 바랜 안색으로 반문한다.

"새 세자저하의 책봉이 있게 되면 마땅히 물러나는 것이 국법인 줄로 아옵니다."

"아니다. 그렇지가 않다. 세자의 나이 이제 겨우 여덟 살……너를 대신할 빈궁도 없지를 않느냐."

"법도를 따르고자 할 따름이옵니다."

빈궁 한씨는 치밀어오르는 흐느낌을 애써 삼키면서도 모습을 흐트러뜨리지 않는다. 그만큼 빈궁 한씨에게는 타고난 여장부의 기질이 있다. 중전 윤씨는 바로 그 점을 대견하게 여기고 있었으나, 당장 결론을 내야 할 일도 아니었거니와 또 그럴 필요도 없었기에 물기에 젖은 시선으로 바라보고만 있다. 마침내 방 안은 빈궁의 처절한 흐느낌 소리로 잔잔한 파문이 일어나고 있다.

12월 15일. 해양대군이 세자로 책봉된다. 명나라에서도 이의가 없을 것이라는 확신으로 서둘러 결행한 일이다. 심기일전을 다짐하는 행사이기에 의식은 거창하고 화려했다. 그러나 그같이 화려한 행사 뒤에는 단장의 오열을 토하는 여인이 있었다.

빈궁 한씨. 그녀에게는 자신의 삶에 종지부가 찍히는 비극의 날이기 때문이다.

"너무 서운해하지 마라."

새 세자의 책봉의식이 끝나자 세조는 며느리 한씨를 불러놓고 위로의 말을 한다. 설혹 빈궁의 자리가 비어 있다 해도 이젠 빈궁일 수 없다. 한씨는 북받쳐오르는 설움을 참고 있을 뿐이다.

"내가 네 마음을 모를 까닭이 없으나, 나라의 법도가 지엄하지를 않느냐."

"……."

"네가 빈궁의 자리에 있음을 알고 있으면서도 세자책봉을 서두른 것은 조정의 심기일전을 바라는 죄인 된 마음임을 헤아려 주려무나."

며느리를 앞에 두고 세조는 자신을 죄인이라 한다. 이보다 더 간절한 소회가 없을 것이기에 한씨는 눈물을 쏟고야 만다.

"장이 살아 있어 보위를 이을 수만 있었다면, 너야말로 국모의 자질로 모자람이 없는 것을…… 내 이 점을 애통해하고 있음도 헤아려다오."

"망극하옵니다."

마침내 빈궁 한씨는 참고 참았던 흐느낌을 터뜨리고야 만다. 세조의 안타까움은 며느리의 총명함이 빛을 발하지 못하게 된 데도 있었다. 새로이 세자의 자리에 오른 해양대군도 곧 배필을 맞아들일 것이지만, 그 빈궁이 지금의 한씨보다 나을 것이라는 보장은 없다. 그만큼 한씨의 인품과 학문은 빼어나질 않은가.

묵묵히 듣고만 있던 중전 윤씨도 미어지는 아픔으로 탄식한다. 그녀 또한 세조와 같은 생각을 하고 있었기 때문이리라.

"세상을 사는 일이란 뜻과 같지는 않더니라…… 으흠."

세조의 안타까움은 그대로 회한의 덩어리나 다름이 없다.

"네가 궐 밖으로 나가 있고자 함을 중전으로부터 들은 바가 있으나, 아직은 그럴 것까지는 없어……."

"아바마마!"

"네가 궐 안에 머문다 하여 누가 탓할 수 있으리."

"아니옵니다, 아바마마. 미욱한 제가 궐 안에 있으면 사람들은 저를 빈궁이라 부를 것이옵니다. 이것이 어찌 두 분 윗전께 누를 끼치는 일이 아니리이까."

세조는 할말이 없다. 대견한 며느리가 아닐 수 없다. 그녀가 출궁하는 것은 세조에게도 가슴 아픈 일이 아니고 무엇이던가.

"설혹 그렇게 부른다 하여 누가 될 것까지는 없질 않겠느냐."

"아니옵니다, 어마마마. 빈궁의 자리는 비어 있음이옵니다. 미욱한 저의 간함을 거둬주오소서."

세조는 한숨을 놓으면서 허공을 바라보고 있을 뿐이다.

해가 바뀌어 세조 4년(1458년). 노산군의 참담했던 죽음도 사람들의 뇌리에서 서서히 잊혀져가기 시작한다. 사람 사는 일이란 처음부터 그런 것인지도 모른다. 그러나 빈궁의 자리에서 물러난 한씨만은 한가로운 마음일 수가 없다. 그녀의 허망함은 날이 갈수록 더해진다. 출궁해야 하는 날이 악몽처럼 하루하루 다가오고 있었기 때문이기도 하다.

빈궁 한씨가 경복궁을 떠나던 날은 몹시 추웠다. 하얗게 소복을 한 그녀의 모습은 옥돌로 빚어놓은 인형과도 같다. 상궁들의 흐느낌 소리를 뒤로하고 한씨는 중전이 타는 연에 올랐다. 오늘 아침까지만 해도 한씨는 가마를 타겠다고 고집했었다. 지아비를 잃은 죄인이라고 울면서 사양했는데도 중전 윤씨는 가납하지 않았다.

"아니 된다. 오늘만은 내 말을 들어다오. 오늘만은……."

한씨를 태운 연이 영추문을 나서자 임운이 기다리고 있다.

"빈궁마마, 소인 임운이옵니다."

"고맙다."

빈궁으로 책봉되어 입궐했던 길을 오늘은 지아비를 잃은 미망인이 되어 쫓겨나고 있다. 그녀의 얼굴은 눈물범벅이 되었다. 한씨의 마음이 흐려 있었어도 그녀를 다시 모시게 된 임운으로서는 천하를 얻은 것만큼이나 신바람 나는 일이 아닐 수가 없다.

"물렀거라. 빈궁마마 행차시다!"

임운은 소리 높여 외치면서 가슴을 펴고 걷는다. 연도에 늘어선 사람들은 혀를 차며 안타까워한다. 더러는 눈시울을 적시는 사람도 있다.

―불쌍도 하시지.

―국모가 되실 어른이신데…….

누군들 한씨의 인품을 모르겠는가. 정상을 눈앞에 두고 물러서야 하는 한씨의 심중을 사람들은 함께 슬퍼하고 있다.

세조가 살던 잠저의 대문 앞은 인산인해다.

"빈궁마마!"

정경부인 민씨와 이씨가 울음을 토하며 빈궁의 자리에서 물러난 한씨를 맞는다. 민씨는 한명회의 처요, 이씨는 권남의 처다. 두 사람도 소복을 하고 있다. 한씨는 연에서 내린다.

"빈궁마마!"

두 사람은 얼어붙은 맨땅에 부복한다. 세자가 세상을 떠난 다음 처음 대면하기 때문이다. 두 정경부인은 세자의 문상과 한씨에 대한 위로를 겸하고 있음이다.

"예까지 납시어주셔서 고맙기 한량없습니다. 드시지요."

어느새 한씨의 모습은 의연해지고 있다.

"어서 뫼시지 않으시고요."

한씨는 최상궁에게 일러놓고 걸음을 옮겨놓기 시작한다. 민씨와 이씨는 눈물을 흘리며 뒤를 따른다. 잠저는 썰렁했다. 한씨가 살아야 하는 바로 이곳, 이미 지난날 살아왔던 곳인데도 다시 돌아온 한씨에게는 모든 것이 낯설기만 하다. 바람이 불자 앙상한 나뭇가지들이 소리내며 사각거린다.

제일왕제 댁의 맏며느리로 첫발을 들여놓았던 곳, 숱한 우여곡절을 겪으면서 세자빈이라는 막중한 지위를 벗어놓고 제자리로 다시 돌아왔는데도 마음은 천근같이 무겁기만 하다.

— 살리라. 굳건히 살아가리라.

한씨는 천천히 거처를 향해 걸음을 옮긴다. 인도하던 최상궁이 멈추어선 곳은 중전 윤씨가 거처하던 내당 앞에서다.

"……?"

한씨는 최상궁에게 시선을 옮기며 눈으로 묻는다.

"중전마마께서 각별하오신 하교가 계셨사옵니다. 드오소서."

한씨는 방으로 들어서며 다시 한 번 놀란다. 방 안은 화려하게 보일 만큼 눈부시게 치장되어 있었고, 군불을 지펴서인지 비어있던 방이라고 전혀 느낄 수가 없을 만큼 훈훈했다. 그제야 한씨는 자신을 위해 빈틈없는 배려가 진행되고 있었음을 알 수 있었다.

다과상이 든다. 그리고 잠시 후 맏아들 월산대군과 세 살배기 명숙공주가 들었고, 최상궁이 안고 온 막내아들 혈은 강보에 싸인 채 한씨의 품으로 넘겨진다. 그런 광경을 지켜보던 한명회의 처 민씨부인은 울컥 치미는 흐느낌을 쏟아놓고야 만다. 지아비 한명회로부터 한씨의 칭송을 수없이 듣질 않았던가. 한명회가 처음으로 수양대군을 만나던 날 밤에 몸소 쌀 열 섬과 비단 스무 필을 전해주던 일이 새삼 떠오르기도 한다. 그날 한씨는 더없이 아름답고 곧은 모습이었다.

"그만들 고정하세요. 빈궁의 짐을 벗었으니 자주 뵙게 되었질 않습니까."

대단한 여인이 아닐 수가 없다. 한씨는 입가에 잔잔한 웃음까지 띄워 보이면서 오히려 민씨부인을 위로한다.

"마마, 차마 입에 담기 민망하오나…… 어렵고 적적하오시면 소인을 불러주오소서. 정성을 다하여 받들어 모시겠사옵니다."

민씨부인의 다짐은 그대로 눈물이다. 비록 빈궁의 자리에서 물러났다고는 해도 임금의 맏며느리가 아니던가. 그녀에게 부족한 것이 있을 까닭이 없다. 그러나 민씨부인은 내심에서 우러나는 심중을 토로하고 있다.*

"고맙습니다."

---

* 두 여인의 애틋한 우의에는 아무 가식도 없다. 그렇다고 무슨 전제가 있는 것도 아니다. 지금은 한씨의 품에 안겨 있는 핏덩이가 훗날 한명회의 사위가 된다는 사실을 어찌 짐작이나 할 수 있으랴. 어디 그뿐이던가. 그 핏덩이가 왕위를 이어가게 되는 것으로, 한씨는 연산군(燕山君)의 비극을 스스로 연출하는 인수대비로서의 막강한 위엄을 누리게 되지를 않던가. 역사는 그와 같은 권토중래를 잉태하고 있으면서도 아무 내색 없이 흐르고 있을 뿐이다.

눈 속 에 피 는 꽃

1

정초의 바람은 칼날같이 맵다.

병조판서 한명회는 모처럼의 망중한을 즐기면서도 세조의 심기가 날로 편협해지는 것이 걱정될 뿐이다. 승정원 도승지로 있을 때는 세조와 면대하는 것이 일상의 업무였으나, 병조판서를 맡고부터는 세조와 마주앉는 기회가 흔치 않다. 각종 하교나 어명을 살피고서야 세조의 진의를 헤아릴 수 있는 형편이다.

— 심상치가 않아…….

그가 고개를 절레절레 흔들고 있을 때 만득의 목소리가 들려온다.

"대감마님, 정경부인마님 환저하셨습니다요."

"오냐, 뫼시어라."

한명회는 자세를 고쳐 앉으며 민씨가 들기를 기다린다. 정초를 맞아 세조의 잠저에 물러나와 있는 며느리 한씨에게 새해 인사를 다녀오라고 일렀던 때문이다.

정경부인 민씨가 방 안으로 들어서자 뒤를 따르던 만득이는 탐스럽게 피어난 매화분(梅花盆)을 한명회의 연상 위에 조심스럽게 올려놓고 물러난다.

"눈 속에서 핀다 하여 설중매라더니, 이렇게 탐스러울 수가 있나……."

한명회가 탄성을 쏟아내며 민씨부인을 건너다본다. 누가 보낸 것인지 알고 있으면서도 다시 눈으로 묻고 있음이다.

"수빈마마께서 친히 가꾸었다 하시면서……."

수빈은 빈궁의 자리에서 물러나 잠저에 밀려나 있는 며느리 한씨에게 내려진 궁호다. 세조는 며느리 한씨의 안쓰러운 처지를 마음 아파하고 있었다. 그 애틋한 마음에 승정원으로 하여금 '수빈'이란 궁호를 지어내리게 하였던 터이다.

한명회는 향내를 풍기며 피어난 겨울 난초의 꽃대를 쓰다듬듯 만지며 중얼거린다.

"이런 광영이 있나. 꼭 그 어른을 대하는 것 같구면."

예로부터 매화, 난초, 국화, 대나무를 일러 사군자라고 한다. 그 고결함이 군자와 같다는 뜻이리라. 그 사군자 중에서도 매화가 으뜸인 것은 겨울 눈 속에서 피는 설중매가 있기 때문이다

눈 속에서 피어난 설중매를 바라보며 봄이 머지않았음을 예감하기도 하지만, 그보다는 추위를 참고 견디면서 꽃을 피운 기품에 경탄을 보내는 경우가 더 많다. 고통 속에서 기품을 잃지 않고 묵묵히 소임을 다하는 여인네를 설중매에 비유하는 것은 그 때문이다.

"그래 어찌 지내시던가?"

"지난해와는 달리 굳건한 심기를 다시 찾으신 듯하였사옵고, 가끔은 소리내 웃기도 하셨습니다."

"다행이야, 천만다행이로세."

그제야 한명회는 수빈 한씨가 몸소 설중매를 가꾸면서 소일하는 속마음을 알 것 같다. 더구나 그렇게 가꾼 설중매를 자신에게 보낸 것은 아무리 추위가 혹독해도 자신의 인생을 다시 한 번 꽃피우리라는 다짐인 동시에, 또 은근한 협력을 요청하는 것이라고 생각했다.

한명회가 다짐에 다짐을 거듭하고 있을 때, 판내시부사 전균이 찾아와 세조가 급히 찾는다는 어명을 전한다. 한명회가 허둥지둥 관복으로 갈아입고 있을 때 민씨부인이 조심스럽게 묻는다.

"무슨 일일까요?"

"사사로운 일일 것으로 아네."

한명회는 행여나 싶은 마음이었으나 민씨부인을 안심시키며 집을 나선다. 섣달의 찬바람은 뼛속 깊이 스며들고 있다.

"잠시 전까지 중전마마와 함께 계셨사옵니다."

적막한 밤길 탓인지 전균은 하얀 입김을 토하며 교태전의 일을 전한다. 한명회는 아무 대답도 하지 않는다. 그의 머릿속은 세조와의 대면을 매끄럽게 끝내야 한다는 생각으로 가득 차 있을 뿐 다른 생각을 할 경황이 없다. 분위기에 따라서는 칼날 같은 충언도 서슴지 않을 생각이었으나, 고까움의 덩어리로 변해 있는 세조의 반응이 염려스럽지 않을 수가 없다.

"전하, 병판 입시이옵니다."

밤이라서 그런가. 전균의 목소리는 은밀하기 그지없다. 곧 안으로 들게 하라는 세조의 목소리가 새어나온다. 천만다행으로 짜증스러운 목소리는 아니다. 한명회는 조심스럽게 강녕전으로 든다. 세조는 술상을 받고 있었고, 그의 곁에는 중전 윤씨가 앉아 있다. 조금은 뜻밖이라는 생각이 들었지만, 한명회는 두 윗전을 향해 깊이 숙이는 곡배를 마치고 정중히 입을 연다.

"전하, 찾아계시옵니까?"

"다가앉으시오. 내 오늘밤은 병판과 호젓하게 한 잔 나누고 싶어 불렀어요."

"성은이 하해와 같사옵니다."

술상을 사이에 둔 두 사람을 중전 윤씨는 불안한 눈으로 바라보고 있다. 한명회는 세조의 심기가 여느 때와 같지 않다고 생각한다. 술잔이 적당히 오고간 뒤에야 세조가 입을 연다.

"한공!"

한명회는 깜짝 놀란다. '한공'이라면, 그 옛날 수양대군 시절에 부르던 호칭이 아니던가.

"예, 전하."

그러나 한명회는 깍듯이 되받는다. 지난날의 술자리에서처럼 그도 같이 맞장구칠 분위기가 아님을 감지한 때문이다.

"우리가 만난 지 이제 얼마나 되었소?"

"햇수로 팔 년이 되었나봅니다."

"팔 년……."

"그러하옵니다."

허공을 더듬는 세조의 두 눈은 그 팔 년 동안의 파란곡절을 한순간에 떠올려보는 듯하다. 한명회도 조용히 그 세월을 곱씹어보고 있다. 오늘 새삼스럽게 임금이 술자리에 불러 그같은 말을 하는 것은 무슨 까닭일까, 단순히 옛 생각에 처연해진 때문일까, 한명회는 무언가 중대한 화제가 기다리고 있을 것이라는 예감이 든다.

"모든 게 한공의 공이오. 과인이 수양대군일 때나 영의정일 때나 임금일 때나 한공은 충심으로 나를 도와주지를 않았오."

중전 윤씨는 두 사람의 대화를 귀담아들으면서 비로소 안도한다. 급박하거나 박절한 화두가 아닌 것에 마음이 놓인 탓이다. 그러나 화제는 잠시 무거워진다.

"과인은 천수를 누리지는 못할 것이오. 앞으로 십 년이나 더 살까."

"당치 않으시옵니다, 전하."

"아니오, 내 말이 맞을 것이오. 세자가 이제 겨우 열 살, 나는 못 보지만 공은 세자가 보위에 오르는 것을 지켜볼 수 있지를 않겠는가."

"……?"

"한공, 그때도 나를 대하듯 세자를 지성으로 보필해주겠소?"

세조의 눈에 이슬이 맺히면서도 목소리는 간절하기 이를 데 없다. 한명회는 털썩 두 손으로 방바닥을 짚는다.

"전하! 언젠가 신이 드린 맹세를 잊으셨사옵니까. 전하, 천추 만세 후까지 오래오래 살아 충성을 다할 한명회옵니다. 통촉하소서!"

한명회의 두 눈에서는 금세라도 뜨거운 눈물이 흘러내릴 것만 같다. 그 얼굴을 감동 어린 시선으로 지켜보던 세조가 이윽고 두 손을 뻗어 한명회의 손을 움켜잡는다.

"한공, 내 부탁을 하나 들어주어야겠소."

"부탁이라 하심은 당치 않으시옵니다. 이 한명회, 전하의 어명을 어찌 받들지 않으리까."

"허허허, 그렇다면 다행이군. 한공의 셋째 여식이 올해 몇 살이라 했소?"

"열여섯이옵니다."

"그 아이를 내 며느리로 주시오."

한명회는 쿵쿵거리며 울리는 가슴의 고동 소리를 주체할 길이 없다. 설혹 소망해본 일이라 해도 어찌 광영스러운 일이 아니겠는가. 그러나 한명회는 기뻐하는 기색을 드러내지 않는다.

"세자빈으로 삼겠다는 것이오. 내 장자방이던 한공이 장차 국구가 되어 양 대에 걸친 충절을 베풀어달라는 당부요."

"전하!"

아무리 천하의 한명회라 하더라도, 어찌 이같은 광영에 토를 달 수 있으랴. 설사 거기에 큰 불행이 잠겨 있다 하더라도 불경한 말을 입에 담을 수 없었기에, 임금을 부르는 한명회의 목소리는 떨리고 있다.

"전하! 성은이 하해와 같사옵니다. 이 한명회, 세상에 나온 보람을 이제야 찾은 듯하옵니다. 이미 이 보잘것없는 몸을 전하께 바쳤사온데, 이제 미천한 여식마저 거두어주시다니요!"

"허허허. 좌의정 신숙주에, 영천군 윤사로…… 한공의 사돈이 가위 기라성인데, 이제 겨우 내가 끼었으니 오히려 내게 다행한 일이 아니요."

한명회의 큰딸은 신숙주의 맏며느리로 출가를 하였고, 둘째 딸은 윤사로의 며느리로 출가를 했다. 연혼을 중히 여겼던 조선조라면 가히 신흥족벌이고도 남는다. 세조는 그게 부러웠던 모양이다. 아니 두려웠는지도 모른다.

"자, 그만 그만. 이젠 사돈끼리 순배해야 할 것이 아니오."

세조가 친히 손을 들어 한명회의 고개를 들게 한다. 한명회는 중전 윤씨를 향해 머리를 다시 조아린다.

"중전마마!"

"아닙니다. 그 어렵고 험난한 길을 함께 걸어온 대감이 아닙니까. 이제 한 집안이 되었으니 이보다 더한 경사가 어디 있겠습니까."

"……"

"자자, 사돈. 내 술 받으시오."

세조는 비로소 파탈을 즐기던 지난날의 호방한 모습으로 돌아온다. 한명회는 몸을 떨면서 세조가 내리는 잔을 받는다. 이미 권세와 영화의 극에 와 있는 한명회였으나, 여식으로 인한 광영은 새로운 감격일 수밖에 없다.

세자빈이면 장래의 국모가 아니던가. 여자로 태어나서 오를 수 있는 최고의 자리가 중전의 자리다. 남자는 아무리 기상이 빼어나도 왕실의 소생이 아닌 이상 보위에는 오를 수가 없다. 영의정의 자리가 한계일 뿐이다. 그러나 여자는 중전이 될 수 있었으니, 영상이 되는 것보다도 더한 광영이 아니고 무엇이랴.

2

세조 6년(1460년) 3월 26일.

세조는 병조판서 한명회의 셋째딸을 세자빈으로 간택한다는 왕명을 내린다. 동부(東部) 연화방(蓮花坊)의 중심인 연동(蓮洞)에 새로이 거택을 마련하여 거처를 옮긴 한명회의 사저는 하객들로 붐빈다. 조정의 대소신료들은 물론, 가깝고 먼 척분들의 발길도 그치지 않는다. 한명회의 지위와 명성이 선명하게 드러난 날임에랴.

그리고 며칠 후, 빨갛게 물들었던 노을이 어둠에 밀려날 무렵, 한명회의 집에 가마 한 채가 은밀히 스며든다. 가마는 중문을 지

나서야 멈추었고 젊은 여인 한 사람을 내려놓는다. 자태는 여리지만 기품이 있어 보였고 얼굴에는 어딘가 한이 스며 있는 모습, 수빈 한씨다. 사람들은 어느새 수빈 한씨를 설중매에 비하곤 했다. 빈궁의 자리에서 물러나기는 했어도 온몸에서 풍겨나오는 고귀한 기품은 남다른 데가 있었기 때문이다.

"아니, 어인 거동이시옵니까, 마마."

민씨부인은 버선발로 달려나와 수빈 한씨를 정중히 맞는다.

"온 나라가 경하할 일이 아닙니까? 더구나 척분의 한 사람인데 저만 빠질 수도 없는 일이구요."

"당치 않으시옵니다. 오르시지요."

수빈 한씨의 미소는 차분하다. 그러면서도 따뜻한 정감이 깃들어 있어 신비롭기까지 했다. 그런 수빈이 척분이라고 한 것은 이미 세상을 떠난 한확과 한명회가 십촌간이기 때문이기도 하다. 그런데도 서로가 입에 담지 않았던 것은 한명회의 지난날이 너무도 불우해서다.

세자빈의 자리. 그것은 원래 수빈 한씨의 것이 아니던가. 총명하고 도리에 밝아, 장차 나라의 국모로 조금도 부족함이 없다는 칭송을 받던 수빈 한씨. 그러나 지금은 그 운명이 바뀌어 잠저에 물러나와 어린 세 남매를 키우며 살아가는 외로운 왕실의 과부 신세. 바로 그 세자빈의 자리에 셋째딸 냉이가 간택되었으니, 민씨부인으로서는 마치 수빈의 자리를 빼앗는 듯한 송구함을 감출 수가 없다. 그러나 수빈은 단아한 표정을 흐트러뜨리지 않고 차분하게 하례의 인사를 전한다.

"진정 경하스러운 일입니다. 병판대감의 여식이니 그 성품이 빼어남이야 두말할 것 없겠고, 자태는 어머님을 닮아 나무랄 데 없다고 들었습니다."

민씨부인은 수빈의 눈시울에 서늘하게 덮이는 어떤 회한 같은 것을 보았다. 사실 수빈은 세자빈이란 말을 하면서 옛날 자신의 모습을, 국구란 말을 하면서는 세상을 떠난 아버지 한확의 얼굴을 떠올리지 않을 수가 없다.

"그나저나, 사사로이는 동서간이 될 처지인데 한번 면대나 하게 해주시지요. 열 살이 채 안 되었을 때 보아서 잘 생각나지 않습니다."

세조가 아직 잠저에 있을 때 한명회의 집에 몇 번 출입을 하기도 했으니 벌써 얼마 전의 일인가. 그때의 어린 계집아이가 지금은 어느덧 자라 세자빈이라는 엄청난 광영을 안게 되지를 않았는가.

"이를 말씀이옵니까. 잠시만 기다리소서."

민씨부인이 손수 데리러 나가자, 수빈은 시름 같은 한숨을 토해낸다. 아무리 애를 써도 자꾸만 마음이 허허로워지는 것은 어찌할 수가 없어서다. 세조가 아직 수양대군이던 시절, 시대는 어지럽고 수양대군의 야망과 한명회의 지략이 보기 좋게 어우러지던 시절, 그때는 자신도 꽃 같은 나이가 아니었던가. 늘 안타깝게 마음속으로만 기대하던 일이 이루어져 마침내 세자빈이 되어 국모의 자리까지 바라볼 수 있었다. 그러나 지금은 어떠한가.

수빈의 나이 어느덧 스물넷. 꿈같은 세월이 지나갔고, 나어린 세 남매를 거느린 청상과부가 되어 있다. 설사 세조의 만며느리라는 지위는 있다 해도 빈궁의 자리에서 물러난 처지라 장래의 일은 암담하기 그지없다.

"인사 여쭈어라, 수빈마마이시니라."

정경부인 윤씨를 따라 들어와 살포시 큰절을 올리는 냉이의 자태는 아름답고 순결해 보인다. 아직은 어린 티가 가시지 않았지만 세자빈에 어울리는 위엄까지 엿보인다. 수빈 한씨는 허리를 숙이는 것으로 맞절을 대신한다.

"오늘은 경하도 경하입니다만, 아무래도 먼저 대궐에서 세자빈의 처지로 살아보았던 저인지라, 몇 가지 도움이 될 말씀을 드릴까 하여 찾아뵈었습니다."

냉이를 바라보는 수빈의 눈빛에는 손윗동서로서의 위엄이 넘쳤지만, 그 말투는 어디까지나 세자빈에 대한 예우를 잃지 않고 있다.

"우선 세자빈의 자리란, 여염집의 며느리와는 다르다는 것을 명심하세요. 내명부의 기강을 바로잡는 것이 첫째입니다. 궁중이란 곳이 워낙 여인들로 가득 찬 곳이라, 조금만 허술하게 보이면 온갖 요사스런 소문이 난무하게 됩니다. 남정네들이 말을 탈 때 고삐를 잡아채듯이 조금도 늦추지 말고 기강을 세워야 하지요. 거기에는 모범도 따라야 합니다. 전에 내 성품이 모질다고 주상전하께오서 폭빈이라 하신 적도 있지만, 그만큼은 되어야 내명부의 기강이 바로 서는 것으로 압니다."

대담한 훈도가 아닐 수 없다. 그녀는 자신이 못다 한 기상을 냉이에게 전수하듯 위엄을 세우며 말하고 있다.

"어머님."

그때 문을 열고 들어선 것은 다섯 살짜리 넷째딸 송이다.

"오냐오냐, 어서 오너라."

수빈 쪽을 힐끗거리면서 민씨부인 옆에 가 서는 송이의 모습은 놀라울 만큼 깜찍하게 보인다.

"인사드려야지, 수빈마마시니라."

앙증맞게 다가서며 절하는 송이의 모습이 눈에 넣어도 아프지 않을 것만 같다. 순간 수빈은 형언할 수 없는 전율을 느낀다.

"이름은 무엇이라 하느냐?"

"송이라 하옵니다."

"나이는?"

"병자생으로 다섯 살이옵니다."

목소리도 은쟁반에 옥구슬 굴러가듯 맑다. 세자빈이 될 냉이
도 인물이 빼어나고 총명했지만, 오히려 이 다섯 살짜리 송이 앞
에서는 빛을 잃을 정도다. 냉이와는 열한 살 터울, 한명회가 마
흔두 살이 되어서야 얻은 딸이다. 사십대의 나이로 정실부인에
게서 아이를 얻는 것은 흔치 않은 일이다. 이 넷째딸의 탄생에
대해서는 따로 전해지는 이야기가 있을 정도다.

수양대군이 보위에 오르던 을해년 겨울, 이미 한명회와 민씨
부인은 합궁(合宮)을 하지 않은 지가 오래였다. 그런데 어느 날
한낮에 얼굴이 벌겋게 달아오른 한명회가 내당으로 뛰어들면서
소리쳤다고 한다.

"부인, 어서 자리를 펴요, 어서!"

"자리라니요?"

"어서 이불을 깔라니까요."

민씨부인은 영문도 모르는 채 허둥지둥 자리를 폈다. 그러자
한명회는 부인의 허리를 끼고 그대로 나뒹군다. 민씨부인은 당
황해한다. 정실의 처지로 이제 잠자리를 같이할 나이가 아니다.
더구나 백주 대낮이었다. 결국 민씨부인은 해괴한 백주의 정사
에 말려들고 말았다. 격랑과도 같은 운우의 정이 쏟아진 후에야

한명회는 말하였다.

"사랑에서 낮잠을 자다가 기막힌 꿈을 꾸었소. 필시 귀한 자
손을 볼 꿈이라서 염치 불구하고 들어온 게요."

"무슨 꿈을……?"

그러나 한명회는 꿈의 내용에 대해서는 일체 언급하지 않고
다만 장담했을 뿐이다.

"곧 태기가 있을 게요."

이 나이에 무슨, 하고 민씨 부인은 반신반의했으나 정말로 태
기가 있었고, 열 달 후인 병자년 10월 11일에 생산한 딸이 바로
송이다. 딸이라기보다는 손녀라고 해야 어울릴 송이를 한명회는
더없이 애지중지하였다.

수빈 한씨는 어린 송이에게 마음이 끌리고 있다.

"다섯 살이면 우리 막내와 좋은 짝이 될 만하군요."

수빈 한씨의 막내라면 네 살, 혈이다. 충격적인 발언이었다.

"당치 않으시옵니다, 마마. 냉이가 세자빈이 되는데 어찌 송이
가……."

민씨부인은 난감한 듯 말끝을 흐린다. 세자가 누군가, 죽은 세
자 장의 동생이니 혈에게는 숙부가 된다. 자매가 어찌 숙질간에
게 모두 혼인을 하느냐는 말이었다.

"아닙니다. 일단 왕실에 출가를 하면 속적은 끊어지는 법이지요. 저와 저희 언니만 해도 그렇지 않습니까."

한확의 딸 중 하나는 세종의 서자인 계양군 증의 부인이 되었고, 수빈은 수양대군의 아들 장의 부인이 되었다. 계양군이 서자라 하나 장과는 숙질간이다. 그런 관행이 있는데 어떠냐는 수빈의 말이다.

"호호호, 이거 원 어린아이들을 놓고 무슨 말을······."

민씨부인이 곤혹스러워하자, 수빈은 웃음으로 얼버무린다. 다과상이 들어오자 화제는 다시 궐 안의 법도로 옮겨진다. 수빈 한씨는 자신이 체험했던 얘기들을 입에 담으면서도 송이에 대한 관심을 조금도 늦추지 않는 모습이다.*

집으로 돌아온 수빈 한씨의 뇌리에는 다섯 살짜리 송이의 모습이 화인(火印)처럼 찍힌 채 좀처럼 지워지지 않는다.

―며느리로 맞으리라.

그렇게 결심을 하자, 싸늘한 냉기만이 감돌았던 수빈 한씨의 가슴은 뜨겁게 달아오르기 시작한다. 야망이라 해도 좋다. 물론

---

* 자리를 함께한 민씨부인을 제외한 세 명의 여인은 어떤 사람들인가. 수빈 한씨는 훗날 추존왕(追尊王)인 덕종(德宗)의 왕비인 소혜왕후이자 곧 인수대비가 되며, 열여섯 살의 냉이는 예종(睿宗)의 왕비인 장순왕후(章順王后)가 된다. 그리고 다섯 살의 송이는 성종(成宗)의 첫번째 왕비 공혜왕후(恭惠王后)가 된다. 그러니까 우연찮게도 삼대의 왕비가 한 자리에 앉아 있는 셈이다.

처음에는 총기 넘치는 송이의 모습에서부터 시작된 생각이었으나, 날이 갈수록 한명회의 모습이 송이의 얼굴에 겹쳐 보이는 것을 어찌하랴. 무언가 그로 인해서 기사회생할 수 있다는 희망이 싹트고 있었다.

세조가 시아버지요, 한명회가 사돈이라면 적어도 이 나라에서만은 두려울 것이 없을 것이 아니겠는가. 겉으로 내색할 수 없는 일이기는 했으나 수빈 한씨는 거기에 모든 미래를 걸기로 마음을 굳힌다.

3

초여름의 신록은 경복궁에도 찾아든다. 수많은 기화요초들의 활기에 찬 치장은 오가는 신료들의 마음까지 싱그럽게 한다. 절기 때문만은 아니다. 세조의 얼굴에 웃음이 감돌면서 난정(亂政)의 기미를 보이던 휘청거림도 멈추었다.

한명회의 셋째딸인 냉이가 세자빈으로 책봉된 것이 4월 11일, 그로부터 일주일 후인 4월 18일에는 세자가 친히 연화방에 있는 한명회의 집으로 찾아간다. 거리는 떠들썩해질 수밖에 없다. 칠삭둥이 한명회가 다음 시대의 국구가 되었다면 장안의 화제가 되어 마땅하지 않겠는가.

"어서 납시오소서."

한명회는 금관조복을 갖추어 입고 정중히 새 사위인 세자를 맞는다.

"빈궁을 친영코자 나왔습니다."

"어련하시겠사옵니까, 저하……."

한명회는 함박웃음을 지으면서 열한 살 나어린 사위를 사랑으로 인도한다. 파리한 얼굴이었지만 세자의 위엄을 흐트러뜨리지 않는 소년의 모습은 모여 있던 척분들을 감동케 하고도 남는다. 내당에는 곧 세자를 따라서 입궁하게 될 세자빈 냉이가 중전이 손수 마련해 보낸 활옷으로 성장을 하고 있다. 냉이는 세자보다 다섯 살이나 위인 열여섯이었으므로 성숙해 보였다.

정경부인 민씨는 눈시울이 젖어드는 심회를 애써 누르면서 작별의 말을 입에 담는다.

"마마, 이제 입궁하오시면……."

그녀는 말을 잇지 못한다. 한없이 광영스러운 작별이었지만, 미어터지려는 모정을 주체할 수 없다. 그러나 어찌하는가. 그녀는 최상의 공대로 말을 이어간다.

"수빈마마께서 몸소 당부하시던 말씀을 한시도 잊으시면 아니되실 것으로 아옵니다."

"심려치 마오소서, 어머님."

냉이의 목소리도 이미 젖어 있다. 이제 어머니로부터도 공대를 받아야 하는 세자빈의 지위가 어찌 두렵지 않으랴. 정경부인 민씨는 재빨리 그 점을 위로한다.

"중전마마의 후덕하심이 계시는데 어려운 일이야 있겠습니까. 아버님께서도 자주 입궐하실 테니 아주 외롭지는 않을 것으로 아옵니다."

끝내 냉이는 세자빈의 체모도 잊은 채 눈물을 쏟고야 만다.

"고정하소서. 장차 국모가 되실 분이 눈물을 보이시다니요. 의젓하셔야지요."

이제 사저를 떠나야 할 시각이다. 냉이는 수많은 척분과 하인 종속들의 하례를 받으면서 대궐에서 보낸 연에 오른다.

연화방은 인산인해여서 발 디딜 틈도 없다. 무지렁이 백성들에게는 이보다 더한 구경거리는 없을 것이리라. 세자의 친영을 인도하는 신숙주의 자비가 앞장을 섰고, 그 뒤로 백마에 오른 세자가 따른다. 세자빈은 아름답고 찬란한 연을 타고 있다. 한명회의 자비 뒤로는 병사들과 상궁나인들의 행렬이 이어진다. 구경을 나온 사람들은 세자와 세자빈보다 칠삭둥이 한명회에게로 시선을 모은다. 세조의 신임을 한 몸에 받고 있는 장자방이요, 병조판서의 지위에 있는데다 이제 세자의 장인이 되고 곧 국구가 된다. 어찌 부럽지 않을 수 있겠는가. 젊어서 고생하는 사람들에게 한명회의 입지전적인 입신양명은 꿈이며 희망일 수밖에 없다. 칠삭둥이 당나귀상인 외관도 외관이려니와 서른일곱의 나이에 이르러서야 겨우 경덕궁직이 되었던 한명회의 변신이 어찌 이리도 화려할 수가 있는가. 그는 어느 사이엔가 밑바닥 인생을 사는 젊은 사람들에게 우상이 되어 있었다.

세자빈을 맞이하기 위한 경복궁의 들뜬 분위기도 볼 만하다. 중전 윤씨는 상궁들의 만류를 뿌리치면서까지 전각 밖으로 달려 나올 정도다.

"아니다. 아니니라. 내게는 예사 세자빈이 아니니라."

중전 윤씨의 감회는 컸다. 한명회로부터 받은 도움을 생각한다면 세자빈이 딸보다도 더 소중하게 느껴지는 것을 어찌하랴.

친영 행렬이 궐 안으로 들어선다. 중전 윤씨는 세자빈에게로 달려가고 싶은 마음을 애써 눌러 참으며 기다린다. 연에서 내린 세자빈이 다가오고 있다. 중전 윤씨는 자신도 모르게 몇 걸음 앞으로 나선다.

"잘 오셨습니다. 기다리고 있었습니다. 일각이 여삼추로요."

"감읍하옵니다, 어마마마."

"암, 그렇다마다요. 어마마마다마다요."

중전 윤씨는 보물을 쓰다듬듯 세자빈의 손을 잡아 다독인다.

시립한 상궁나인들은 중전 윤씨의 후덕한 모습에 새삼 감동하고
있다.

"드십시다. 좀 쉬셔야지요."

중전 윤씨는 몸소 세자빈을 감싸안듯이 인도하며 중궁으로
든다. 번잡하리만큼 화려한 친영 범절이 진행되면서 세조는 강
녕전으로 한명회를 맞아들인다.

"이제야 공의 은혜에 보답하게 되었으이."

"보답이라 하오시면 당치 않사옵고, 오직 신에게는 하해와 같
은 성은일 따름이옵니다."

"늦었지만 보답으로 받아주시게나."

"전하!"

세조는 파탈을 시도해보고 싶었는데 오늘따라 한명회는 쉬이
받아들이지 않는다.

"사돈 복은 없는 편이었어……."

세조가 불쑥 뱉어낸다. 지금은 세상을 뜨고 없는 한확은 살아
있을 때도 대하기 어려운 사돈이었고, 그토록 탐냈던 정인지를
죄인으로 만들어버렸으니 세조의 탄식에는 회한이 담겨 있음이
완연하다. 세조는 한명회라면 능히 그들 두 사람의 몫을 해낼 것
이라는 기대에 차 있다.

"공으로 인해 당대는 물론이요, 후대에 이르기까지 종사의 시

름을 덜고 싶은 것이 내 심중임을 아는가?"

"천명으로 받들 것이옵니다. 전하!"

술상이 들어왔다. 세조는 전에 없이 많은 술을 권했다. 한명회는 사양할 수가 없다. 세조의 깊은 심중을 헤아릴 수 있었기 때문이다.

"나는 세자빈의 혈손으로 만대가 평안하기를 바라고 있으이."

"성은이 망극하옵니다."

한명회는 깊게 상체를 굽힌다. 국구의 자리를 보장받는 탑전이었으나 긴장감에서 헤어나기가 어렵다. 한명회는 강녕전을 물러나고서야 위기감에서 벗어난 사람처럼 안도의 숨을 몰아쉰다. 그러나 가슴속 깊은 곳에 새겨진 세조의 휘청거리던 모습이 왠지 불안하기만 하다.

4

화사한 봄날이 스쳐지나가듯 짧았는데도 중전 윤씨는 조금도 서운해하지 않는다. 그녀는 지난해 늦가을부터 초겨울까지 이어졌던 서도(西道)의 순행을 잊지 못하고 있다. 태어나서 처음 겪었던 감동이자 환희였기 때문이다. 한 나라 국모의 신분으로 임금이자 지아비인 세조와 함께 국토를 순례했다는 것, 더구나 야인의 소란으로부터 해방된 서도의 백성들이 임금의 성은에 감읍하고 있었음에랴.

"내 기쁨을 어찌 필설로 다할 수 있음이더냐. 선현들이 이르기를 한 가지 선행으로 만 가지 악행을 상쇄하지 못한다고는 하였다만, 그래도 내 마음은 그렇지가 않고나. 게다가 전하의 심기도 밝아지시질 않았느냐. 정무에 임하는 전하의 모습을 보고 있노라면 태평성대가 눈앞에 다가와 있음이야. 모두가 천지신명의 은혜요, 종묘의 보살핌이 계셨음이니라."

중전 윤씨는 잠저에 나가 있는 며느리 수빈을 불러서 내심을 토로하며 눈물을 쏟는다.

오늘 중전 윤씨는 아침 일찍 몸단장을 마치고 몇몇 외명부(고위관직의 부인들)를 불러들일 궁리를 한다. 핏줄을 타고 흐르는 감동과 희열을 주체할 수 없었기 때문이다.

─누구를 불러야 하나, 무엇을 대접해야 하나…….

중전 윤씨의 마음은 분주하기만 하다. 그녀는 내정을 내다볼 수 있는 장지문을 열었다. 싱그러운 바람을 가슴 가득히 쓸어담는다.

"중전마마, 중전마마."

중궁전의 중문을 들어서는 이상궁이 허둥거리며 달려온다. 그녀의 치마 끝이 이슬에 젖어 있다.

"무슨 일인가?"

중전 윤씨는 머리를 매만지다 말고 고개를 돌린다. 이상궁은 떨리는 목소리로 입을 연다.

"중전마마, 빈궁마마께오서 태기가 드셨다 하옵니다."

중전 윤씨는 무슨 소린가 싶었는지 미처 대답할 말을 찾지 못한다.

"잠시 전 어의의 사진(絲診, 맥과 연결된 실의 끝을 잡고 그 감촉으로 짚어보는 진맥)이 있었사온데, 틀림없이 태기라 했다 하옵니다."

"원 세상에, 이런 경사가 있나……."

가슴 두근거리는 기쁨이 아닐 수 없다. 중전 윤씨는 득달같이 빈궁전으로 달려가 세자빈 한씨를 만나 왕실의 경사임을 일깨워주고 매사에 각별히 유념할 것을 다짐해둔다. 그리고는 서둘러 편전으로 들었다. 하늘로 날아오를 것만 같은 기쁨을 세조에게 전하기 위해서다.

"전하, 지난해에는 야인의 정벌이 있어 신민이 모두 전하의 홍복에 감읍하였사온데, 오늘은 또 이같은 경사를 맞게 되었사옵니다. 하례드리옵니다."

"허허허, 모두가 중전께서 후덕해서가 아닐지…… 나는 그리 믿고 있어요."

"당치 않으시옵니다, 전하."

"허허허, 이젠 우리도 누릴 건 누려야지요."

누릴 건 누려야 한다는 세조의 말은 중전 윤씨의 눈시울을 적시게 한다. 얼마나 뼈저린 아픔을 감내하며 살아왔던가. 아무에게나 발설할 수 없었던 고통이지 않았던가. 그토록 아프고 고달팠던 칠 년여의 세월이었지만 세자빈의 간택과 야인의 정벌로 조금씩 상처가 아물어가고 있었고, 이번 세자빈의 수태는 세조 내외에게는 비길 데 없는 희열이 아닐 수 없었다.

"밖에 내관 있으렷다!"

"대령해 있사옵니다."

"지금 곧 병판의 집으로 달려가서 이 기쁜 소식을 전하도록 하라."

세조는 사돈 한명회와 함께 세자빈의 수태를 기뻐하고자 했다. 세자빈의 회임 소식을 전해들은 정경부인 민씨는 금세 달아오른 쇳덩이처럼 붉게 상기되고 만다.

"대감, 이제야 왕실의 시름을 덜려나봅니다."

"이를 말입니까."

"대감, 소망대로 세손아기씨를 생산한다면, 대감의 외손으로 왕위가 이어지는 것을요. 이보다 더한 경사는 다시없을 것으로 압니다."

"이르다 뿐입니까. 당연히 그리 되어야지요."

한명회는 시름처럼 뱉어내며 방을 나선다. 그는 흐느적거리는 발걸음을 옮겨 후원으로 향한다. 지난밤에 비가 내린 탓으로 젖어 있는 땅에서는 흙냄새가 물씬 풍겼다. 신록은 생기를 내뿜고 있었고 하늘에는 하얀 구름이 드문드문 떠 있다. 그는 일진이 사나운 날에 낭보를 접한 것이 꺼림칙할 따름이다. 하필이면 오늘 같은 불길한 날에 세자빈의 회임 소식을 들은 것을 곱씹고 있다.

한명회의 직감은 남달리 예민해서 그 자신도 곧잘 의지할 정도다. 그 대표적인 예가 병자년에 있었던 운검의 폐지가 아니던가. 그때 한명회의 직감이 없었다면, 그 직감을 한명회가 믿지 않았다면 단종이 복위되었을 것이고 세조를 비롯한 한명회의 측근들은 불귀의 객이 되었을 게 분명하다.

"대감마님, 김별감 오셔계시옵니다."

만득의 소리를 듣고서야 한명회는 상념에서 깨어난다. 인적도 알아차릴 수 없을 만큼 골똘히 생각에 잠겨 있었던 모양으로 만득과 김별감은 이미 가까운 거리에 다가와 있었다. 이때 한명회는 김별감의 얼굴에서 아주 불길한 예감을 읽었다.

"무슨 일로⋯⋯?"

"영상대감께서 세상을 떠나셨다 하옵니다."

"......!"

한명회의 직감은 다시 한 번 적중한 셈이다. 설사 그 불길한 예감이 세자나 세자빈의 주변에서 일어난 일이 아니라 하더라도 예사로울 수는 없다.

— 왜 하필이면…….

세자빈의 수태 소식과 영의정 강맹경의 부음이 같은 날 아침에 들려온 것이 한명회의 뇌리를 다시 한 번 서늘하게 한다. 결국 그는 풀리지 않는 시름을 안고 임지로 귀임한다.

5

강원도와 함길도의 산간은 여름이 짧고 겨울이 긴 고장이다. 한명회는 바다와 산과 계곡을 오르내리면서 짧은 여름을 보내고 있다. 야인의 정벌이 있고 난 다음이어서 그런지 변방의 일로는 큰 어려움을 겪지 않았다. 짧은 기간이었지만 한명회에게는 약간의 변화가 있었다. 김사우가 병조판서에 제수되었고, 한명회는 상당부원군(上黨府院君)의 군호를 받고, 지위는 판병조사(判兵曹事)로 체직되었다.

설봉산에 자리한 석왕사(釋王寺)는 웅장했다. 본시는 토굴이 있었던 곳이었다. 태조 이성계가 이곳에 은거하고 있는 무학대사에게 임금이 되는 꿈을 풀이해 받았다 하여 보위에 오른 다음 큰 절을 짓게 하였다. 그래서 이름까지 석왕사가 아니던가. 한명회는 석왕사에 머물던 중에 서둘러 도성으로 돌아오라는 세조의 어명을 받았다. 세자빈이 병을 얻었다는 전언이었다. 산일을 한 달 남짓 남겨놓고 병을 얻었다면 심상치 않은 일이 분명했고, 그런 까닭으로 한명회를 도성으로 불렀다면 당도하기도 전에 불행을 당할지도 모를 일이다. 한명회는 귀경길을 재촉한다. 그가 도성에 당도한 것은 11월 27일. 세조는 이때 경복궁에서 창덕궁으로 이어해 있었다.

"어서 오시오, 상당부원군⋯⋯."

세조는 친히 편전 밖까지 나와 한명회를 맞아들인다. 친구이자 사돈에 대한 깍듯한 예우를 다하는 것임이라.

"신 판병조사 한명회, 복명의 말씀 여쭙고자 하옵니다."

한명회가 공무를 수행하고자 하는데도 세조는 복명을 받으려고 하지 않는다.

"다가앉으시오. 이리, 이리 가까이⋯⋯."

세조가 손짓하는 대로 한명회는 무릎걸음으로 옮겨 앉는다.

"대체 이 일을 어찌하면 좋은가. 경은 과인을 용서하라."

"⋯⋯!"

"내 소중한 장자방을 변방으로 나돌게 해놓고 귀한 딸을 병들
게 하였으니, 경의 얼굴을 대할 면목이 없지 않은가?"

한명회는 보았다. 세조의 눈가에 드리워진 짙은 우수의 그늘
을…….

세자빈의 환후가 심상치 않은 것이 분명했다. 한명회는 애틋
하게 젖어오는 심중을 내색할 수도 없다.

"빈궁이 만삭의 몸임은 경도 알지 않는가……."

"망극하옵니다."

"만에 하나, 빈궁이 쾌차하지 못한다면 두 목숨을 한꺼번에
잃을 수도 있음이야……."

세조의 목소리는 참담하게 젖어들고 있다. 그는 심란해진 심
중을 죄책감에 적시면서 자신의 장자방에 의지하고자 한다. 어
쩌면 그것은 묘책을 강구하고자 하는 갈구이기도 했다.

"전하, 크게 심려하지 마오소서."

"어찌 심려를 아니할 수 있으리…… 내 죄가 하늘에 닿아 있
는데도."

"설사 빈궁께서 쾌차하지 못한다 할지라도 세손만은 무사히
생산하신 연후에야 숨을 거두실 것이옵니다. 신은 그리 믿고 있
사옵니다."

한명회의 어조는 비장하기 그지없다. 어찌 그의 말을 단순한

위로로 받아들일 수가 있겠는가. 그는 그렇게 되어야 한다고 스스로에게 다짐하고 있는지도 모른다. 마침내 세조의 두 볼에 뜨거운 눈물이 흘러내린다. 한명회의 충절이 뼈에 사무치도록 고마웠기 때문이다. 세조는 며느리를 잃어야 하고, 한명회는 딸을 잃어야 한다. 그들의 사이가 어떤 관계로 맺어져 있었던가. 세조는 어렵게 다시 말을 이어간다.

"빈궁을 안녹사의 집에 있게 할 작정인데, 경의 의향은 어떠한가?"

"성은이 망극할 따름이옵니다."

세자빈 한씨는 녹사(錄事) 안기의 집으로 옮겨진다. 이른바 병을 고치고자 하는 피접(避接)이다. 그러나 빈궁 한씨의 병세는 호전되지 않은 채 산일을 맞는다. 한명회를 비롯한 연화방의 식솔들은 숨도 크게 쉬지 못한 채 사흘을 지냈다.

11월 30일.

찌뿌드드하게 흐렸던 하늘이 눈발을 뿌리기 시작하더니 점심나절부터 함박눈으로 변한다. 한명회는 방문을 활짝 열어놓고 주안상을 받았다. 견딜 수 없는 적적함이 그의 가슴을 채워온다. 한명회의 나이 이제 마흔일곱. 수양대군, 아니 세조를 만난 지도 햇수로 십 년이 되었다. 자식들은 어떤가. 아들 보는 이제 열다섯, 벌써 음서로 기용되어 충무위(忠武衛)의 호군(護軍)이 되어 있다. 누가 감히 이같은 삶을 누릴 수 있는가. 누구의 도움도 받지 않은 한명회다. 그는 오직 자신의 직감과 결단으로 살아서 누릴 수 있는 모든 영화를 쟁취하였는데, 세자빈인 딸이 지금 죽음을 목전에 두고 있다. 생사를 장담할 수 없는 새 생명 하나를 잉태한 채로.

눈은 제법 소복하게 쌓이고 있다. 바람이 이는 모양이다. 눈송이가 방 안으로 날아들었다가 잠깐 사이에 녹아 없어진다. 한명회는 잔을 비우고 한숨을 놓는다. 지쳐서 쓰러질 것만 같은 초조함이 끝도 없이 이어지고 있을 뿐이다. 눈발이 조금씩 얇어지기 시작한 저녁 무렵이다.

"이리 오너라! 이리 오너라!"

누군가가 대문 앞에서 외치는 소리가 사랑까지 들려온다. 상당히 황급한 듯했는데, 아무래도 그 어투가 좀 이상하다. 정상적인 사내의 목소리가 아니어서다. 한명회는 온몸의 뼈마디마다 돌연 서늘한 한기가 차오르는 것을 느낀다. 무서운 생각이 들어서다.

— 승하를 하셨나.

한명회가 그런 불길한 생각에 젖어들고 있을 때, 문 밖으로 전균의 모습이 드러난다. 한명회는 그의 얼굴을 주시할 뿐 입을 열지 못한다.

"대감, 기쁜 소식이오이다. 빈궁마마께오서 세손아기씨를 생산하시었소이다."

한명회는 한숨을 내쉰다. 긴장이 지나쳤던 차에 반가운 소식을 들었음인가, 넋이 나갈 만큼 허탈하다.

"어서 입궐 채비를 하오소서. 전하께오서 기다리시옵니다."

극도로 긴장했던 탓으로 적막강산과도 같았던 온 집안에 불이 켜지고, 이 방 저 방에서 생기에 넘치는 환성이 터진다. 정경부인 민씨가 어느새 사랑 앞까지 달려와 있다. 벅찬 환희로 몸을 가누지 못하는 민씨부인이다. 그러나 이상할 정도로 한명회의 마음은 냉랭하기만 하다.

"부인, 여염 사가의 자손이 아니라 이 나라 왕실의 대통을 이어갈 세손이시오. 망녕되게 떠들어서는 아니 될 것이오. 집안이 모두 삼가고 있도록 하오."

"명심하겠사옵니다."

자신의 표정부터 정돈하는 정경부인 민씨였지만 그 뺨에 감도는 홍조만은 숨기지 못한다. 한명회는 긴장을 풀지 못한 모습으로 의관을 정제하고 솟을대문을 나선다.

"대감, 서설인가봅니다."

한명회의 자비를 따르는 전균은 자신의 기쁨처럼 싱글거린다.

"그런가보오이다."

한명회의 대답은 시원치가 않다. 아직은 마음을 놓을 일이 아니었기 때문이다. 세자빈 된 처지로 무사히 세손을 생산했다면 소임을 다한 것만은 사실이나, 마음 한구석에 도사리고 있는 불안이 가시지 않아서다.

"어서 오시오, 사돈. 허허허."

세조는 환한 얼굴로 한명회를 맞는다. 사흘 전에 만났던 세조와는 전혀 다른 모습이다. 강녕전에는 주안상이 마련되어 있다.

"문을 열어두는 게 좋겠지, 서설일 테니까."

세조는 마냥 즐거운 모습으로 문을 열어둔 채 한명회를 극진하게 대한다.

"자, 잔을 드시오. 내 먼저 따르리다."

"당치 않으시옵니다, 전하!"

"허허허, 오늘만은 사양 마시오. 세손이 태어난 날이에요. 그게 어디 예사 세손이어야지…… 이 나라의 대통을 이어갈 한공의 외손이에요. 자자……."

한명회는 떨리는 손으로 잔을 든다. 세조가 잔 가득히 술을 채웠고 한명회도 세조의 잔에 술을 따랐다.

"자, 듭시다."

세조는 시원스럽게 잔을 비웠고, 한명회는 마른 입술만 살짝 축인다.

"출산을 마친 빈궁의 얼굴에 화색이 돌았다는 전언이 있었다니까."

"전하…… 하해와 같은 성은이시옵니다."

한명회는 시름을 덜어내는 감격을 맛보았고, 세조의 기쁨은 크고 밝았다. 두 사람은 그날 밤 마냥 마셨다.

"한공, 공의 외손으로 이 나라의 왕통이 이어지다니, 과시 하늘이 맺어준 인연이 아닌가. 또한 공이 내 목숨을 구해준 것이 몇 번이던가. 어찌 내가 공의 은혜를 잊으리. 잊을 수 없음이야."

"전하……!"

한명회는 두 손으로 방바닥을 짚으며 허리를 굽힌다. 눈물이 쏟아져내린다. 문 밖에는 탐스러운 함박눈이 쏟아지고 있다. 그러나 어찌 알았으랴. 12월 5일, 세자빈 한씨가 녹사 안기의 집에서 수많은 사람들의 기원과 소망을 저버린 채 세상을 떠난다. 세손을 생산한 지 겨우 오 일 만이다. 열일곱의 꽃다운 나이. 임금이 시아버지요, 한명회가 친정아버지. 미구에 국모의 자리에 오르고 장차는 대비가 될 터였으니, 그야말로 여인이 누릴 수 있는 가장 큰 권세와 영화의 극이 눈앞에 있었음이 아니던가. 그러나 그녀는 모든 것을 훌훌 털어버리고 불귀의 객이 되고 만다.

─세자를 잃더니…….

세조는 목놓아 통곡한다. 대체 이 무슨 가시밭길이던가. 맏아들 장을 잃고, 이번에는 새로 맞아들인 세자빈을 잃었다. 천형이라고 생각하는 것도 무리가 아니었다. 세조는 통곡 속에서도 지난날의 악몽을 되새길 수밖에 없다. 참아도 참아도 참을 길이 없이 쏟아져내리는 회한의 눈물은 며칠이 지나도 그치지 않는다.

해가 바뀌어 세조 8년(1462년).

세조는 창덕궁을 떠나 경복궁으로 이어한다. 며느리를 잃은 창덕궁이 싫어서다. 경복궁은 썰렁했다. 그 썰렁함이 세조의 마음을 더욱 어수선하게 했다. 2월이 되자 세조는 세상을 떠난 빈궁에게 장순(章順)이라는 시호를 내렸다.*

연화방 한명회의 거처에 세 사람의 정승이 모였다. 집주인 한명회가 정승의 반열인 우의정에 제수된 것을 축하하여 술상을 마련한 뜻 깊은 모임이다.

"모든 곤고(困苦)를 한상당**에게 맡겨두었던 것 같으이……."

---

* 후일에 이르러 지금의 세자가 보위를 이어받은 다음, 세상을 떠난 장순빈은 장순왕후로 추존되어 왕비의 서열에 오르게 된다.

** 젊어서는 자(字)를 불러서 친근함을 돈독히 한다. 신숙주가 범옹, 권남이 정경, 한명회가 자준으로 불리는 것이 그 예가 되겠지만, 그들이 똑같이 지체가 높아지면 군호(君號)를 불러서 상대를 높여준다. 이를테면 신숙주는 고령부원군이므로 한명회와 같이 친분이 두터운 처지면 '신고령'으로 부른다는 뜻이다. 권남은 길창부원군이었기에 '권길창'으로, 한명회는 상당부원군이었기에 '한상당'이 된다. 그렇다고 모든 사람이 그렇게 부르는 것은 아니고, 부원군의 존칭을 생략할 수 있는 친분이 있어야 한다. 이들 세 사람에게 안성맞춤의 호칭이었다.

신숙주가 술잔을 비우면서 말한다.

"허허허, 한상당은 마고소양(麻姑搔痒, 마고가 긴 손톱으로 가려운 곳을 긁는다는 뜻으로 일이 뜻대로 잘됨을 말함)이었어."

권남이 뒤질세라 맞장구를 친다.

"히히힐, 손톱이 길어서 늘 때만 새까맣게 끼었지……."

대화의 격조도 학문을 따르는 것일까. 당대의 경륜과 문장들인 이들의 대화는 격조와 해학이 번뜩인다.

"한상당의 오늘이야말로 지일가기(指日可期, 멀지 않은 날짜에 일이 이루어질 것을 믿음)니 가여낙성(可與樂成, 일이 잘된 뒤에 함께 즐길 수 있음)이 아니고 무엇이야. 허허허……."

신숙주의 말에 한명회의 대답은 조금 엉뚱하다.

"그런 분이 한 분 더 계실 것이네……."

"……?"

신숙주와 권남은 궁금한 표정으로 한명회를 바라본다.

"어떤가? 비단 나뿐이 아니라 우리 모두와 가여낙성하실 분인데…… 함께 찾아뵙지 않겠는가?"

"수빈이신 게로군……."

"그렇다네. 함께 찾아뵙고 문후 여쭙세나."

반대할 까닭이 없다. 세 사람은 약속이나 한 듯 자리를 차고 일어선다. 모두가 사복이다. 한 나라의 정승 세 사람이 의기투합

하여 걸어가는 모습은 유연하고 아름다웠다. 세 사람은 세조의 잠저로 발걸음을 옮기면서 지난날의 감회에 젖고 있다.

"아니, 어인 행보들이시옵니까?"

임운이 달려나와 세 사람 앞에 황급히 허리를 굽힌다.

"히히힐…… 이 사람, 오랜만일세."

한명회가 다가서면서 어깨를 다독이며 말한다.

"예, 대감마님."

"자네 발목 덕에 내가 정승이 되었어. 히히힐."

한명회로서도 오랜만에 만나는 임운이다. 지난날 한명회가 수양대군을 은밀하게 만날 일이 있을 때마다 임운의 발목에 매여 있는 설렁줄을 당겨서 그의 잠을 깨우곤 하지 않았던가.

"자네에게는 늘 미안하다는 생각이 들었어."

임운은 김종서를 주살한 장본인이지만 가겸인 신분 때문에 출세길이 열리지 못했다.

"당치 않으시옵니다, 대감마님."

한명회가 위로의 말을 건네자 임운은 더욱 깊이 허리를 굽히면서 울먹거린다.

"오늘은 문득 옛 생각이 나서 들른 길이네. 수빈께서는 안에 계시겠지?"

"얼마나 기뻐하시겠습니까. 어서 드시지요."

세 사람은 임운의 인도를 받으며 대문을 들어선다. 권남은 사위를 둘러보면서 눈시울이 시큰해지는 감회에 젖는다. 권남은 바로 이 저택을 무시로 드나들면서 온 집안 식솔들의 국을 식혔다 하여 '한갱랑'이란 별호를 얻지 않았던가. 그가 한명회를 수양대군에게 소개함으로써 시대의 물줄기가 급변했었는데, 지금은 정승이 되어 다시 찾아왔다.

세 사람이 그런 감회에 젖으면서 내당으로 가는 중문으로 들어섰을 때다. 수빈 한씨가 활짝 웃는 얼굴로 이들의 앞으로 다가서고 있다.

"어서들 오세요. 오늘 같은 날, 의정부 삼정승을 함께 뵈오니 기쁘기 한량없습니다."

"마마, 너무 격조하게 지냈사옵니다."

정승들의 정겨운 문안을 받으면서 수빈 한씨는 눈두덩을 붉힌다. 자신의 모습만 초라하게 느껴졌을지도 모르는 일이다. 그러나 그녀는 이내 밝은 얼굴로 돌아오며 말했다.

"오늘 세 분 대감의 승차 소식을 듣고 얼마나 가슴이 뛰었는지 모르옵니다. 이제야 종사의 앞날이 탄탄대로에 들어섰음이라 믿어지기도 하구요."

"송구하옵니다. 한 일도 없이 지위만 높아진 듯하여 아직은 몸 둘 바가 없사옵니다."

한명회가 겸손의 말을 하자 수빈 한씨는 정색을 한다.

"당치 않으신 겸사십니다. 우상께서 하신 일이 없다 하시면, 누가 감히 한 일이 있다 하겠습니까? 그만 안으로 드시지요."

"아, 아니옵니다. 후원 정자로 가고 싶사옵니다만……."

"알 것 같사옵니다. 대감들의 심기…… 그러시지요, 여름날 저녁이니 그쪽이 운치도 있을 터이지요."

수빈 한씨는 총명한 여인이다. 이들이 무엇 때문에 후원 정자를 택하는지 그 참뜻을 쉽사리 알아차린다.

"가시지요."

수빈 한씨가 몸소 이들을 인도한다. 잠저의 후원은 녹음에 싸여 있다. 세 사람은 정자로 오른다. 지난날의 감회가 생생하게 다시 살아와서 이들을 뭉클하게 한다.

바로 이 자리, 여기가 어떤 자린가. 계유정난이 있었던 날은 수많은 갑사와 장정들이 모여 수양대군을 설득해 김종서의 집으로 향하게 했고, 수양대군이 보위에 오르기 전날은 정난공신들이 모여와 보위에 오르지 아니할 것이면 차라리 공신들의 목을 치라고 외쳐댔던 바로 그 자리가 아니던가. 세 사람은 불과 십여 년 전의 일을 상기하며 그때의 감회로 묵묵히 서 있을 뿐이다.

수빈 한씨는 날이 어둡기를 기다려 관솔불로 그날의 분위기를 만들어낸다. 예사 아녀자의 마음씀이 아니다. 그리고 잠시 뒤에 술상이 나온다.

"다가앉으시지요."

수빈 한씨는 서슴없이 상석에 앉으면서 말한다. 당당한 모습이다. 당연히 세자빈으로서 술을 내린다는 듯 거침없는 몸가짐이다.

"마마……."

세 사람은 몸을 움츠리며 자리에 앉는다. 그 열기에 들떴던 밤을 방불케 하는 분위기에 셋은 벌써 취할 것만 같다.

"이렇게 외롭게 지내는 몸으로 귀한 분들을 맞고 보니, 참으로 질기게 살아온 보람이 있다 여겨지옵니다. 한 잔씩 권해도 흉보지 마오소서."

"마마……."

세 사람은 두 손으로 각각 그녀가 내리는 잔을 받아 마신다.

"옛날의 정리를 잊지 마시고 언제까지나 주상전하를 지성으로 보필해주세요."

세 사람에게 하는 수빈 한씨의 말투는 정겨우면서도 윗전으로서의 위엄까지 갖춘 것이리라.

"이를 말씀이옵니까, 마마."

"말같이 쉽지는 않을 것으로 압니다. 전하께오서도 옛날 같지가 않으신 듯합니다."

세조도 혀를 내둘렀을 만큼 대담함과 세련된 정치감각을 갖고 있는 그녀였다. 잠저에 밀려나 있으면서도 종사와 왕실의 흐름을 간파하고 있음에 세 정승들이 오히려 눈을 크게 뜰 수밖에 없다.

"심기를 많이 상하신 탓입니다. 그토록 많고도 험한 일들을 겪으신 어른이시니, 무리도 아니지요. 두고들 보시지요만은, 더욱 신하들을 딱하게 하시는 일이 많을 것으로 압니다."

세 정승은 힘주어 이야기하는 수빈 한씨의 얼굴을 그저 멍하니 바라보고만 있을 뿐이다. 그들의 마음을 무겁게 내리누르던 일을, 수빈 한씨는 바로 보고 있었다. 그들이 이곳을 찾게 된 것도 세조의 기상이 날로 쇠진하고 있다는 아쉬움과 불안 때문이 아니던가. 그런데 수빈 한씨는 다 짐작하고 있었다는 듯 먼저 말을 꺼내고 있었다. 천하에 다시없는 정승들이라 해도 입을 봉하고 있을 수밖에 없다.

세조의 의심. 그것이 지금의 조정을 난조에 빠지게 하고 있다. 나란히 삼정승의 자리에 오른 이들의 마음에 기쁨보다 우려가 먼저 솟았던 것도 바로 그 때문이었는데, 궐 밖으로 밀려나와 회한을 씹고 있으면서도 수빈 한씨는 세세년년 만대를 당부할 만큼 당당한 모습으로 변해 있다.

"세 분 정승들께서 정난에 임하신 것은 당대의 안위에만 매달린 것이 아니었을 것으로 압니다. 세세년년 만대에 이르기까지 이 나라 종사를 반석 위에 올려놓아야지요. 저는 그리 믿고 있습니다만……."

이를 어찌 한 여인의 당부라고만 할 수 있으랴. 어쩌면 세조의 치도를 넘어서는 장부의 기개라 할 수도 있으리라. 세 사람은 소름 끼치는 전율감에 젖는다.

한명회가 어렵게 입을 연다.

"늘, 이 후원에 모여 있는 듯한 애초의 마음으로 보필하면 될 터이지요."

"그렇겠지."

신숙주도 권남도 침중한 목소리로 동의한다.

"그건 그렇고, 자제분들께오서는 강녕들 하시옵니까?"

한명회가 슬몃 말머리를 돌린다.

"예. 큰 탈들은 없습니다만, 월산은 몸이 부실하여 앓는 날이 많아 걱정입니다."

"잘산군께오서는요?"

"그 아이는 총명하고 무탈해서 마음이 놓이고요."

수빈 한씨의 얼굴에 절로 웃음이 떠오른다. 장남인 월산군 정이 아홉 살. 딸인 명숙옹주가 일곱 살. 막내 잘산군 혈이 여섯 살이다. 그런데 월산군은 몸이 약했고, 동생인 잘산군은 건강한 것은 물론이고 그 기상과 자질이 뛰어나다고 벌써 소문이 자자하다. 세조 또한 어린 잘산군을 총애해서 궁중에 몇 달씩 들어와 있게 하기도 했으니, 실상 대궐과 사저를 오가면서 양육되고 있는 셈이다.

"참으로 다행한 일이옵니다. 훌륭한 재목으로 다듬어주오소서. 종사의 큰 복이 되오리이다."

"여부가 있겠습니까. 이 박복한 여인네의 단 하나 남은 소망입니다."

우연이었을까, 그러한 말을 주고받는 한명회와 수빈 한씨의 시선이 한순간 허공에서 부딪친다. 그러나 곧 엇갈리면서 수빈 한씨는 어울리지 않는 너스레를 떤다.

"호호, 과부의 자식 자랑은 보기에도 흉한 것이 아닙니까. 그만두겠습니다."

좌중은 소리내어 웃는다. 수빈 한씨의 재치가 잠시 무거웠던 분위기를 풀어주었다. 이후의 화제는 자연히 잡담으로 흘렀다. 다만 한명회만은 골똘히 생각에 잠기고 있다. 이미 세상을 떠난 장순빈이 세자빈으로 간택되던 날, 수빈 한씨가 막내딸 송이를 며느리로 탐냈다는 얘기를 민씨부인으로부터 전해들은 바가 있었기 때문이다. 수빈 한씨의 마음이 아직 변하지 않았고 자신이 거기에 동의를 한다면 어찌 되는가, 수빈 한씨의 막내아들인 잘산군을 사위로 맞아들이는 일이 된다. 잘산군이야말로 꿈나무가 아니겠는가. 이날부터 한명회의 뇌리에는 잘산군이라는 세 글자가 지워지지 않고 자리잡기 시작한다.

삼정승은 밤이 이슥해서야 세조의 잠저를 나선다. 수빈 한씨는 큰대문께까지 따라나오면서 작별을 아쉬워한다.

"조심히들 가세요."

세 사람의 정승들도 그녀를 향해 허리를 굽힌다. 정승들의 귀가가 늦을 것이라고 짐작한 임운이 그들의 사저에 인편을 보내서 호종과 자비를 대령해놓고 있었다.

수빈 한씨는 어둠 속으로 잠겨가는 세 채의 자비를 바라보면서 오랫동안 그 자리에 서 있다. 종사의 운명이 그들의 손에 있다면 자신의 새로운 운명도 그들의 마음씀에 있을 것이리라. 은밀히 간직하고 있는 자신의 꿈이 이루어진다면 얼마나 다행한 일이겠는가.

대 비 의   자 리

1

세조 11년(1465년)은 정초부터 우울하기 그지없는 나날이 이어진다. 세조의 병세가 심상치 않아서다. 온몸으로 번진 부스럼은 고름을 짜낼 만큼 심각했다.* 춘추 마흔여덟, 참담한 지경이 아닐 수가 없다.

"전하, 온정으로 거둥하시어 요양하심이 옳은 줄로 아옵니다."

"조정대사가 산적해 있질 않은가. 괘 넘치 말라."

---

* 형이었던 문종의 병명은 등창으로 기록되어 있으나, 세조의 경우는 특정 부위가 곪는 것이 아니라 환부가 번지면서 곪았던 탓으로 등창이라는 기록은 보이지 않는다.

세조는 온천치료를 권하는 신료들의 주청을 받아들이지 않는다. 자격지심 때문인지도 모른다. 온몸으로 번져나간 부스럼으로 인해 마음까지 병들어가고 있음이리라.

"전하, 신료들의 충절을 가납하소서. 또한 세자도 간절히 주청한 일이옵니다."

중전 윤씨의 눈물겨운 간함이 연일 계속되었고, 세자는 물론 잠저에 나가 있는 수빈 한씨까지 애써 간하는 지경에 이르자, 세조는 봄기운이 화창한 2월 18일에 이르러서야 온양으로 떠난다.

산과 들은 온통 상서로운 기운으로 가득했지만 어가에 비스듬히 기대앉은 세조의 모습은 참담해 보인다. 그때, 문종이 중병에 시달리고 세자의 나이가 어리던 그 상황이 재현되고 있다면 그간의 살생은 아무 의미도 없는 것이 되고 만다. 그렇다고 자신이 다스리는 조선 천지가 태평성대를 맞은 것도 아니라면 허망한 세월이 아니고 무엇이랴.

온양에는 역대의 임금들이 자주 찾았으므로 행궁(行宮)이 있다. 세조는 그 행궁에 여장을 풀고 온정(溫井) 치료에 전념한다. 물은 뜨겁고 맑다. 세조는 온정에 몸을 담그고 기원한다.

— 천지신명이시여, 비록 악덕이 쌓여서 산을 이루었다 할지라도 목숨만 부지하게 해주신다면…… 선행을 이루어 또한 산을 만들 것이옵니다. 원컨대 저의 소망을 이루게 하소서.

세조의 투병과 기원이 눈물겨운 탓이었을까, 병세는 눈에 띄게 호전되어가는 듯했다. 그는 참으로 오랜만에 평온을 찾는다.

"중전, 오기를 잘했어요. 효험이 있지를 않소."

"밝아진 용안을 뵈오니 신첩 또한 기쁘기 한량없사옵니다."

"온정의 물도 물이려니와 내 발원이 하늘에 닿았음일 것이오."

부스럼이 잦아드는 기미가 보이자 세조는 그간 누구에게도 말하지 않았던 발병 때의 얘기를 토로한다.

"지난해 여름이었어요. 잠이 들 때마다 현덕빈이 다가와서 내게 침을 뱉곤 했지요."

현덕빈이라면, 단종의 생모이자 문종비 현덕왕후가 아니던가.

"현덕빈의 침 자국이 모두 부스럼이 되었던 게지요."

"전하, 그 무슨…… 행여라도 누가 들을까 심려되옵니다."

중전 윤씨는 소름 끼치는 심신을 추스르며 쥐어짜듯 토해낸다. 아무리 비명에 죽어간 단종의 어머니기로, 꿈에 나타나 침을 뱉으니 그 자국이 부스럼이 된대서야 말이 되는가. 그러나 세조의 탄식은 참담하기만 하다.

"저주일 테지요. 나 어린 장조카를 지성으로 살피지 아니한 내 과실을 저주한 침이었기에…… 그것이 모두 피고름이 되는 겝니다."

"전하, 심기를 굳건히 하소서."

"나아지고 있지 않소. 온정의 물과 내 발원이 효험이 있기에 해보는 말입니다."

"아니옵니다, 전하. 심신이 허하셨기 때문이옵니다."

중전 윤씨의 간곡한 만류가 있었는데도 세조는 스스로 죄 많은 사람임을 자주 입에 담는다. 그의 심적 고통이 얼마나 큰지 알기에 중전 윤씨는 내조가 부족했음을 뼈에 사무치도록 뉘우칠 따름이다.

세조는 허허해진 시선을 허공에 굴리다가 탄식처럼 뱉어내곤 한다.

"부처에게 발원할 생각입니다."

"......?"

"도성 한복판에 큰 절을 짓고, 나로 인해 죽어간 수많은 원혼들을 천도할 생각입니다."

"전하의 심기는 헤아리고도 남습니다만…… 도성 한복판에 절을 짓는다면 배불하는 신료들이 가만히 있을지요?"

"임금의 참회를 방해할 수는 없지요. 숭불하자는 것이 아니라 구천을 맴도는 원혼들을 천도하자는 것이 아닙니까. 권도로써 행할 생각입니다."

"전하……."

중전 윤씨는 지아비 세조의 번뇌 앞에서 할말을 잃는다. 그의 발원이 너무도 진솔하였기에 뜨거운 눈물이 줄기줄기 쏟아져흐를 따름이다

"중전, 나와 더불어 떠도는 혼들을 어루만져주시오. 그것이 내게는 더없이 큰 힘이 될 것이에요."

세조는 온양에서 의정부를 개편한다. 한명회를 좌의정의 자리에서 해임했다. 다른 뜻이 있어서가 아니다. 이때 한명회는 좌의정의 지위로 4도 도체찰사의 대임을 맡아 변방에 나가 있었다. 그가 당분간 귀경할 수 없을 것이라는 생각에서 구치관을 좌의정에 승차케 했고, 황희의 아들인 황수신을 우의정에 제수하였다.

세조는 한 달 동안 온양에서 머물다가 경복궁으로 돌아온다. 요양하는 동안 그는 많은 것을 생각했다. 배불숭유의 시대를 이끌어가면서도 세조는 숭불 쪽으로 급격히 기울어져가기 시작하고 있다. 조선왕조가 유교를 숭상하고 불교를 멀리하는 것을 국시로 삼고 있었으나, 세조가 몸소 숭불하려는 것은 자신의 치세에서 목숨을 잃은 수많은 영혼들을 천도해보려는 참회이기도 했고, 왕실로 밀려오는 액운을 부처에게 빌어서라도 면해보겠다는 발원이기도 했다.

세조는 고려시대에 창건된 고찰인 흥복사(興福寺)의 자리에

호화의 극을 이루는 절을 짓게 하고, 그 이름을 원각사(圓覺寺)라 한다는 파격적인 명을 내렸다. 대소신료들이 이에 응할 까닭이 없다. 그러나 세조의 고집은 완강하다.

"경들은 정인지의 전철을 밟지 말라! 과인의 불심을 타박하지 말라!"

세조는 아버지 세종대왕의 어명으로 일찍이 『석보상절』을 찬술한 사람이다. 또 이미 불서의 간행을 주도하고 있지를 않던가. 정인지는 세조가 불서를 간행하는 것을 못마땅히 생각하고 반발했다가 관직에서 쫓겨났었다.

세조는 대소신료들의 반대 소청을 일소에 부치면서 원각사의 창건을 강행한다. 신료들은 이미 편협해져 있는 세조의 심중을 헤아리고 있었기에 원각사의 창건에 반발하면 파멸이 온다는 사실을 깨닫고 있음이다. 호령대군, 임영대군, 영응대군 등의 종친들과 신숙주, 구치관. 박종우, 정현조를 조성도감 도제조(造成都監都提調)로 삼으니 원각사의 창건은 어느새 조정 대사가 된다. 배불숭유의 국시가 무색해지는 일대 아이러니가 아닐 수 없다.

운종(지금의 종로) 거리가 술렁거린다. 팔도에서 몰려온 석수장이, 기와장이, 그리고 목수들의 발걸음이 바람을 일으킬 정도다. 조정의 모든 일이 중단되다시피 했고 세조는 입만 열면 원각사의 낙성을 채근한다. 가을이 되자 세조의 병세는 다시 악화되기 시작한다. 한번 자리에 누우면 이삼일 씩 기동을 못 할 정도 면서도 원각사 창건만은 채근한다.

"어찌 되었는가? 원각사는 어느 정도 되어가는가?"

세조의 채근에 힘입어 원각사 공사는 빠른 공정을 보였고 마침내 4월 7일에 낙성된다.* 세조는 친히 경찬회(慶讚會, 사찰의 낙성이나 새 불상을 봉안하는 기념법회)에 참여하여 발원한다. 운종 거리는 인산인해를 이루었고, 참석한 승려의 수가 일백이십팔 명, 구경을 겸한 호외의 승려가 이만 명을 넘었으니 원각사의 낙성법회가 얼마나 크고 호화로웠겠는가.

경찬회를 마친 세조는 대소신료들을 거느리고 경내를 둘러본다. 규모나 시설은 나무랄 데가 없다. 대광명전(大光明殿)을 본당으로 하여 왼쪽으로 수많은 선당(禪堂)이 줄지어 서 있고, 적광문(寂光門)을 비롯한 반야문(般若門), 해탈문(解脫門) 등의 문루도 드높기만 하다. 종각으로 쓸 법뢰각(法雷閣)은 완성이 되어 있었으나 종은 아직 없었고 종각의 동쪽에는 연못, 서쪽에는 꽃밭이 만들어져 있다. 그리고 본당 뒤뜰에는 해장전(海藏殿)을 세워 대장경을 봉안할 준비를 갖추고 있었다면 그 규모는 짐작하고도 남는다.

세조는 낙성일로부터 닷새 동안이나 원각사에 머문 다음 경

---

* 지금의 탑골공원, 바로 그 자리가 당시의 원각사가 세워졌던 곳이다.

복궁으로 돌아간다. 배불하는 나라의 임금인 세조가 부처에게 절을 하는 지경이었는데도 신료들은 입을 열 수가 없다. 세조의 발원이 그만큼 처절했기 때문이 아니겠는가.

환궁을 한 세조는 흐뭇했다. 살인한 죄수를 제외한 모든 죄인들을 사면했고, 빚을 지고도 갚지 못하는 사람들에게는 오 년 동안 갚지 않아도 되게 했으며, 모든 관리들에게는 각각 한 직급을 더하게 할 정도였다.

세조는 이와 같은 은전으로 자신의 발원을 더욱 돈독히 했다. 그러나 원각사의 낙성과 발원, 백성들에게 내려진 세조의 따뜻한 성은도 그의 병을 낫게 하지는 못했다. 이 해 여름에 이르러 임금의 몸에서 고름 썩는 냄새가 진동한다고 했고, 임금의 병은 문둥병이라는 풍문도 공공연하게 나도는 지경이 된다. 더욱이 세조가 중전 윤씨에게 은밀히 고백했던 이야기, 현덕빈 권씨가 세조의 꿈에 나타나서 침을 뱉었고 그 침방울이 튄 자리마다 썩기 시작했다는 말까지 항간에 퍼져나갔다.

2

겨울이 되어 세조의 병세가 차도를 보이며 의욕이 되살아나자 새해를 전후하여 조정의 대소사도 활기를 되찾게 되는가 싶었다. 그러나 추위가 풀리면서 세조의 병은 다시 도지기 시작한다. 세조의 의욕이 시들면서 짜증이 더해지자 조정이나 왕실도 전전긍긍할 수밖에 없다.

그런 와중에 왕실에 경사가 생겼다. 2월 13일, 세자의 소훈(昭訓, 세자궁에 딸린 종오품 내명부의 품계)인 한씨가 왕자를 생산하였기 때문이다.

"하례드리옵니다, 어마마마."

수빈 한씨가 입궐하여 왕자의 탄생을 축하하는데도 중전 윤씨는 어둡고 답답한 심회를 걷어내지 못한다.

"그렇기는 하다만은…… 날로 더해가는 아바마마의 환후가 큰 걱정이구나."

"어마마마, 아뢰옵기 황공하오나 금강산 수행을 다녀오심이 어떠할지요."

"금강산을……?"

중전 윤씨가 솔깃해하자 수빈 한씨는 더 소상하게 자신의 의견을 개진한다.

"금강산에도 온정이 있사옵고, 귀로에 고성 온정에도 입욕하오시고, 관동의 명승을 두루 살피신 연후에 오대산 상원사에서 발원하오시면 심기일전하실 수도 있을 것으로 아옵니다."

세조의 화려한 어가가 도성을 떠난 것이 3월 16일. 세자와 중전이 동행하고 삼공과 육판을 비롯한 대소신료들이 따라갔으니 그대로 조정이 옮겨다니는 형국이나 다름이 없다. 그러자니 도성은 텅 빈 것만큼이나 적막강산이 된다.

한명회의 처 정경부인 민씨는 막내딸 송이의 손을 잡고 수빈 한씨의 거처를 찾아간다. 수빈 한씨는 송이를 가까이 다가앉게 한다. 그리고 마치 귀한 보물을 어루만지듯 정감을 실어서 다독인다.

"큰아이의 혼사를 마치면, 아바마마께 여쭈어 청혼을 할 생각에 있습니다."

물론 큰아이란 월산군이었고, 이때 이미 병조참판 박중선의 딸과 혼일이 정해져 있었다. 정경부인은 설레는 심중을 추스르지 못하고 얼굴만 붉힌다.

수빈 한씨의 목소리도 들떠 있다.

"호호, 우리 송이 생각으로 밤잠을 설치기도 하는 것을요."

수빈 한씨는 둘째아들 잘산군의 혼인에 자신의 운명을 걸리라고 다짐하고 있었다. 비어 있는 도성에서 한명회의 막내딸 송이를 불러 자신의 화려한 재기를 설계하고 있다면 그녀의 집요함을 어찌 예사롭다고 하겠는가.

세조의 어가는 금강산을 떠나 간성, 강릉을 거쳐 오대산 월정사에 이른다. 그리고 곧 상원사로 옮겨간다. 세조는 수행한 대소 신료들에게 상원사의 중건 시주를 거두게 한다. 배불숭유하는 나라의 중신들이었어도 세조의 발원에 반기를 들 수가 없다. 시주를 적을 두루마리가 펼쳐지고, 세조와 신료들은 세조의 이름 밑에 같은 방법으로 시주와 발원의 뜻을 밝힌다. 세조는 신료들의 이름이 적힌 시주 두루마리를 보면서 흐뭇한 목소리로 말했다.

"이번에 새로이 만들어지는 목불(木佛)의 몸체에 과인의 옷을 넣을까 합니다."

신료들은 놀라지 않을 수가 없다. 목불의 몸체 안에 불서(佛書)를 봉안한다는 말은 들었어도 임금의 옷을 넣는다는 말은 들어본 일이 없었기 때문이다. 신료들의 기색을 알아차린 중전 윤씨가 간절하게 말한다.

"아녀자가 나설 자리가 아닌 줄로 압니다만, 전하의 발원이 간절하시지를 않습니까. 경들이 몸소 전하의 어의를 받들어주신다면…… 전하의 환후가 쾌차하실 것으로 믿습니다."

세조는 상원사의 중창을 독려하면서 자신의 옷을 넣을 목불의 조성을 채근한다.*

---

* 이때 작성된 시주의 문서와 세조의 옷이 봉안된 문수동자상은 그로부터 518년이 지난 1984년 4월에 해체되었다. 사람들은 전혀 훼손되지 않은 세조의 유품을 살펴보면서 그의 처절했던 투병과 애탔던 발원을 확인할 수 있었다.

세조의 어가가 다시 도성에 당도한 것은 윤3월 24일. 그간에 있었던 휴양 탓인지, 아니면 불공 탓인지 병세는 다소 가라앉은 듯했다. 그러나 그 또한 잠시뿐이었다. 다시 여름이 오자 세조의 몸에서는 심한 악취가 풍기기 시작했다. 온몸에 돋은 부스럼들이 다시 짓무르기 시작했다. 6월이 되면서 본격적인 무더위가 시작되자 세조는 더욱 견디기 힘들어 한다. 고열과 참을 수 없는 가려움증, 악취에 부대끼면서 세조는 절망을 거듭하지 않을 수가 없다.

가을이 성큼 다가온 8월 19일. 수빈의 장남인 월산군 정이 병조참판 박중선의 딸과 혼인을 했다. 그런데 그것보다도 그 뒤를 이어 일어난 혼담이 세인의 이목을 집중시킨다. 그것은 월산군의 동생인 잘산군 혈의 혼담이다.

월산군의 혼인날 저녁, 한명회는 세조의 부름을 받았다.

"경하드리옵니다, 전하."

한명회는 우선 하례의 말부터 올렸다.

"허허…… 고맙소. 그 어리던 것이 장가를 가다니 어찌나 대견한지, 중전과 나는 사복시 담 밑에다 누대를 세우고 친영하러 가는 행렬을 구경까지 하지 않았겠소. 허허허……."

"거듭 경하드리옵니다."

"아무래도 경이 다시 이 나라 왕실에 경사 하나를 베풀어줘야 하겠소이다그려."

"무슨 하교이신지요?"

"허허, 좋아요. 경과 나 사이에 이리저리 돌려 말할 것은 없겠지. 경의 딸을 내 손주며느리로 주시오."

한명회는 소스라치듯 놀란다. 언젠가 수빈 한씨가 그런 말을 비친 후로 가끔씩 생각해보지 않은 것은 아니었지만, 세조가 친히 입에 담는 현실로 다가설 줄이야.

"잘산군과 경의 넷째딸이라면 좋은 배필이 될 듯하오."

역시 예상한 대로다. 수빈 한씨와 잘산군의 얼굴을 떠올려보는 한명회의 가슴은 뿌듯하게 부풀어오르고 있다. 감히 발설할 수 없는 어떤 의미가 한명회에게는 어렴풋이나마 전달되었기 때문이다.

"나이도 걸맞고, 그 인물이나 자질이 가히 천생연분이라 할 만하다고 들었어요."

"황공하옵니다."

"이미 여식 하나를 왕실에 바친 경에게 나는 늘 미안한 마음을 갖고 있었어요. 손주며느리에게는 내, 며느리가 못다 누린 복을 다 누리게 해줄 것이오."

"전하, 신의 집안에는 더없는 광영이오나 미거한 여식이 자칫 왕실에 누를 끼치지나 않을지 심히 염려되옵니다."

"허허. 되었어요, 되었어. 역시 상당군과 나의 인연은 끊으려야 끊을 수가 없는 모양이오. 허허허."

정말 운명이라는 것이 있는 것일까. 세조는 흡족하게 웃었고, 한명회도 지난날 딸을 세자빈으로 달라는 말을 들었을 때 꺼림칙했던 것과 달리, 이번엔 이상하게 벅찼다. 꼭 이렇게 되어야하는 일이 아니었던가 싶은 생각마저 들 만큼.

수빈 한씨와 한명회, 그리고 잘산군과 송이.

그야말로 운명적인 어우러짐이 아니고 무엇인가. 한명회는 무언가 대단한 일이 빚어질 것만 같은 예감이 든다. 몇 잔의 술을받아 마시고 퇴궐한 한명회는 곧장 수빈의 처소인 옛 수양대군저로 향한다. 그의 발걸음은 가볍고 빨랐다. 형언할 수는 없었지만 서광이 비치고 있다는 기대에 부풀어 있었기 때문이다.

수빈은 이미 짐작한 듯이 기다리고 있었다. 그녀는 수인사를끝내자 내심의 일단을 거침없이 피력한다.

"이제 정말로 사돈이 되었습니다. 전부터 저는 언젠가는 이런날이 오리라는 생각을 하고 있었지요."

수빈은 아예 단정적으로 말하고 있다. 세조와의 대화를 다 알기라도 하는 것처럼.

"서로 척분의 처지인데도 미거한 여식을 거두어주신다니 송

209

구할 뿐입니다."

"당치 않으십니다. 월산군이 오늘 혼인을 해서 영순군댁에 머물러 있습니다만, 사실로 말하자면 나는 오늘의 경사보다도 대감댁과의 혼담이 몇 배 더 소중한 것을요."

"……!"

"내 비록 곤위에는 오르지 못했습니다만, 대비는 되어볼 생각입니다."

"……아!"

한명회는 온몸에 소름이 돋는 짜릿한 전율을 느낀다. 무섭다는 생각도 든다. 구 년여간 독수공방을 해온 수빈 한씨의 입에서 흘러나온 '대비는 되어볼 생각입니다'라는 말이 무엇을 뜻하는가! 세조의 사후를 말하고 있음이 아니겠는가. 세조가 세상을 등지면 보위는 세자로 이어진다. 그 세자에게 소생이 있으나 아직 어리지 않은가. 세자는 병약하여 보위에 오래 있지 못할 것이 분명하다. 그 다음의 왕통은 어디로 이어질 것인가. 어린 세손 대신 자신의 둘째아들인 잘산군으로 보위를 이어가게 하고 싶다는 엄청난 사실을 수빈 한씨는 장차 사돈이 될 한명회에게 밝히고 있음이었다.

"박복한 과부의 망상인가요?"

"수빈마마……."

"대감의 의향을 듣고 싶습니다."

천하의 한명회도 몸을 떨고 있다. 여기에 동조하면 역모가 된다. 또 수긍하고자 해도 그것을 입에 담을 수는 없는 노릇이 아니던가.

"대답을 아니 하신다면 도리 없지요. 다만 제 소망이 그러하다는 것만 알아주셨으면 합니다."

"마마, 장차의 일을 지금 논의할 수는 없는 일이옵니다. 유념하소서."

"이 방에는 아무도 없습니다."

"……."

"사돈만 믿겠습니다."

"……."

"잘산군의 학문이나 자질은 내가 보증합니다."

수빈 한씨의 결기는 사다리를 밟고 오르듯 하나의 뚜렷한 결론을 내려놓고야 만다. 사대부를 능가하는 학문, 비록 궐 밖으로 밀려나 청상과부의 길을 걸어왔다고는 해도 이렇듯 철저히 자신의 미래를 설계해놓을 수가 있을까. 또 그 설계는 해석 여하에 따라 목숨을 잃게 될 불충의 위험까지 있었음에랴.

"마마, 잘산군 모셨사옵니다."

"들라 이르세요."

잘산군이 들어선다. 방 안이 밝아질 만큼 어린 잘산군의 모습은 수려하고 늠름하다.

"문안 여쭈어라. 네 빙부 되실 상당군 대감이시니라."

잘산군은 절을 하고 앉는다. 나이에 비해서 퍽 어른스럽게 보일 만큼 빈틈이 없다.

"아녀자에게 배운 글을 학문이랄 수야 있겠습니까만, 서책 대하는 일을 싫어하지 않아서 늘 다행으로 여기고 있었습니다."

"아, 예……."

잘산군을 찬찬히 살펴가는 한명회의 가슴은 두근거리기 시작한다. 수빈 한씨의 원대한 뜻이 이루어진다면 장차의 임금 앞에 앉아 있는 셈이 된다. 한명회는 자신의 야망도 꿈틀거리고 있음을 느낄 수 있다. 수빈 한씨의 회한에 찬 소망을 이루기 위해 잘산군을 보위에 밀어올리는 일은, 지금까지 걸어온 피바람 소용돌이치던 험로에 비한다면 그리 어렵지 않을 것이라는 생각도 든다.

수빈 한씨는 한명회의 술잔을 채운다. 그녀의 눈빛은 총기를 뿜어내고 있다. 주고받은 말은 짧았어도 이심전심의 골은 깊어가고 있다.

"상당군 대감, 지난 십여 년을 오직 그 일의 성사를 빌면서 살아왔습니다. 지아비가 박복하여 곤위에 오르지 못했습니다만,

대감의 서랑으로 보위를 이어간다면 내가 대비의 자리에는 오르지 않겠습니까."

"수빈마마……."

"그리 믿고 살 것입니다. 또 대감만 믿고요."

밤이 이슥해지고서야 한명회는 세조의 잠저를 나선다. 그는 자비를 타지 않고 걸어간다. 서늘한 한기까지 느껴지는 밤바람을 맞으며 그는 앞날의 일을 생각한다. 세조 사후의 시대, 과연 그 시대까지 자신이 주도해갈 수 있을지, 그는 옷깃을 여미는 심정으로 천천히 어둠을 헤쳐가고 있다.

3

낙엽을 태우면서 피어오르는 연기에는 향긋한 냄새가 배어 있다. 바람이 없었던 탓으로 연기는 기둥을 만들면서 운치 있게 하늘로 치솟아오르고 있다. 한명회는 마당을 서성이면서 미지의 앞날을 설계하기 위해 골똘히 생각을 굴려보고 있다.

— 곤위에는 오르지 못했습니다만, 대비는 되어볼 생각입니다!

수빈 한씨의 회한에 찬 결기를 뇌리에 새겨두고, 거기에 매달린 지도 어언 두 달이 되어간다. 수빈의 야망은 잘산군을 보위에 밀어올리고서만 이루어질 수 있는 일이었으므로 누구에게도 발설할 수가 없다. 그같이 엄청난 말을 스스럼없이 입에 담던 수빈 한씨의 모습에는 너무도 간절한 소망이 담겨 있다. 그렇다고 세조와 세자의 단명을 기원할 수도 없는 노릇이다. 그렇기에 한명회의 고통은 더해갈 수밖에 없다. 게다가 수빈 한씨의 소망이 이루어진다면 자신은 국구의 자리에 오르는 일이었기에 요즘의 심경은 벙어리 냉가슴을 앓는 심정이다. 세조와 세자의 불행을 전제로 하는 일이라면 목숨을 담보해야 하는 불충이 아니고 무엇이겠는가. 불경한 생각은 떨쳐내야 한다. 그러나 떨쳐내리라고 다짐하면 수빈 한씨의 모습이 더욱 선명하게 떠오르는 것을 어쩌랴.

수빈 한씨로부터 그같은 소망을 들은 날로부터 꼭 두 달째 되는 10월 19일, 한명회는 세조의 부름을 받는다. 그는 죄인이 된 심정으로 강녕전으로 들었다. 뜻밖에도 중전 윤씨가 동석해 있다. 한명회는 세조의 얼굴을 바라볼 수가 없다. 만에 하나라도 세조가 자신의 내심을 읽고 있다면 어찌 되는가. 죄책감의 골이 깊어지고 있을 때, 세조가 환하게 웃으면서 입을 연다.

"공이 영상을 맡아주시오."

"……!"

"하도 기쁜 자리라 중전을 불렀어요."

"전하……."

"보은의 뜻이 아님을 명심하시오."

"성은이 망극하옵니다."

한명회는 사양하지 않은 채 상체를 깊게 숙인다. 아무리 정해진 길이었다 해도 영의정이 어떤 자리인가. 일인지하(一人之下)요 만인지상(萬人之上)이라는, 사대부가 누릴 수 있는 최고의 광영 된 자리가 아니던가.

중전 윤씨가 치하의 말을 입에 담는다.

"대감, 하례드립니다. 탑전이기는 합니다만…… 나는 이같은 날이 있기를 손꼽아 기다리고 있었습니다."

"중전마마, 가없는 성은을 내려주시니 몸 둘 바를 모르겠사옵니다."

"장순빈이 살아 있다면 얼마나 기뻐했겠습니까."

"감읍, 감읍하옵니다……."

한명회는 중전 윤씨의 자상한 마음씀이 뼈에 사무치도록 고맙다. 급기야 세조는 격식을 벗어던지고 서슴없이 이야기한다.

"헛헛헛, 역대 어느 왕조에 칠삭둥이 수상이 있었던가. 오직 공이기에 차지할 수가 있는 것을……."

"종사에 누가 되지 않을까 심히 염려되옵니다, 전하."

한명회는 송구해지는 심정을 씻어내지 못한다. 수빈 한씨의 소망으로 일었던 불경한 생각들이 새삼 죄스럽게 느껴져서다.

"경과의 인연은 하늘의 뜻이었음을 믿지 않을 수가 없어."

"성은이 망극하옵니다."

"세자의 나이 아직 어리니, 나를 대신하여 왕재로 다듬어주어야 할 것이오."

"충절을 다해 어의를 받들 것이옵니다. 신을 믿어주오소서."

한명회는 거나하게 취한 모습으로 강녕전을 물러나온다. 허리 굽히는 상궁 내시들의 모습도 유난히 밝아 보인다. 그는 길쭉한 당나귀 상에 절묘한 웃음을 지어 보이며 영추문으로 발걸음을 옮긴다. 불우했던 지난날의 일들이 주마등처럼 그의 뇌리를 스치며 흐른다.

영의정은 칠삭둥이. 장안의 화제가 만발한다. 그것이 설사 남의 일이라 하더라도 삶에 쪼들리는 민초들에게는 위안이 되는 일이고도 남는다. 그가 어디 예사 칠삭둥이던가. 서른일곱 살이나 되어 겨우 경덕궁직으로 나섰던 당나귀상이었음에랴.

한명회가 영의정 자리에 오른 지 석 달하고 이틀이 지나서 다시 한 번 도성 안은 그로 인하여 떠들썩해진다. 날씨는 청명했어도 추위는 칼날과 같다. 연화방에 자리잡은 영의정 한명회의 집은 내객들로 붐볐다. 그 내객을 어찌 예사 내객이라 하랴. 온통 의정부를 옮겨놓은 듯한 관복의 물결이다. 한명회가 수빈 한씨의 막내아들인 잘산군을 사위로 맞이하는 날이기 때문이다.

세조 13년(1467년) 1월 21일.

신숙주, 정창손 등의 원로는 물론이요, 좌의정 심회, 우의정 황수신을 비롯한 당대의 공경대부들이 한명회의 집으로 몰려들었으니 이들의 자비꾼은 또 얼마겠는가.

신랑은 세조의 손자이자 수빈 한씨의 막내아들이요, 신부는 수상의 막내딸이다. 한명회가 비록 영의정이라고는 하나 세조의 장자방이요, 지난 십여 년간의 세월을 그의 뜻대로 조정을 주물러온 사람이 아니던가. 수빈 한씨가 잠저에 물러나와 있어도 세조에게는 맏며느리다. 이렇게 되면 한명회 집의 경사이자 왕실의 경사가 된다. 한명회의 지위가 만천하에 다시 한 번 알려지는 경사이기도 했다.

새 신부 송이가 열두 살, 새 신랑 잘산군이 열한 살. 이들의 나이 아직 어렸어도 수빈 한씨와 한명회의 감회는 깊고 깊다. 그들 두 사람은 앞으로 있을 모든 일을 확약해놓고 있음이나 다름이 없었기 때문이다.

허 망 한 죽 음

1

위태롭기만 한 나날은 뒤뚱거리면서 흘러간다. 모두가 세조의 변덕에서 시작되는 소란이나 다름이 없다. 자신에게로 다가오는 죽음의 그림자를 확인한 세조는 안달과 보챔을 능사로 삼으면서도 아무 가책이 없는 사람처럼 보인다.

"수빈마마, 주상전하께오서 수강궁으로 이어하셨다 하옵니다."

급히 달려와서 전하는 최상궁의 말을 들은 수빈 한씨의 얼굴이 창백하게 바래진다.

"이어라니, 피접에서 환궁하신 지가 얼마나 되셨다고……."

세조는 온양행궁에서 돌아온 다음에도 피접을 이유로 궐 밖에서 거처하다시피 하였다. 맨 처음 피접한 곳이 효령대군의 거택이었고, 그 다음이 수빈 한씨가 기거하는 자신의 잠저, 거기서 또 옮겨간 곳이 연화방 한명회의 집이었다. 세조는 마치 삶의 마지막을 정리하듯, 혹은 회한을 정리하듯 그리운 사람들을 찾아다니면서 심저에 깔린 심회를 덜어놓곤 했다.

"아뢰옵기 송구하옵니다만, 세상이 너무 어수선하지 않느냐는 탄식을 하신 연후에 내려진 하교라고 하옵니다."

수빈 한씨는 가슴이 섬뜩해지는 한기를 느낄 수밖에 없다. 시아버지 세조의 내심을 헤아릴 수가 있었기 때문이다. 세조는 이미 오래 전부터 일상의 사소한 변화까지도 자신의 부덕함에서 비롯된 것이라는 자책감에서 헤어나지 못하고 있다. 세조는 그간의 민심이 어수선해진 것까지도 자신의 살생 때문이라고 여러 번 자책하였고, 바로 그런 민심이 자신의 사후를 위태롭게 할지도 모른다는 악몽에 시달리고 있었다.

그리고 며칠 후, 수빈 한씨는 더욱 엄청난 소식을 접한다.

"마마, 주상전하께오서 세자저하께 양위하셨다 하옵니다."

아, 수빈 한씨는 하마터면 비명을 토할 뻔했다. 세조의 갑작스러운 양위는 자신의 사후를 확실히 하겠다는 결기의 표현일 것이기 때문이다.

세자 황이 수강궁의 중문에서 왕위를 이어받는다. 조선왕조의 여덟번째 임금인 예종(睿宗)이다. 열아홉 살로 장성한 나이, 다만 병약한 것이 문제다. 세조는 자신의 사후를 위해 발탁한 귀성군, 남이, 유자광과 같은 젊고 유능한 인재들을 조정의 전면에 배치해둔다. 그들의 신분과 지위를 확실하게 보장하기 위해서는 자신이 왕위에서 물러나 새 임금의 후견인이 되는 것이 상책이라고 생각했을 터이고, 그 점에서 그의 집념이 어떤 것인지 알고도 남는다. 만일 자신이 갑자기 세상을 등진다면 애써 발탁한 젊은 인재들이 신숙주, 한명회 등과 같은 훈구세력들에 의해 가차없이 버려질지도 모른다는 의구심이 왜 안 들었겠는가.

─큰일이로구나!

수빈 한씨는 혼잣말로 탄식한다. 자신의 꿈을 이루기 위해서는 특히 한명회와 같은 훈구세력의 지원이 있어야 하는데, 만에 하나라도 귀성군, 남이, 유자광과 같은 신진세력이 득세를 하게된다면 자신이 가꾸어온 모든 소망은 일시에 물거품이 되고 말 것이 분명해서다.

수빈 한씨는 불안감에 휩싸일 수밖에 없다. 하지만 그 불안감이 아무리 크기로 새로 보위에 오른 임금에게 변괴가 있기를 기다린대서야 말이 되는가.

"마마, 상당부원군을 뫼시리까."

"아니, 되었네."

수빈 한씨는 밤잠을 이루지 못한다. 식음을 전폐하는 날도 있었다. 자신에게 이어져야 했던 중전의 자리가 손아랫동서에게로 넘어가지 않았는가. 참아도, 참아도 쏟아져흐르는 눈물을 주체할 길이 없다.

"마마 상왕전하께서 위중하시다 하옵니다."

수빈 한씨는 다시 또 걷잡을 수 없는 비애에 젖는다. 시아버지 세조의 파란만장했던 삶을 지척에서 지켜보았기 때문에 더더욱 연민의 정이 넘쳐나는지도 모른다. 그녀는 입궐을 서두른다.

"연화방에 먼저 들를 것이니라."

연화방은 한명회의 사저가 있는 곳, 수빈 한씨는 입궐하기 전에 사돈을 만나 세조 사후의 일을 의논해두고 싶다. 소위 신진세력으로 일컬어지는 귀성군, 남이, 유자광 등의 제거가 우선 되지 않고서는 아무것도 이루어지지 않을 것이라고 믿었기 때문이다.

"아니다, 바로 입궐할 것이니라."

수빈 한씨의 마음이 다시 흔들린다. 어찌 시아버지 세조 사후의 일을 거론하고서 그분의 임종을 지켜볼 수가 있겠는가. 수빈 한씨는 치맛자락을 세차게 움켜잡으면서 궐문이 열리는 소리를 듣는다.

바로 이날 밤 세조는 수강궁에서 임종을 맞는다.

"전하……."

대비 윤씨는 세조의 까칠한 손을 잡으면서 통렬한 흐느낌을 토한다. 지아비의 임종을 지켜보는 그녀의 회한은 도도한 강물과 같은 것이나 다름이 없다.

"나로 인한 고초가……."

"전하……."

"……크신 것으로 알아요."

세조의 시선은 이미 초점을 잃어가고 있다.

"나는…… 나는……."

세조의 목소리는 가래 끓는 소리에 섞여 희미하게 이어지고 있다. 대비 윤씨는 세조의 마지막 말을 귀에 담아두고 싶다. 그녀는 싸늘하게 식어가는 지아비의 손을 잡은 채 상체를 굽히며 귀를 곤두세운다.

"아바마마를 뵈올……."

"전하!"

"면목이 없어서……."

대비 윤씨는 세조의 가슴에 얼굴을 묻으면서 다시 통곡을 쏟아놓는다. 지아비의 회한이 너무도 참혹해서다. 동석한 수빈 한씨는 눈을 감는다. 시아버지 세조의 마지막 모습이 참담하다는 느낌 때문이다. 세조의 숨결이 거칠어지면서 대비 윤씨는 황급히 상체를 세웠으나 세조의 움직임은 이미 멈추고 있다.

"전하, 전하! 으흐흐흐……."

수빈 한씨의 통렬한 흐느낌을 시작으로 신왕과 대비 윤씨의 통곡이 이어진다. 방 밖에 꿇어앉은 훈구대신들도 소리내 울고 있다. 그러나 한명회는 입술을 문 채 자신의 허벅지를 쥐어뜯고 있다. 누가 일러 사람의 한평생을 초로(草露, 풀 끝에 맺힌 이슬)와 같다고 하였던가. 오직 자신만이 종사를 이끌어갈 동량이라고 다짐했던 세조가 아니었던가.

비록 종사를 위한다는 명분이었다고 해도 세조로 인해 죽어간 생목숨이 얼마이던가. 생자필멸은 천지간의 섭리가 분명하지만 피바람으로 얼룩진 전횡의 생애이고 보면 사람들에게 주어지는 느낌은 천 갈래 만 갈래로 달라지게 마련이다.

춘추 쉰둘, 재위 14년. 장수를 했다고도, 집권을 오래 했다고도 할 수 없다. 오직 파란으로만 점철된 세월일 뿐이었다.

2

열아홉 나이로 세조의 뒤를 이어 보위에 오른 예종은 시작부터 순탄치가 않다. 세조가 죽고 혼란한 정국에 역모 사건이 터졌다. 예종에게는 견딜 수 없는 고통이었다. 역모를 다스리는 일로, 다시 말하여 사람 죽이는 일로 첫 정무를 시작한 셈이나 다름이 없기 때문이다. 그것도 부왕이 준재로 지목했던 남이가 당사자였다. 부왕으로부터 새 시대를 이끌어갈 인재로 지목된 남이를 부왕의 시신 곁에서 참살했다. 그리고 예종은 병석에 누웠다.

"어디냐, 여기가 어디냐⋯⋯."

혼절에서 깨어난 예종의 몸은 식은땀으로 흥건하게 젖어 있다. 대비 윤씨는 파리해진 신왕의 손등을 다독이며 갈기갈기 눈물을 쏟는다.

"압니다, 주상. 보령이 유충하시지를 않습니까. 못 견딜 노릇이지요. 이 어미는 지난 십수 년을 똑같은 고통 속에서 헤매시던 아바마마의 모습을 지켜보았습니다."

"⋯⋯."

"맞는 사람보다 때리는 사람이 더 아프고 괴로운 것을요. 이어미만은 주상의 심기를 알고도 남습니다."

끝없이 이어지던 친국과 참살을 몸소 지켜보면서 남몰래 피눈물을 쏟아왔던 대비다. 그녀의 목소리가 젖어 있으면서도 무게가 실리는 것은 그 때문일 것이리라.

"여염의 사람들은 피해갈 수가 있습니다만, 주상이기에 감내

하셔야지요. 그래서 종사가 편해질 수 있다면 백번을 쓰러지면
서라도 왕도를 지켜가셔야지요. 아시겠습니까?"

"명심하겠사옵니다, 어마마마……."

모후의 당부가 아니더라도 예종은 쓰러질 것만 같은 몸을 이
끌고 다시 용상에 나와 앉아야 했다. 난정의 뒤치다꺼리는 그에
게 주어진 운명의 길이나 다름이 없었다.

예종이 임금의 자리에 오른 지 한 달 남짓, 영의정 박원형이
세상을 떠났고, 한명회가 영의정에 제수된다. 이로써 그는 영의
정을 두번째 역임하게 된다. 이는 조선왕조가 창업한 이래 처음
있는 일이다.

"경하하오, 대감."

대비 윤씨는 활짝 웃는 얼굴로 한명회를 맞는다. 그는 상체를
깊게 숙이며 감읍해한다.

"지나친 광영, 모두 대비마마의 은덕인 줄로 아옵니다."

"당치 않아요. 대감의 홍복이지요, 인망이구요."

한명회는 자신이 영의정 자리에 다시 오른 것은 대비 윤씨의
천거가 있었을 거라고 생각했다. 나어린 예종보다는 대비 윤씨
의 정치감각이 세련된 것은 당연하다. 국상 중에 큰 옥사(남이의
옥사)까지 치렀다. 수습은 되었다 해도 하루속히 안정을 찾아야

한다면 한명회의 경륜이 필요한 때가 아니겠는가.

"영상의 자리에 두 번 오르는 것이 전례에 없는 일이라서 마음에 걸렸습니다만, 때가 때인지라 염치없이 맡기로 하였사옵니다."

"잘하시었어요. 나야말로 이제야 한시름 덜게 되었습니다."

"망극하옵니다."

세조가 없다면 한명회의 의지처는 대비 윤씨일 수밖에 없다. 그런 생각은 대비에게도 마찬가지인 일이다. 잠저에서부터 형극의 길을 함께 걸어온 두 사람이 아니던가.

"이제 다시 왕업을 일으킨다는 마음으로 주상을 도와주세요. 주상의 보령 이제 스무 살, 원자는 이제 겨우 네 살입니다. 이 늙은 것 혼자의 힘으로는 감당하기가 정말 어렵습니다."

"망극하옵니다."

"입에 담아서는 안 될 소리지만…… 따지고 보면 세자빈의 자리, 중전의 자리가 모두 수빈의 자리가 아닙니까? 대감 앞이니 말입니다만, 이 늙은 것은 월산군이나 잘산군을 보면, 저애들이 보위에 올라야 하는 것을…… 하는 생각을 하곤 합니다. 원자가 있는데도 불구하고요."

"……"

한명회는 내심 긴장하지 않을 수 없다. 무언가 무리한 부탁을

해올 낌새였기 때문이다.

"대감! 대감께서 영상의 자리에 오래 머물러주셔야 할 것으로 압니다."

"……."

"원자가 자라서 세자 책봉을 받을 때까지만이라도 말입니다."

"꼭 제가 아니더라도 정승의 소임을 다할 사람은 많사옵니다. 그 사람들에게도 고르게 기회를 주셔야 옳을 것으로 압니다."

"대감의 뜻은 짐작하오만, 영의정에 제수된 날에 벌써 물러날 생각을 하신단 말입니까?"

"죽을 각오를 하면 오히려 당당하게 싸울 수 있듯이, 물러날 뜻이 서 있으면 더욱 정사에 전심전력할 수 있을 것이옵니다."

"졌습니다, 졌어요. 대감의 경륜을 누가 따르겠소. 하면 다음 영의정은 누가 적임이라는 말씀이오?"

"인산군 홍윤성도 한 번은 영상의 자리에 올라보아야 할 사람이지요. 물론 주상전하의 뜻에 달린 일이옵니다만……."

한명회는 어려운 숙제를 한 가지 푼 셈이지만 아직 자신이 생각하는 시대는 멀리 있다는 자각에 빠진다. 한명회는 대비의 거처를 물러나면서 착잡한 심경에 젖는다. 자신이 짊어진 영의정의 책무가 전에 없이 무겁게 느껴졌기 때문이다. 예사로운 훈구대신의 한 사람으로 대비 윤씨를 면대했다면 보다 자유로운 대화를 나눌 수 있었을지도 모른다.

— 과도기인 것을…….

한명회는 중얼거린다. 자신의 경륜을 거침없이 펼쳐 보이고 싶은 야망이 없대서야 말이 되는가. 세조의 치세에서도 영의정에 올라보았지만 편벽된 세조의 의심으로 자리만 지킨 것이나 진배가 없었다. 그리고 이제 새 시대의 영의정이 되었다고는 하지만, 보잘것없는 서출에게 공신의 작호가 내려지고 또 군호가 내려지는 시기라면 뜻을 펴기에는 장애요인이 너무 많겠다는 것이 한명회의 생각이다.

3

예종이 보위에 오른 지 일 년하고 두 달이 지나도록 온전하게 정무를 살피지 못한다. 평안한 날보다 병상에 눕는 날이 더 많았기 때문이다. 살을 에는 듯한 추위가 기승을 부리는데, 발병한 지 이틀이 지난 동짓날 스무여드렛날에 예종은 의식을 잃을 정도로 병세가 악화된다. 황망한 지경이 아닐 수 없다.

"어의들을 채근하라. 죄인을 방면하라!"

대비 윤씨는 잠시도 가만히 있지를 못한다. 또다시 하늘의 옹징이 시작되고 있음이라 믿었기 때문이다. 그녀는 자신의 몸을 던져서라도 예종을 살려내고 싶다.

"주상, 이러시면 아니 됩니다. 기력을 회복하셔야지요. 종사를 생각해야지요."

대비 윤씨는 불덩이 같은 예종의 몸을 부여안고 눈물을 쏟는다. 지켜보고 있는 사람들은 그녀의 몸부림이 사경을 헤매는 예종보다도 더 애처로울 지경이다.

"어의는 무엇들을 하고 있느냐, 주상의 신열이 불덩이와 같지를 않느냐!"

예종의 병간에 임하는 어의들은 핏기를 잃어가고 있다. 그들로서도 속수무책이기 때문이다.

"대소신료들을 입시케 하라!"

의정부와 승정원이 분주해진다. 대비 윤씨의 하교가 임종에 대비하라는 뜻으로 전해졌기 때문이다. 달이 없는 밤은 칠흑같이 어두웠고, 바람은 칼날같이 매서웠다. 행여나, 행여나 했던 불행이 순식간에 눈앞에까지 다가와 있다.

한명회를 태운 자비는 차가운 겨울바람을 뚫으며 밤길을 내달리고 있다. 한명회는 모든 기력을 하나로 모아 골똘한 생각에 잠긴다. 예종에게는 네 살 된 아들이 있었지만 네 살짜리를 임금의 자리에 앉힐 수는 없다. 섭정을 둔다 해도 안 될 일이다. 이것이 왕실의 엄연한 사정이고 보면 예종의 핏줄로는 왕위가 이어질 수 없는 것이 된다.

그렇다면 그다음은 누군가. 수빈 한씨의 소생들을 거론하지 않을 수가 없다. 수빈 한씨는 비록 지아비를 잃었다 해도 세조의 맏며느리이므로 그녀의 소생이 왕위를 계승하는 것은 오히려 적통이었기에 아무 하자가 없다. 열여섯 살의 월산군은 세조에게 적장손이 된다. 당연히 왕위 계승자가 되어야 하는데, 여기에는 두 가지 문제가 있다. 첫째는 병치레가 잦아 몸이 약하다는 것이고, 둘째는 수빈 한씨가 잘산군을 왕재로 지목하고 있다는 사실이다. 잘산군은 열세 살이었고 사사롭게는 한명회의 사위가 된다. 수빈 한씨는 이미 오래 전에 오늘의 일을 예감하였고, 이 일에 대비하듯 잘산군의 일을 한명회에게 당부해둔 바가 있다.

결국, 두 사람 중의 하나를 뽑아 예종의 뒤를 이어 보위에 오르게 해야 하는 것은 불가피한 일이 된다. 최종 지명의 전권은 대비 윤씨에게 있는 것이 사실이었지만, 누굴 뽑느냐 하는 문제를 원상(院相, 임금이 죽은 뒤 왕이 어려서 대비가 섭정할 때, 스무엿새 동안 국정을 맡는 임시 벼슬)들로 하여금 논의하게 한다면 세조의 적장손인 월산군이 우위에 있을 것은 자명한 이치다. 또 여기에는 잘산군이 한명회의 사위라 하여 노골적인 견제도 있을 수 있다.

—하늘의 뜻인가!

한명회는 힘없이 중얼거려보았지만 그것이 어찌 내심일 수 있으랴. 한명회는 잘산군을 왕좌로 밀어올릴 궁리를 하고 있다. 사위가 임금의 자리에 있으면 국구가 된다. 게다가 마음이 통하는 수빈 한씨가 대비의 자리에 있고, 자신을 믿어주는 대왕대비가 수렴청정을 하게 된다면 한명회의 지위는 그야말로 하늘을 찌르게 될 것이 아니겠는가.

승정원에는 원상들과 정승들이 모두 나와 있다. 하나같이 침통한 모습들이다. 그들이라고 이 일에 대한 우려와 복안이 없겠는가. 승정원으로 들어선 한명회는 얼굴이 화끈 달아오른다. 자신의 속마음이 드러난 것 같아서다.

"입에 담기 민망합니다만, 다음 대의 보위를 어찌해야 하는지, 생각들을 해두셔야 하오이다."

새로 영의정에 제수된 홍윤성이 한명회의 눈치를 살피면서 직설적으로 후사를 거론한다. 그러나 대꾸하는 사람은 아무도 없다.

"불충이라고 생각하지 마세요. 한순간도 보위를 비워둘 수는 없질 않습니까?"

"승하 후에 논의해도 늦지 않네!"

신숙주가 쏘아붙이듯 홍윤성의 말을 제지하자 좌중은 다시 무거운 침묵 속으로 빠져든다. 간간이 한숨소리와 문풍지 떨리는 소리가 들린다. 밖에서 바람이 일고 있는 모양이다. 얼마나 시간이 흘렀을까, 예종이 누워 있는 자미당(紫薇堂) 쪽에서 낭자한 곡성이 터져오른다.

"아⋯⋯!"

저마다 후사의 일로 골똘히 생각에 잠겼던 정승들이 번쩍 고개를 든다. 곡성은 점점 대궐 안으로 넓게 퍼져가는데, 승전환관 안중경이 황급히 들어선다. 그는 울음 섞인 목소리로 자미당의 소식을 전한다.

"전하께오서 붕어하시었소이다. 사정전 문 안으로 드소서."

정승들은 일제히 곡성을 터뜨리면서 승정원을 나와 사정문 안으로 들어간다. 칼날 같은 추위였지만 신료들의 흐느낌은 통렬할 뿐이다. 자미당으로 들었던 안중경이 다시 바쁘게 나와서 소리친다.

"대비마마께오서 예조판서로 하여금 봉시(奉侍, 임금의 죽음을 눈으로 확인하는 것)하라 하셨소이다."

예조판서는 신숙주가 겸하고 있었으므로 그는 도승지 권감과 함께 자미당으로 들어간다. 모든 것이 현실이 아닌 것만 같아 신숙주는 꿇어앉은 채 넋을 잃고 있다.

"대감⋯⋯."

나직한 소리와 함께 안중경이 코앞에 작은 종잇조각을 내밀었을 때에야 신숙주는 정신이 든다. 말없이 종잇조각을 받아든 신숙주는 두 손으로 조심스럽게 예종의 코끝에 갖다대었다. 거짓말처럼 큰 숨을 내쉬기를 바라기라도 하듯 자미당 안은 안타까운 침묵에 휩싸인다.

"주상……"

대비 윤씨가 흐느끼듯 예종을 불렀으나 종잇조각은 끝내 흔들리지 않는다. 신숙주는 부르르 어깨를 떨었다. 그는 종잇조각을 안중경에게 넘겨주고는 두 손으로 바닥을 내리치며 엎드린다. 그리고 통렬한 흐느낌을 토해낸다.

"전하!"

대비의 억눌린 울음과 자지러질 듯한 중전의 비명이 동시에 터져나온다. 아무리 울어본들 무슨 소용이 있을까. 봉시가 끝났다면 예종의 죽음이 공식적으로 확인된 셈이나 다름이 없다.

조선왕조의 여덟번째 임금 예종. 1년 3개월을 채 못 채운 재위였다.*

---

* 세종 32년, 곧 1450년에 수양대군의 둘째아들로 태어나 초명을 황(晄)이라 했으며, 수양대군이 즉위하니 해양대군으로 봉해졌다가, 세조 3년(1457년)에 형인 의경세자가 세상을 뜨자, 여덟 살의 나이로 세자가 되었다. 1468년 9월 7일, 열아홉 살로 보위에 올라 스무 살에 세상을 떠났으니, 너무도 짧은 재위요, 덧없는 인생이었다.

4

자미당을 나온 원상 신숙주는 영의정 홍윤성과 의논하여 대소신료들의 출입을 막고, 대궐의 모든 문에 갑사를 증원하여 경비를 강화하도록 하였다. 지금 당장은 후사도 정하지 않은, 그야말로 임금이 없는 나라가 된 것이기 때문이다. 일 년 만의 국상이라 이제 이 나라의 모든 백성들은 경악하고 애통해할 것이리라. 더러는 세조의 살생에 하늘이 진노했다고 할지도 모른다. 그만큼 예종의 죽음은 충격이었고 갑작스러웠다.

망연히 겨울 하늘을 올려다보고 있는 신숙주의 옷깃을 잡아당기는 사람이 있다. 한명회다.

"이리 좀……."

한명회는 사정전 옆 천추전 쪽으로 신숙주를 끌고 간다.

"하늘이 야속함이네."

신숙주의 탄식을 들으면서 조심스럽게 주위를 살피던 한명회가 눈을 빛내면서 말한다.

"고령군! 후사는 누구라야 된다고 보시는가?"

"아무도 거론할 수가 없어. 오직 대비께오서 정하실 일이네."

"이를 말이겠는가. 다만 월산군은 아니 되네."

"무슨 소리야. 세조대왕의 적장손이네!"

"또다시 국상을 겪으시려는가!"

한명회의 지적은 칼날과도 같다. 신숙주는 몸을 움츠릴 수밖에 없다. 그는 비로소 잘산군이 한명회의 사위임을 깨닫는다. 한명회의 부연은 더욱 단호하다.

"그런 일은 없을 것이네만 만에 하나라도 대비마마의 뜻이 월산군에 있다면, 고령군 자네가 목숨을 걸고서라도 막아야 하네."

"그렇다면 잘산군이라야 한다는 말인가?"

"난 그런 말은 하지 않았네, 할 수도 없고…… 다만 월산군은 불가하다는 것뿐."

신숙주가 어떤 사람인가, 한명회의 내심을 확연히 알았으면서도 그는 대답을 못 한다. 그만큼 예종의 뒤를 이어갈 후사는 중대한 일이었기 때문이다.

"불가의 주청을 하게 되면 고령군이 맡아야 하네."

한명회는 비장한 목소리로 다짐했고, 신숙주는 고개를 끄덕인다. 신숙주로서도 왕재는 잘산군이란 얘기를 여러번 들었던 터다.

"대비께서도 아시는 일일 테지……?"

신숙주의 반문은 신중하다. 한명회는 긍정도 부정도 하지 않는다. 직감과 경륜이 하늘을 찌르는 한명회였으나, 그의 평생에 가장 어려운 순간이 눈앞에 와 있음이나 다름이 없다. 초조한 것은 한명회뿐이 아니다. 자신의 이해관계를 떠나서라도 흥미가 짙어지면 누구나 초조해지게 마련이다. 신숙주는 사정전 앞으로 돌아가서 도승지 권감을 찾는다.

"도승지."

"예, 대감."

"국가의 대사가 이에 이르렀으니, 불가불 후사의 일을 의논해야 하지 않겠는가? 어서 대비마마께 아뢰도록 하게."

"하오나……."

권감은 머뭇거린다. 신숙주 또한 그의 심정을 알 만하다. 비통해하고 있을 대비에게 차마 아뢰기가 민망하다는 뜻이리라.

"딱하면, 하성군을 통해 아뢰어도 좋을 것이네."

"예, 그리하겠사옵니다."

권감의 표정이 밝아진다. 하성군 정현조는 정인지의 아들로 세조의 사위였으니, 한결 말하기가 수월할지도 모른다.

"청컨대 서둘러 후사를 정하여 나라의 근본을 굳게 하소서. 이는 막중한 대사이므로 사람을 시켜 전할 수 없사오니 친히 물으심이 옳은 줄로 아옵니다."

"조금 기다리라 이르라."

중신들은 급하다 하고, 대비는 기다리라 하고…….

정현조가 진땀을 흘리며 자미당을 드나든 지 서너 번이 되어서야 대비 윤씨는 강녕전 동북쪽 편방에 나와 신숙주, 한명회,

구치관, 최항, 홍윤성, 조석문, 윤자운, 김국광, 한계희, 임원준, 정현조, 권감 등 조정의 훈구대신들을 불러들인다.

"내가 박복하여 다시 이런 꼴을 보는구려……."

낯익은 얼굴들을 보자 더욱 설움이 북받쳤는지 대비 윤씨는 울음부터 터뜨린다. 지아비와 며느리와 두 아들의 죽음을 두루 겪은 대비 윤씨가 아니던가. 한 여인으로서 누릴 수 있는 영화를 다 누렸지만, 고통 또한 아니 겪은 것이 없는 대비의 회한에 중신들도 말을 잃는다.

대비의 울음이 조금 잦아들기를 기다렸다가 신숙주가 조심스럽게 의견을 개진한다.

"신 등은 다만 밖에서 성상의 옥체가 미령하다 들었을 뿐이옵고, 이에 이를 줄은 꿈에도 생각하지 못하였사옵니다."

"주상이 환후에 들어서도 매일 내게 조근(朝覲)하였으므로, 나도 생각하기를 '병이 중하면 어찌 이같이 하랴' 하고 심히 염려하지 않았는데, 이제 국상에 이르렀으니 내 과실임을 인정하지만 장차 이 일을 어찌한단 말이오."

대비는 흐느끼며 말하고는 입시한 중신들의 얼굴을 하나하나 훑어본다. 모두가 긴장해 있다. 드디어 후사, 즉 다음 보위에 오를 사람을 정하는 순간에 이르렀기 때문이다. 한 나라의 운명이 말 한마디로 결정되어질 자리였다. 이윽고 대비가 묻는다.

"누가 주상자(主喪者, 새 임금)로 좋겠소?"

그것이 비록 화급을 다투는 일이었다 해도 아무도 입을 열 수가 없다. 후사를 정하는 절대권한이 대비에게 있기 때문만은 아니다. 누가 임금이 될지 모르는 마당에 섣불리 천거하고, 섣불리 반대하는 것은 훗날의 환란을 자초하는 일이기 때문이다.

"한 나라의 주상을 정하는 일입니다. 신중에 신중을 기해서 성군의 재목을 골라야 합니다. 경들의 기탄없는 의중을 듣고 싶을 뿐이오."

대비 윤씨는 애써 중신들의 의사를 듣고 싶어 했으나 신료들은 묵묵부답이다. 이같은 경우, 자신이 임금을 정해야 한다는 사실을 모르고 있을 대비는 아니다. 이미 의중에 두고 있었을지도 모르는 일이나 그런 내색은 조금도 하지 않는다.

"경황중이라 전혀 거기까지 생각해본 바도 없을뿐더러······ 한 아녀자의 좁은 소견이 종사의 앞날을 망칠까 두려워서 하는 말입니다. 어서 말씀들을 나누어주세요."

"······."

한명회의 가슴은 곤두박질치듯 쿵쿵거린다. 누군가 '잘산군이 왕재오이다' 하고 주청하면 끝나는 일이었기에 한명회는 동석한 사람들이 야속하기만 하다. 그는 잠시 대비의 모습을 훔쳐본 다음, 시선을 신숙주에게로 옮긴다. 그러나 신숙주는 마치 참선

하는 사람처럼 눈을 감고 앉아 있을 뿐이다. 왕대비 윤씨는 끝내 중신들의 주청이 있기를 기다리는 것 같다. 한명회는 천근의 무게로 짓눌러오는 침묵을 더는 견딜 수가 없다.

"대비마마, 새 주상전하를 모시는 일은 신 등이 입에 담을 일이 아닌 줄로 아옵니다. 이 점 통촉하시어 대비마마의 분부를 하교해주오소서."

"그러하옵니다, 대비마마."

"신 등을 불충하게 만들지 마시오소서."

한명회의 주청이 숨통을 열자 뒤를 이어 훈구대신들은 저마다 입을 열어 대비의 결단을 촉구한다.

"대비마마, 서둘러 새 주상의 즉위식이 있어야 할 것이옵니다. 대비마마의 분부가 곧 이 나라 조종(祖宗)의 뜻인 줄로 아옵니다. 통촉하소서."

신숙주의 주청이 끝나자 구치관이 다시 고했다. 대비 윤씨는 마음을 가라앉히려는 듯 잠시 눈을 감는다. 그 표정에 흔들림이 없는 것으로 보아 이미 마음의 결정을 내린 듯하다.

"……."

한명회는 숨을 멈추었다. 모든 기력이 소진되는 느낌이다. 어찌 될 것인가. 대비의 마음이 자신의 의중과 통하고 있을 것이라 믿기는 했지만, 장담할 수는 없는 일이다. 지금 대비의 입에서 월산군이나 원자의 이름이 나와버린다면 주워담지 못할 좌절의 순간을 맞게 될지도 모른다. 월산군은 아니 된다고 신숙주에게 귀띔은 했지만 과연 대비의 뜻을 거스르면서까지 재론해줄 것인지 자신할 수도 없다. 파란도 많았고 광영도 많았던 생애에 화려한 마무리를 지으려는 야심이 수포로 돌아갈 것인가. 월산군으로 결정되더라도 수빈 한씨는 응어리진 회한을 풀 수 있다. 그러나 잘산군으로 결정된다면 왕대비로서는 가장 빼어난 왕재를 고르는 셈이 되고, 수빈에게도 한풀이가 되고, 한명회의 여생에는 마지막 광영을 더해주는 일이 될 수 있다. 대비가 그것을 모르지는 않을 것이라 한명회는 믿고 싶었기에 눈도 깜박이지 않고 대비를 바라보고 있다.

"지금 원자는 어리고 적장손인 월산군은 어려서부터 병이 잦은 형편입니다. 비록 잘산군이 어리기는 하나, 세조께서 일찍이 그 도량을 칭찬하여 세종대왕께 비하는 데에 이르렀으니, 그로 하여금 주상자로 삼는 것이 어떠하오?"

— 아……!

한명회는 비명을 토해낼 뻔했다. 온몸의 피가 일시에 얼어붙는 것만 같다. 고난의 길을 함께 걸어온 한명회의 심중을 맑은 물 들여다보듯 짐작하기라도 했단 말인가. 꿈에서도 바라던 소망 그대로의 하교였다. 벅찬 감동 속에서 한명회는 대비를 우러러보던 시선을 떨구지 않는다. 그러나 담합이라는 인상을 주지 않으려는 것일까. 대비 윤씨는 한명회를 외면하고 있다.

"진실로 마땅한 줄로 아옵니다."

신숙주가 떨리는 목소리로 동의한다. 그로서도 한명회의 당부가 마음에 걸렸던 일이었으므로 남보다 먼저 찬동하고 나선 셈이다. 한명회의 사위가 임금이 된다. 대비가 천거하고 신숙주의 찬동이 있었는데 누가 반론을 제기하겠는가.

"참으로 명철하신 하교시옵니다."

대비 윤씨로서도 적장손을 제외한 것이 마음에 걸렸던 터라, 훈신들의 아낌없는 찬동을 듣고서야 긴장을 푼다.

"고맙소. 새 주상은 잘산군으로 정할 것이니 서둘러 즉위의 범절을 판별하도록 하시오."

이로써 난제 중의 난제가 한꺼번에 풀렸다. 세조 3년에 죽은 의경세자 장과 수빈 한씨 사이에 태어난 둘째아들, 그리고 한명회의 넷째사위가 되는 잘산군 혈이 조선왕조의 아홉번째 임금으로 즉위하게 된 셈이다. 대비로서는 수빈 한씨에게 주어졌던 고난의 세월에 종지부를 찍게 하는 일이었으니 어찌 후련한 일이 아니겠는가. 스무 살 꽃 같은 나이의 예종이 세상을 떠난 지 채 한 시간이 지나지 않고 있었음에랴.

"내가 박복하여 두 아들을 모두 먼저 보내는구려. 나이 스물에……."

큰 짐을 벗었기 때문일까, 대비 윤씨는 훈구대신들이 도열한
자리에서 다시 울음을 터뜨리고 만다. 그러고 보니 장도 예종도
똑같이 스무 살에 세상을 떴다.

"나같이 박복한 아낙이 또 어디 있겠소, 나 같은 사람이……."

후사를 정해야 한다는 책임감에서 가까스로 정신을 수습했
던 대비 윤씨는 이제 한 여인네로서의 아픔에 속절없이 잠겨들
고 있다. 그 슬픔을 달랠 말은 세상에 없을 터이다. 시아버지 되
는 세종이나 소헌왕후의 죽음은 누구나 겪는 상고이니 제쳐두
고, 계유정난과 병자년 옥사로 많은 종친과 신하들이 죽은 것은
또 나라의 일이니 거론하지 않기로 해도, 대비 윤씨가 몸소 겪은
참담한 죽음이 몇번째이던가. 맏아들이자 세자였던 장이 스물에
죽고, 한명회의 딸이었던 세자빈이 열일곱에 세상을 떠났다. 원
손인 인성대군은 겨우 세 살에, 예종까지 스무 살에 보위를 버렸
다. 모두 한서린 죽음이 아니고 무엇이랴. 세조도 천수를 누리지
는 못했으며, 특히 그 투병의 나날은 상상을 초월한 고통이 아니
었던가. 서러운 것도 당연했고, 스스로 박복하다 여기는 것도 당
연할 수밖에 없다.

"마마, 나라의 액운이 이에 이르렀으니 신 등의 불충인들 용
서받을 수가 있으리이까. 엎드려 빌건대 종묘와 사직을 염려하

시어 슬픔을 누르시고, 사군(嗣君, 왕위를 이은 임금)을 잘 조호(調護)하여 비기(조基, 제왕의 기업)를 보존하게 하소서."

"알겠소, 알겠소."

왕대비 윤씨는 눈시울을 소매 끝으로 누르며 애써 기색을 회복한다. 신숙주가 다시 말한다.

"외간(外間)은 시청(視聽)이 번거로우니, 사정전 뒤뜰로 나가 일을 의논하고자 하옵니다."

원상들은 참담해진 모습으로 편방을 물러나온다. 맨 나중에 몸을 일으킨 한명회의 시선이 대비의 시선과 마주친다.

"……."

수심이 가득한 얼굴이었으나 대비는 고개를 끄덕여 보인다.

― 망극하옵니다, 마마.

한명회는 새삼 깊게 허리를 굽히고 뒷걸음질로 편방을 나간다. 모든 영광은 그에게로 다시 돌아온 것이나 다름이 없다.

나라의 일이란 슬픔만으로 놔두지 않는다. 한편으론 국상 채비를 하면서, 다른 한편으론 새 임금의 즉위에 따른 절차를 서둘러야 한다. 신숙주와 최항은 교서를 초하기 시작한다. 그리고 신숙주는 도승지 권감을 불러 지시한다.

"어서 잘산군을 봉영해오도록 하시게."

"알겠사옵니다."

그때, 먼발치에서 일이 돌아가는 모양을 느긋하게 지켜보고 있던 한명회가 불쑥 앞으로 나서면서 끼어든다.

"사저로 갈 것은 없네."

"무슨 소리신가?"

신숙주가 의아해서 묻자 한명회는 태연하게 대답한다.

"종친부(宗親府)에 오셔 계실 것이네."

한명회는 잠시 전에 잘산군이 종친부에 들었다는 전언을 최상궁으로부터 전해들은 바가 있다.

"무슨 소리인가? 아직 천아성(天鵝聲, 임금이 세상을 떠났을 때 부는 나발 소리)도 울리지 않았고, 외부로 기별을 내지도 않았는데 잘산군이 종친부에 나와 있을 까닭이 없지 않은가."

그러나 한명회는 권감을 향해 소리친다.

"어서 종친부로 가서 모셔오라지 않는가!"

"예, 예."

반신반의하면서 사정전을 나간 도승지 권감은 얼마 지나지 않아 새임금인 잘산군을 모시고 돌아온다.

"……!"

모든 중신들은 놀라움 속에서도, 신왕이 될 사람에 대한 예의로 얼어붙은 흙바닥임에도 아랑곳없이 꿇어 엎드린다.

"전하……."

열세 살 소년답지 않은 침착함으로 잘산군은 그들에게 가벼운 묵례를 던지며 전각 안으로 들어간다. 몸을 일으키면서 한명회는 벅찬 감동으로 새삼스럽게 몸을 떤다. 역시 이 일은 하늘의 은혜를 입은 것이라는 생각이 들어서다. 입궐하면서 만득이 편에 보낸 기별의 뜻을 수빈 한씨가 정확하게 읽은 것이 아니고 무엇인가. 결국 수빈 한씨는 자신의 기사회생을, 잘산군으로 보위가 이어질 것임을 확신하고 있었던 것이나 다름이 없다.

　의아해진 신숙주가 다가서며 귀엣말로 물었다.

　"대비마마와 의논이 있었던 일인가?"

　"당치 않아. 사사롭게는 내 사위의 일일세."

　신숙주는 고개를 끄덕인다. 한명회는 아무 일도 없었다는 듯 정색을 하고 말했다.

　"어서 중전 되실 분도 모셔와야 하질 않는가."

　잠시도 지체할 일이 아니었기에 곧 승지 한계순이 환관과 겸사복 등을 거느리고 세조의 잠저로 달려간다.

　"이제 천아성을 울려야 하겠소이다."

　"아직은 아니 되네. 남은 일이 있어!"

　천하의 세도를 손아귀에 거머쥔 한명회의 말이다.

　"남은 일이라니, 무엇이오이까?"

　영의정 홍윤성은 내심 불만스러웠다. 원상들이 워낙 설치고 다니는 바람에 시임 영의정의 위세가 미미하기만 해서다.

"왕대비마마께 청정을 주청해야 하네."

"청정?"

신숙주도 홍윤성도 몸 둘 바를 몰라 한다.

"당연하지 않은가. 즉위하실 새 주상께오서 보령이 열셋이 아니신가. 전일의 노산군과 비슷하시네. 혼란을 막는 길은 대비께오서 청정을 하시는 것뿐이야."

명쾌한 논리라기보다는 당당한 법도일 수밖에 없다. 한명회는 그의 성품대로 이 날에 있을 일을 빈틈없이 생각해두었던 모양이다. 그러나 왕조 창업 이래 처음 겪는 수렴청정이기에 신숙주도 홍윤성도 미처 거기까지 생각하지 못했던 모양이다.

"어서 들어가세."

한명회의 재촉으로 원상들은 다시 왕대비 윤씨 앞에 부복한다.

"또 무슨 일이오들……?"

막 잘산군을 내보내고 난 대비는 내버려두었으면 하는 기색이 역력하다.

"마마, 보위에 오르실 주상전하의 보령이 열셋이시옵니다."

신숙주가 조심스럽게 말문을 연다.

"그래서요?"

"아직 만기를 친재하시기는 벅찰 듯하오니, 청컨대 대비마마께오서 청정을 하여주소서."

"……!"

대비 윤씨는 눈을 크게 뜨며 놀라워한다. 말만 들어왔던 수렴청정에 자신이 임하게 될 줄 꿈엔들 짐작했으랴.

"청정만이 종사의 안위를 지키는 최선의 방책인 줄로 아옵니다, 마마."

이번에는 한명회가 간곡히 주청했다. 대비 윤씨는 잠시 멍하니 앉아만 있을 뿐이다. 선뜻 하겠다고 나서기에는 자신의 학문과 경륜이 모자란다는 생각이 들었고, 아니하겠다고 한다면 중신들의 성화를 감당하기 어려울 것 같아서다.

"마마, 이는 상량하실 일이 아닌 줄로 아옵니다. 주상전하의 즉위와 함께 대비마마의 청정을 선포하겠사옵니다."

신숙주는 확정되었다는 뜻으로 매듭짓고자 한다.

"아무래도 내게는 벅찰 듯하오."

"마마, 법도를 따라주소서!"

"주상이 유충하다 해도 경들이 보필을 잘 하면 될 것이 아니겠소. 나는 사양할 것이니 그만 물러들 가시오."

"촌각도 지체할 수 없는 중차대한 일입니다. 윤허하소서."

강압하는 듯한 한명회의 주청이 다시 있자, 대비 윤씨가 받아들이겠다는 뜻을 밝힌다.

"경들의 뜻을 따를 것이니 원상들은 모두 힘써 나를 도우라."

조선왕조 최초의 수렴청정은 이렇게 결정된다. 진시에 예종이 세상을 떠났고, 사시가 채 지나기 전에 잘산군의 즉위와 대비의 청정이 결정되었다면, 이는 미리 이러한 복안을 면밀히 세워둔 사람, 바로 칠삭둥이 한명회가 있었기 때문이 아니겠는가. 다시 한 시대가 그의 손바닥 안에서 이루어지려는 순간이다.

이어서 신시에는 근정문에서 잘산군의 즉위식이 거행된다. 조선왕조의 아홉번째 임금인 성종(成宗)의 등극이다.

5

어느덧 서른네 살. 수빈 한씨는 지나간 12년의 세월을 눈물로 돌아보고 있다. 물질적인 고통은 없었지만 그녀가 겪었던 정신적인 공허는 회한이라는 말로밖에 형언할 수가 없다. 세자빈으로 책봉되었을 때는 국모의 자리가 눈앞에 다가와 있었다. 한 여인의 꿈으로는 그보다 더 찬란한 것이 어느 천지에 있을까. 게다가 남다른 총명함과 깊은 학덕을 겸비하고 있었기에 세조 내외는 물론, 대소신료들로부터도 나무랄 데 없는 국모의 자질이라고 칭송을 받고 있었음에랴. 그러나 한순간의 불행이 그녀의 전도를 물거품으로 만들어버리지 않았던가. 그녀는 실낱같은 소망을 간직한 채 눈물의 세월을 보내야 했다.

엄동설한의 혹독한 추위 속에서도 설중매는 피어난다. 그렇기에 향기 또한 그윽한지도 모른다. 수빈 한씨의 모습이 그것과 무엇이 다르랴. 하늘이 그녀의 소망을 저버리지 않았음인가. 왕실의 불행은 마침내 그녀의 권토중래를 재촉했다.

"아바마마……."

그날 수빈 한씨는 세조대왕을 흐느끼는 소리로 불렀다. 쏟아져흐르는 뜨거운 눈물은 그녀의 옷깃을 적시고도 남는다. 중전의 자리를 거치지 않았으면서도 대비의 자리에 올라 다시 입궐하게 되었으니 어찌 벅차오르지 않겠는가. 조선왕조가 창업한 이래 처음 있는 기적이기도 하였다.

그러나 수빈 한씨가 대비가 되어 입궐하는 것도 쉽지는 않았다. 아들인 성종이 보위를 이었지만, 그것이 예종의 후계자가 되는 까닭으로 대비가 될 수는 없다는 것이 법도였다. 그것은 곧 궐 내에서 기거할 명분이 없다는 것과 다름 없었다. 수빈 한씨가 겪어온 통한의 세월을 눈물로 지켜보았던 대왕대비 윤씨는 이 점을 용인하지 않았다.

"법도는 후일 다시 논의해도 됩니다. 주상의 모후가 되는 것은 엄연한 사실이 아닙니까. 먼저 대궐로 모시고 의경세자의 추

숭(追崇, 왕위에 오르지 못하고 죽은 이에게 칭호를 주던 일)을 논의
해도 늦질 않습니다."

수렴청정에 임한 대왕대비의 명이다. 아무도 거역할 수 없다.

"법도를 어기는 일이라고 다 부끄러운 일이 아닙니다. 어서
서둘러서 정중히 모시세요."

"예……."

수빈 한씨가 잠저를 떠나던 날은 함박눈이 탐스럽게 내렸다.
대문을 나서는 수빈 한씨의 모습은 그대로 향기 진한 한 떨기 설
중매였다. 배웅하러 나와 있던 정경부인 민씨가 머리를 깊숙이
숙이면서 속삭였다.

"대비마마, 지난날의 모든 고초는 다 잊으시고 오래오래 영화
를 누리소서."

"고맙습니다. 모두가 사돈댁의 은혜를 입고 있습니다. 부부인
마님의 음덕도 가슴 깊이 간직하겠습니다."

"망극하옵니다. 대비마마……."

정경부인 민씨는 대비로부터 부부인(府夫人)이라는 칭호를
들으면서 새삼 감동한다. 딸이 왕비임은 분명했으나 아직 상중
이라 책봉의식은 못 하고 있다. 그런데도 대비 한씨는 부부인이
라는 말로 정경부인의 마음을 흐뭇하게 어루만져주고 있다.

대비 한씨는 회한이 서린 잠저를 천천히 둘러본다. 수양대군

의 며느리가 되어 첫 발을 들여놓았고, 지아비를 잃은 몸으로 다시 돌아와 회한의 눈물과 찢어지는 한숨을 끝도 없이 뿌렸던 곳이 아니던가. 이제 그녀는 열두 해라는 참담했던 세월을 감내하면서 아들을 임금의 자리에 밀어올렸던 사저를 떠나간다.

서설일 수 있는 눈발은 나비 떼가 춤을 추듯 너울거린다. 대비 한씨의 눈시울이 뜨거워지기 시작한다. 서른네 살의 젊은 대비는 옷고름으로 솟아나는 눈물을 찍어내면서 연에 오른다. 교군들이 연을 들어올린다.

"대비마마, 만수무강하시오소서."

임운은 넙죽 엎드리며 어깨를 들먹거린다. 눈발은 그의 크고 넓은 어깨 위로 차곡차곡 쏟아져내리고 있다.

수빈 한씨는 성종 2년(1471년) 1월 22일, 인수왕비라는 휘호를 받는다.* 예종의 초비였다가 일찍이 세상을 떠난 한명회의 셋째 딸 장순빈도 이날 휘인소덕장순왕후(徽仁昭德章順王后)로 추숭됨으로써 한명회의 두 딸이 왕비의 칭호를 얻게 되었다.

---

* 중전의 자리에 오른 일이 없으면서도 왕비라는 휘호를 받을 수 있었던 것은 의경세자가 온문의경왕(溫文懿敬王)으로 추존(追尊)되었기 때문이다. 역사는 온문의경왕의 묘호를 덕종(德宗)이라 부른다. 성종이 왕위에 오르면서 대왕대비가 수렴청정을 하게 된 일과 의경세자를 임금으로 추존한 일, 두 가지 모두 조선왕조가 창업한 이래 처음 있는 일로 기록된다. 또 한 가지는, 성종 초기에는 임금의 나이가 어린 대신 대비가 많았다. 세조비 정희왕후(貞熹王后)가 대왕대비요, 예종비 안순왕후(安順王后)가 왕대비, 그리고 성종의 어머니인 소혜왕후(昭惠王后, 인수왕비의 봉호)가 대비, 성종비인 공혜왕후(恭惠王后)가 중전이었으니, 이와 같이 내전 쪽의 위엄이 외전을 능가하게 되는 일도 흔하지 않은 일의 하나다.

대 비 의   저 술

1

성종 임금이 열세 살, 그를 에워싼 대비가 세 사람이나 있다
한들 절대군주의 시대에 아낙들의 힘이 하늘을 찌를 수는 없다.
수렴청정은 원상들의 논의와 주청을 인정하는 데 불과하다. 더
구나 대왕대비 윤씨는 심성이 여리고 자애롭기만 하다. 오히려
그녀보다는 성종의 친모인 인수대비의 인품이 세차고 모진 데가
있었다. 그러나 아직은 형식적인 대비에 불과했으므로 정치 표
면에 나서기는 어려웠다.

인수대비가 한명회를 부른 것은 그 때문이다.

"주상께서 성년이 되실 때까지 물샐틈없는 경계가 있어야 할

줄로 압니다."

"이를 말씀이옵니까, 대비마마."

한 사람은 임금의 어머니요, 또 한 사람은 임금의 장인이다.
이들 두 사람은 오늘과 같은 시대를 열기 위해 내심 노심초사해
온 사이여서 이들의 의기투합은 어렵지 않았다.

"이 나라 종사에 또다시 지난날과 같은 불미한 일이 되풀이되
어서는 아니 될 줄로 압니다."

성종 5년(1474년).

금원의 신록은 눈부시게 아름다웠다. 성종 초의 태평성세는
누구보다도 인수대비의 심기를 느긋하게 한다. 그녀는 사돈 한
명회를 불러 치하한다.

"이 나라 조선은 상당군 대감의 서랑이 다스리고 있지를 않습
니까. 종사의 초석이 되어주셔야지요."

"미력을 다할 것이옵니다. 심려치 마오소서."

"고맙습니다."

화제가 종사의 일에서 신변의 잡사로 옮겨지고 있을 무렵, 한
명회는 계피 향내가 물씬 나는 수정과로 입술을 적시고 있다. 갑
자기 문 밖이 술렁거렸다.

"마마, 대비마마."

최상궁의 다급한 목소리가 들려왔다.

"무슨 일인지 들어와서 고하게."

대비전으로 들어서는 최상궁의 모습은 창백하게 바래져 있다.

"중전마마의 옥체에 신열이 불덩이와 같다고 하옵니다."

"……!"

한명회는 눈앞이 캄캄해지는 불길한 예감에 젖는다.

"어의는 들었더냐?"

"그러하옵니다."

"무엇이라 하더냐?"

최상궁은 아무 대답도 하지를 못한다. 한동안 망연자실하게 앉아 있던 인수대비가 침중한 목소리로 입을 연다.

"이런 말씀을 여쭈어 어떨지 모르겠습니다만……."

인수대비는 잠시 말을 멈춘다. 어려운 당부가 있을 모양이다.

"하교하소서."

"아직은 중전의 용태를 알 수 없기는 합니다만, 중전을 사가에 피접케 하는 것이 어떨지요?"

"……?"

"어의를 상주하게 하고, 탕제는 내의원에서 마련하겠습니다."

"대비마마."

"이미 왕비 한 사람을 잃지 않았습니까. 대궐의 간병이 번거롭기만 했지 따뜻함이 있어야지요. 나나 대왕대비마마의 간병이 아무리 지극해도 부부인의 손길만이야 하겠습니까."

"망극하옵니다."

"게다가 중전의 발병이 이미 오래 되었으니 사가에 피접한다 해도 하자는 없을 줄로 압니다."

중전 한씨가 시름시름 앓기 시작한 것은 지난해 7월부터다. 이미 여덟 달 동안 와병중에 있었으나 위중한 지경에 이르지 않고 있었을 뿐이다. 한명회로서도 몸소 간병하고 싶은 생각이 아주 없지 않았다. 게다가 두 딸을 같은 장소에서 잃을 수는 없는 노릇이기도 했다.

"대비마마, 감읍하옵니다."

한명회는 눈시울을 적시면서 상체를 깊이 숙였다. 피접을 맡겠다는 뜻이다. 나어린 중전은 인수대비의 따뜻한 배려로 연화방 사저에서 피병을 하게 된다. 어의가 상주하다시피 했고, 그에 못지않게 팔도의 명의들도 몰려들었다. 천하의 세도 한명회의 딸이자 중전이 아니던가. 정경부인 민씨는 딸의 간병과 치성에 밤낮을 가리지 않았고, 한명회는 여식의 병석을 잠시도 비우지 않는다. 밤이 깊어지면 세조대왕의 환상이 보일 만큼 두 내외는 지쳐가고 있다.

성종 5년, 4월 15일. 중전 한씨가 세상을 떠난다. 정경부인 민씨의 통곡은 피를 토하는 외침이나 다름이 없다. 한명회는 넋을 잃은 채 울지도 못했다. 열아홉의 꽃다운 나이, 아직 소생도 없다. 인력으로는 어찌할 수 없는 어떤 가혹한 운명 같은 것이 작용하고 있는 것인가. 세조의 두 아들이 모두 나이 스물에 요절했고, 한명회의 두 딸 중 하나는 열일곱 살, 또 하나는 열아홉 살로 세상을 떠났으니 이를 어찌 예사로운 일이라 하겠는가. 그것도 세자빈과 중전의 지위가 아니던가. 더구나 세조와 인연을 맺은 여식만이 화를 당했으니 사람들이 하늘의 응징이라고 입을 모으는 것도 무리는 아니었음이다.

세 사람의 대비들은 모두 식음을 폐한다. 성종도 음식을 들지 않는 것은 물론이요, 현실의 일에 초연한 줄 알았던 천하의 한명회마저도 머리를 싸매고 드러누워 진향(進香)을 위한 입궐도 하지 않는다. 그러나 대왕대비 윤씨는 한명회를 그냥 놔두고 있을 수가 없다.

"대감, 예가 아닌 줄로 압니다만, 좌상의 자리를 한 번 더 맡아주셨으면 합니다."

결국 한명회는 중전이 죽은 후의 첫 입궐에서 좌의정에 제수된다. 애통한 마음을 빨리 씻어버리게 하려는 배려도 있었지만, 종사의 안위를 꾀하려는 생각이 사실 더 컸다.

대왕대비전을 물러나온 한명회는 휘청거리는 걸음으로 인수대비의 거처를 찾았다. 며느리를 잃은 그녀의 심기를 위로하기 위해서다.

"어서 오세요, 좌상대감……."

한명회를 맞아들이는 인수대비의 눈두덩은 부어 있다. 며느리를 잃은 인수대비요, 딸을 잃은 한명회다. 게다가 두 사람의 인연은 척분이면서도 그 이상으로 각별하지 않던가.

"좌상대감, 중전은 대감의 여식이자 내 며느리였습니다. 대감의 마음이나 내 마음이나 다를 것이 없으니 우리 아무 말 말기로 하십시다."

"……."

"소원해질까 두렵습니다. 더욱 가까이서 정사에 힘을 써주세요. 주상도 곧 성년이 됩니다."

"송구할 따름이옵니다."

"일에 몰두하시면 아픔을 잊기가 쉬워집니다. 이것 보세요, 나도 한 가지 일거리를 만들었음이에요."

대왕대비 윤씨와 똑같은 정감을 표시하면서, 인수대비는 한쪽으로 밀어놓았던 서안을 끌어당긴다. 거기엔 몇 권의 서책이 펼쳐져 있고, 무엇을 쓰던 중인 듯 벼루에 붓이 걸쳐져 있었으며 종이에 달필로 써내려간 글씨는 아직 먹물이 마르지 않은 채였다.

"무엇을 쓰고 계시옵니까?"

"내훈(內訓)이라 이름을 붙일까 합니다만……."

"내훈이요?"

"그렇습니다. 우리나라에는 아녀자들이 보고 교훈으로 삼을
만한 글이 없어서요. 고금의 전적에서 요긴한 글들을 뽑아서 서
책을 하나 엮을까 합니다."

"……."

"열심으로 일을 하고 있으니 시름이 한결 덜합니다. 대감도
물러나려 하시지 마시고 전보다 더 열심히 정사를 보세요."

"명심하겠사옵니다."

한명회는 대왕대비 윤씨와 인수대비 한씨의 배려를 따뜻이
간직하면서 집으로 돌아왔다. 그러나 그 어떤 배려도 한명회의
가슴 한가운데 허허하게 뚫린 구멍을 완전히 메울 수는 없는 일
이다. 자신의 외손이 보위를 이어가게 되리라던 기대와 소망, 그
것이 한순간에 물거품이 되고 말았기 때문이다. 초헌을 타고 가
며 바라본 하늘에는 몇 점 구름이 무심하게 떠 있었다. 부귀도
영화도 모두 한 점 뜬구름일 뿐이리라.

2

　내명부*의 시새움을 바로 다스리는 이가 중전이다. 중전의 자리가 비어 있으면 내명부의 시새움이 바람을 타게 된다. 이는 내명부의 기강이 쉬이 무너지는 일이기도 하다. 임금의 나이가 어리고 그 성품이 어질고 착하면 투기의 바람은 거세진다. 새로이 중전이 될 후궁의 눈에 들기 위한 움직임도 분주해진다.

　내명부의 시새움이 불타오르던 성종 6년(1475년) 봄.

　지난해 성종비 공혜왕후 한씨가 세상을 떠난 뒤부터 서서히 내명부의 기강은 무너져내리기 시작했다.

　성종의 춘추 열아홉 살, 새 중전의 간택은 뒤로 미룰 일이 아니었다. 이때 중전의 자리를 노리는 다섯 사람의 후궁이 있었다. 숙의 윤씨, 소용 정씨, 소용 엄씨, 숙의 권씨. 이들은 모두 빼어난 미모를 갖추고 있었고, 이미 승은을 입었으니 그녀들의 투총은

---

* 품계가 있는 궁중의 여인들을 내명부라고 부른다. 빈(嬪)에는 무계(無階)와 정일품이 있고, 종일품이 귀인(貴人), 정이품이 소의(昭儀), 종이품이 숙의(淑儀), 정삼품이 소용(昭容), 종삼품이 숙용(淑容), 정사품이 소원(昭媛), 종사품이 숙원(淑媛)이다. 이들은 모두 임금의 후궁들이다. 처음 임금의 사랑을 받아 후궁의 낮은 서열에 올랐다가 임금의 은총이 더해지면 마치 사대부들의 승진처럼 품계가 높아지고, 임금의 핏줄을 생산하게 되어서야 귀인을 거쳐 빈의 직첩을 받게 된다. 내명부란 이들 후궁들만을 일컫는 것은 아니다. 정오품에서 종구품에 이르는 수많은 상궁들도 내명부에 해당한다. 젊고 어린 상궁들이나 잔심부름을 하는 무수리 또한 임금의 눈에 들어 사랑받기를 원했다. 그래서 이들 또한 알게 모르게 몸을 단장하고 교태를 부리는 경우도 허다했다.

전장을 방불케 하고도 남았다.

성종은 윤씨의 거처를 자주 찾는다는 소문이고, 정씨와 엄씨는 인수대비전을 드나들면서 윗전의 호감을 사기에 여념이 없다. 그러나 학문이 깊고 의지가 강하며 천성이 총명한 인수대비는 투총의 바람을 우려하며 대왕대비전으로 달려간다. 중전의 간택을 주청하기 위해서다.

"대왕대비마마, 중전이 승하한 지도 벌써 일 년이 지났사옵니다. 주상을 가까이하는 후궁들이 서로 투기하고 시샘할까 걱정이옵니다. 곤위가 비어 있으면 흉용 있는 일이옵니다. 마마, 서둘러 중전을 맞으심이 옳을 줄로 아옵니다."

대왕대비의 표정은 의외로 힘이 없다. 나름대로 고심이 컸던 탓인지 오늘따라 주름살이 더욱 깊어 보인다.

"난들 어찌 모르는 일이겠소. 하나 모든 것은 주상의 뜻에 달려 있지 않습니까? 이토록 오래 중전의 자리를 비워둠은 필시 간택이 아니라 여러 빈첩들 중에서 한 사람을 맞이할 뜻인 듯싶으니, 더더욱 주상의 하명을 기다릴밖에요."

가볍게 한숨마저 내쉬는 대왕대비의 시름은 커 보인다. 눈 밑에 드리워진 짙은 그늘은 그녀가 겪어온 풍상을 보여주는 것이기도 하다.

"대왕대비마마, 조정의 원로대신들도 하루속히 중전을 맞아들여야 한다고 거듭 간하고 있는 때이옵니다. 주상이 서두르지 않으시니 마땅히 대왕대비마마의 하명이 계셔야 되는 일인 줄로 아옵니다."

대왕대비 내외, 즉 세조 내외로부터 효부라는 도장까지 받은 바 있었던 인수대비인지라 그 인품이 부모를 섬김에도 빈틈이 없었거니와, 아랫사람의 조그만 허물이라도 덮어주지 않고 경계한 까닭으로 폭빈이라고도 불리던 그녀가, 지금 비어 있는 중전의 자리를 서둘러 채워야 한다고 충정으로 간하고 있다.

"대비, 대비는 주상의 친모이시니 나보다 주상의 어의를 더 잘 아시겠지요. 주상은 새로 가례색(嘉禮色)을 설치하여 금혼령을 내리고 처녀를 간택하는 번거로움을 바라지 않고 계십니다. 이는 꼭 승하한 공혜왕후를 못 잊어함 때문이라기보다는 그 어지신 성품 탓에 백성들에게 폐를 끼치지 않으시려는 것이 아니오?"

"잘 알고 있사옵니다. 신첩 또한 처녀 간택만을 고집하여 서두르고 있음이 아니옵니다. 빈첩들 가운데 간택을 하든지, 아니면 처녀 간택을 하든지 어쨌든 중전의 자리가 메워져야만 왕실의 위엄과 내명부의 기강이 바로잡히지 않으리까."

인수대비의 간절한 소청이 이어지는데도 대왕대비 윤씨는 아무 언질도 주지 않는다. 그녀는 성종을 에워싸고 있는 후궁들의 인물됨을 은연중에 살펴보고 있음이었다.

대왕대비 윤씨는 환한 웃음을 입가에 담으며 슬며시 화제를 바꾼다.

"그래, 내훈을 짓는 일은 잘 되어갑니까?"

"이제 거의 마무리되고 있사옵니다."

"장해요. 대비 같은 이가 마땅히 수렴청정을 해야 하는 것을 나같이 문자도 모르는 아낙이 정사를 듣는다고 앉았으니, 모든 일이 바르게 이루어지지 않는 게지요."

"당치 않사옵니다. 엄연히 대궐의 법도가 있는데 어찌 대왕대비마마를 두고 제가 나설 수 있으리까."

"법도라니 할 수 없어서 내가 청정을 하고 있지만, 궁중에는 대비 같은 이가 있어야 합니다. 대비가 내훈을 다 지으면 모든 내명부들에게 두루 읽혀 대대로 수신서가 되게 해야겠어요. 호호호."

"망극하옵니다."

오랜만에 마주앉아 웃는 고부다. 공혜왕후가 가고 난 뒤 먹구름으로 가득한 하늘처럼 잔뜩 흐려졌던 왕실이 아니던가. 그러나 이제 새 중전을 맞을 채비를 해나가기 시작하고, 자칫 빗나가기 쉬운 내명부들의 행실이 인수대비의 『내훈』에 의해 바로잡힐 수 있게 된 때다. 대왕대비 윤씨와 인수대비 한씨의 웃음은 그래서 더욱 뜻깊게 들린다.

3

　『내훈』. 인수대비 한씨가 부녀자들의 무지를 깨우치기 위해 『열녀전(烈女傳)』『여교명감(女敎明鑑)』『소학(小學)』 등의 서책에서 명구를 가려내어 일곱 장(章)으로 나누어 엮고 그것을 정음(한글)으로 번안해 만든 책이다. 내명부들의 기강이 날로 해이해지던 성종 6년에 이 책이 간행되자 이 나라 아녀자들에게는 빼놓아서는 안 될 필독서가 되었다.

　대왕대비 윤씨는 인수대비 한씨의 노고를 진심으로 치하한다.

　"대비, 참으로 노고가 크셨습니다. 이제 이 책이면 이 나라 모든 아녀자들이 귀감 삼아 행실을 바로할 수 있을 겝니다. 특히 근자에 기강이 흐트러진 내명부들에게는 꼭 읽혀야 할 책이 아니겠습니까. 이제 내훈이 있어 대내의 기강이 문란해지는 일은 다시없을 것으로 알아요."

　"지나친 과찬인지라 받자옵기 민망하옵니다."

　왕실은 『내훈』의 간행으로 오랜만에 뜻깊은 나날을 보낼 수 있었다. 좀처럼 즐거운 일이 없었던 때였기에 그동안 침체되었

던 왕실의 분위기도, 잃었던 왕실의 권위도 『내훈』으로써 회복
되고 있음이나 다름이 없다.

　―주상전하의 모후이신 인수대비께서 찬술하신 책이란다.

　중신들은 식구들에게 『내훈』을 내놓고 왕실의 위엄을 말하기
도 했고 아녀자들의 바른 행실을 강조하기도 했다. 그때마다 인
수대비의 인품이 새삼스럽게 거론되는 것은 두말할 나위가 없
었다.

　한명회는 『내훈』의 책장을 넘기면서 인수대비의 체취를 느낀
다. 담겨진 내용이 알찬 것은 더 말할 나위도 없었고 물 흐르듯
이어지는 문장에는 힘이 넘치고 있었다. 아무리 대비의 지위에
있다고 해도 아녀자의 학문이 여기까지 이를 수 있던가. 성년을
눈앞에 두고 있는 성종은 어머니의 그늘에 가려 있었는데, 『내
훈』을 살펴보고 있노라면 미구에 인수대비 한씨의 막강한 영향
력이 행사될 것이라는 예감에 젖게 된다.

　어느덧 성종의 나이 열아홉. 이제 웬만큼 왕도에도 익숙해졌
고, 학덕이나 위엄 또한 나름대로 갖추고 있다. 많은 후궁들을
거느렸으면서도 지혜롭게 다스릴 줄 아는 성종이다. 새 중전만
맞으면 성종은 명실공히 이 나라를 이끌어나갈 성군이 될 것이
분명하다.

　"대왕대비마마 듭시오."

내관의 목소리는 맑고 길었다. 대왕대비 윤씨는 협문으로 들어와 청정의 자리에 앉았다. 바로 눈앞에 쳐진 발을 통해 보이는 그녀의 모습은 위엄이 넘친다기보다는 차라리 아름답고 자애롭다.

원상들이나 대소신료들은 이 모임의 뜻을 알고 있다.

"처음에 주상이 유충하고, 대신들이 나의 참결(參決)을 청하므로 내가 사양하지 못하여 매양 조심하고 힘썼다. 하나 이젠 주상의 춘추가 스물이나 다름이 없는데 아녀자인 내가 청정을 할 까닭이 없지 않은가?"

선정전 안은 적막에 휩싸인다. 입을 여는 신료는 아무도 없다. 대왕대비 윤씨는 이미 마음을 굳힌 터라 중신들이 먼저 입을 열기를 기다리고 있다.

"대왕대비마마, 소손 아직 어리옵고 학문 또한 이루지 못하였사옵니다. 거두어주오소서."

성종이 발이 쳐진 쪽으로 몸을 돌리며 간곡히 사양하자 대왕대비 윤씨의 어조는 인자한 할머니의 타이름으로 변한다.

"주상의 춘추 열아홉이면 어리달 수 없어요. 또 주상의 학문이 이미 고명해 있음을 나는 알고 있어요. 이젠 할미에게 의지하지 마시고 만기를 친재해가도록 하세요."

대왕대비 윤씨가 뜻을 굽히지 않자, 신료들은 '아직은 성년이 아니'라는 것을 명분으로 삼고 나선다. 팽팽한 줄다리기의 연속이다. 결국 수렴청정의 폐지는 끝을 맺지 못한 채 해를 넘기게 된다. 시대는 이미 태평성대의 문 안으로 들어서 있었던 까닭으로 대왕대비가 선정전에 나와 청정을 하지 않아도 조정으로서는 아무 탈이 없다.

성종 7년(1476년), 성종은 스무 살이 된다. 문자 그대로 성년이다. 대왕대비는 선정전으로 나와 호통치듯 신료들을 나무라며 수렴청정의 폐지를 선언한다.

"경들은 대체 주상을 어찌 보고 잠자코 있는 게요. 주상의 춘추가 스물에 이르지 않았습니까. 사가라고 치면 벌써 손을 여럿 보았을 가장의 나이가 아니오. 한데도 경들은 내게 서로 충성됨을 자랑하기 위해 이미 왕재로서의 자질을 두루 갖춘 주상에게 정사를 주면 안 된다 하니, 이것이 될 법이나 한 소리랍니까. 이는 왕실을 욕되게 하는 일이며 이 나라 종사를 가벼이 여기는 처사가 아니오!"

노기등등한 질책이다. 조정 중신들은 사소한 일에 명분을 내세우다가 큰일을 놓치는 경우가 허다하다. 마지막 선포인 듯한 대왕대비 윤씨의 호령이 끝나자, 송구스러워하는 성종의 옥음이 들린다.

"경들은 들으세요. 대왕대비마마의 심중이 저리 굳으시다면 더는 불효를 고집할 수 없는 일이 아닌가 합니다. 내 비록 어리기는 하지만 이제 정사를 물려받아 종사의 막중대사를 받들어보 겠으니, 경들이 보좌하는 데 따라 내가 큰 힘을 얻을 수 있을 것 이요."

"신 등은 신명을 다해 주상전하를 받들어 보필할 것이옵니 다."

중신들은 드디어 성종 앞에서 상체를 꺾었다. 조선왕조 최초 의 수렴청정이 막을 내리는 순간이다. 섭정의 세월이 장장 7년, 마침내 성종은 윗전의 치마폭에서 벗어나 자신의 시대를 열어가 게 된다.

비극의 씨앗

1

초가을로 접어든 하늘은 그지없이 높다. 하얀 손수건을 던지면 푸른 물이 묻어날 것만 같은 푸른 하늘이다. 숱한 구설로 인해 근신을 거듭하고 있던 한명회는 참으로 오랜만에 창덕궁으로 들어선다. 새 중전을 책봉하는 날이라 근정전의 내정은 금관조복의 물결이다. 한명회는 느릿한 걸음으로 자신이 서야 할 정일품의 품석(品石) 뒤로 다가간다.

"중전마마 납시오."

내시 김처선의 목소리가 길게 울린다.

대소신료들은 자리를 고쳐 국궁의 자세로 선다. 수많은 상궁

내시들의 인도를 받으며 윤숙의가 모습을 드러낸다. 그녀의 아랫배가 예사롭게 보이지 않는다. 임신 칠 개월의 몸이기 때문이다. 인수대비 한씨는 그녀의 인품을 대수롭지 않게 여겼으므로 정소용을 중전으로 삼고자 하였으나, 윤숙의가 회임한 몸이었기에 애써 만류할 수가 없었다. 그러니 새 중전에 대한 호감이 있을 까닭이 없다.

이어서 중전 윤씨에게 교명(敎命)이 내려지고 책보(冊寶)가 전해진다. 장중한 의식이다. 바람이 불었다. 새 중전의 옷깃을 날리는 맑고 싱그러운 바람이다.

정창손이 나이답지 않은 낭랑한 목소리로 전문(箋文, 길흉의 일이 있을 때 신하가 임금에게 써 올리는 글)을 올려 하례의 뜻을 표한다.

중전 윤씨의 책봉은 사치의 극을 이루는 호화로운 행사로 끝난다. 그러나 인수대비의 마음은 개이지 않는다.

중전 윤씨의 눈언저리가 젖어 있다. 그것은 회한의 눈물이기도 했다. 찌든 가난에서 벗어나 국모의 자리에 올랐는데도 그녀가 눈물을 흘린 것은 사가의 어머니인 부부인 신씨를 생각해서다.

— 어머님, 어머님의 따뜻하신 돌보심이 계셨기에 소녀는 국모의 자리에 올랐사옵니다.

그때 태아가 크게 요동치며 발길질을 한다. 중전 윤씨에게는 모든 시름을 씻어내는 희열이 아닐 수 없다.

장엄하고도 화려했던 중전 책봉의식이 끝나자 중전 윤씨는 대왕대비전으로 든다. 안순왕대비와 인수대비도 동석해 있다. 중전 윤씨는 상궁들의 도움을 받으며 세 분의 대비에게 큰절을 올린다. 이때도 민망하리만큼 눈물이 흘러내린다. 참아도 참아도 눈물은 멈추지 않는다.

"그만 눈물을 거두세요, 중전."

안순왕대비가 따뜻하게 위로한다. 중전 윤씨는 그와 같은 윗전의 은혜가 고맙기만 하다. 대왕대비 윤씨가 차분한 어조로 덕담을 내린다.

"중전, 내가 지금껏 살아서 새 중전의 의연한 모습까지 대하게 되었으니 이제 죽어도 아무 여한이 없습니다."

"당치 않으신 분부시옵니다."

"아니에요, 중전. 중전도 아시고 계실 테지만 무슨 연유에서인지 선대의 왕비가 모두들 단명하여 내 몹시도 면구스럽던 참이었는데, 오늘 왕실의 혈손을 회임한 새 중전을 맞이하게 되었으니 만 가지 시름을 덜게 되지를 않았습니까."

"그러하옵니다, 대왕대비마마. 이제야 왕실의 위엄이 갖추어지려나봅니다."

왕대비가 부연한다. 여기에 무슨 사심이 있으랴. 모든 것이 사실이요, 엄연한 현실이다. 대왕대비 윤씨는 그제야 중전 윤씨를 싸늘하게 살피고 있는 인수대비 한씨를 향해 동의를 구하듯 입을 연다.

"모두가 대비의 홍복이에요. 아니 그렇습니까?"

"망극하옵니다."

인수대비 한씨의 짤막한 대답이 좌중을 긴장하게 한다.

"며느님을 보신 대비께서 한말씀 하셔야지요."

대왕대비 윤씨의 재촉이 있고서야 인수대비 한씨는 자세를 가다듬는다. 역시 무서운 윗전이라고 생각될 정도로 빈틈이 없다.

"중전, 대왕대비마마께서 분부하신 것처럼 나 역시 새 중전이 책봉된 오늘이 기쁘기 한량없어요."

의외로 부드러운 음성인데도 중전 윤씨의 심중을 짓눌러온다. 중전은 더욱 몸을 사리면서도 내심 시어머니 인수대비의 태도에 신중히 맞서나가리라고 다짐한다.

"하나 오늘부터는 중전의 책무가 막중하다는 것을 한시라도 잊어서는 아니 될 것으로 압니다. 예로부터 이르기를 군왕의 선정은 그 비(妃)의 내조로부터 비롯된다고 하지 않았습니까. 중전이 주상의 뜻을 받들어 보필하는 일은, 곧 이 나라 종사의 안위에 관계되는 일임을 한시라도 잊어서는 아니 됩니다. 또한 국모의 자리는 내명부와 외명부의 귀감이 되어 그 기강을 다스려야 하는 막중한 소임이 주어져 있습니다. 중전이 일순간이라도 체통을 잃으면 그때껏 따르던 사람들도 모두 중전을 가벼이 여기게 됩니다. 숙의에서 중전이 된 기쁨에만 들뜨지 말고 한시바삐 중전이 행해야 할 바를 모두 익혀 그간 공백이 컸던 자리를 힘써 메워나가는 데 모든 정성을 다해야 할 것으로 압니다. 내 말 아시겠습니까?"

"예, 명심하겠습니다."

인수대비 한씨의 당부에는 중전이 삼가고 지켜야 할 많은 일들이 담겨 있다. 처음에는 윤숙의가 중전이 되는 것에 극력으로 반대하는 편에 서긴 했지만 곤위에 오른 다음에는 그때의 일에 연연해 있을 수가 없는 인수대비다. 어질고 영명한 국모가 있어야 하는 것은 이들만의 소망이 아니라 종사의 바람이었기 때문이다. 그러나 중전 윤씨의 생각은 그렇지 않다. 시어머니 인수대비가 당부한 말이 고깝게만 들리는 것을 어찌하랴. 중전의 나이가 어려서만은 아니다. 오늘 중전으로 책봉되기까지 얼마나 많은 우여곡절을 겪어왔던가. 그것이 인수대비 한씨의 완강한 참견과 고집으로 빚어졌던 것이라 그 앙금이 쉽사리 지워지지 않는 것은 당연한 일이었다.

2

윤씨가 국모의 자리에 오르게 되니, 인수대비의 후광을 업고자 했던 정소용과 엄소용의 투기가 도질 것은 뻔한 일이었다. 그러나 불행하게도 중전 윤씨는 그것을 슬기롭게 극복할 수 있는 여건을 갖추지 못했다. 사가의 가세가 빈한하여 특출한 인물이 없었던 까닭으로 그녀를 옹위할 수 있는 세력이 없었고, 또한 그 성품에서 오는 용렬함으로 정소용과 엄소용의 투기에 저돌적으로 맞설 위험도 있었다.

성종 7년 11월 7일.

중전 윤씨의 몸에 산기가 돈다. 난산의 조짐이 보이면서 궐 안은 극도의 긴장 속으로 빠져들고 있다. 산실에서 울려나오는 중전 윤씨의 비명소리는 처절하다.

"왜 이리 더디다더냐!"

대왕대비 윤씨는 발을 구르며 초조해한다. 성종은 대전에서 소식을 기다리고 있다. 내시들이 등촉을 밝히고 이리 뛰고 저리 뛴다. 산실의 소식을 조금이라도 빨리 윗전에 알리기 위해서다. 밤은 깊어 자시로 접어든다. 성종은 대전의 문을 열고 툇마루로 나선다. 그때 뒤뚱거리는 걸음으로 달려오는 내시의 모습이 보였다.

"전하, 원자아기씨께서 탄생하셨습니다."

"……!"

"전하, 하례드리옵니다."

"삼경 오점(자정이 지난 시각)이라 사료되옵니다."

아침이 되자 종친과 대신들이 앞을 다투어 하례차 입궐한다. 그들은 한결같이 주청한다.

"전하, 일찍이 오늘과 같은 경사는 없었사옵니다. 청컨대 대사령을 내리시어 무릇 혈기 있는 사람들로 하여금 널리 기쁜 마음을 일으키게 하소서."

"그대로 시행하시오."

대사령은 그날로 내려진다. 원자의 탄생*이니 기쁘지 않을 수 없다. 게다가 사흘 뒤인 11일은 대왕대비 윤씨의 생일이라 경사가 겹쳤다.

그러나 원자를 생산한 중전 윤씨의 지위는 채 이 년도 이어지지 못한다. 자신을 무고하려는 정소용과 엄소용을 해치기 위해 방양서(비방을 적은 책)와 비상을 마련해두었다가 발각되었기 때문이다.

---

* 조정 안팎을 떠들썩하게 하며 태어난 원자, 이 핏덩이가 누구던가. 몇 년 뒤에 융(隆)이라 이름 붙여지고, 그보다 더 몇 년 후에는 세자로 책봉된다. 그리고 마침내는 성종의 뒤를 이어 보위에 오르게 되는 조선왕조의 열번째 임금 연산군(燕山君). 조정에 참혹한 피바람을 불러일으킬 참극의 씨앗인 연산군은 이렇게 만인의 축복을 받으면서 태어났다.

"이런 못된……!"

성종은 진노한다. 비록 춘추는 어려도 어머니 인수대비의 학문을 이어받은 성종의 성품은 옳고 그름에 대한 판별이 칼날과도 같았고, 한번 그르다고 생각되는 일에는 가차없는 단안을 내리는 성품이다. 더구나 승은을 받은 후궁들을 해치려고 방양서를 읽고 있었다면 아무리 원자를 생산한 중전이라도 용서할 일이 못 된다. 성종은 중궁전의 내왕까지 삼가면서 내명부의 기강해이를 심려한다. 이같은 성종의 모습을 지켜보는 인수대비는 느긋하기 그지없다. 애초부터 중전 윤씨를 탐탁히 여기지 않았던지라 내심 바라던 일일 수도 있었다.

박복한 여인이 가는 길에는 불운이 따른다고 했던가. 중전 윤씨의 속내는 점차 원한의 응어리로 가득해진다. 그것은 곧 정소용과 엄소용에 대한 증오나 다름이 없다. 시어머니 인수대비에 대한 원한도 사무칠 수밖에 없다. 결국 중전 윤씨는 원자를 생산한 몸이면서도 점차 고립되어가기 시작한다. 성종의 총애를 스스로 물리치는 꼴이나 다름이 없다. 중전 윤씨는 이름뿐이 된 중궁전에서 홀로 지내는 날이 많아진다. 설혹 그 모습이 애처롭게 보인다 하더라도 이젠 동정하는 사람이 없을 정도로 딱한 지경으로 빠져들고 있다.

3

성종을 기다리며 독수공방으로 살아온 지난 2년이 중전 윤씨에게는 이십 년에 버금가는 야속하고도 지루한 세월이다. 바람이 불어 나뭇가지가 흔들리는 소리조차 성종이 찾아오는 발자국 소리로 착각될 만큼 그녀는 귀를 세우며 참담한 하루하루를 보내고 있다.

—무심한 어른!

이젠 흘릴 눈물도 없다. 한숨 쏟을 기운도 없다. 넋이 나간 듯 앉아 있는 중전 윤씨의 눈빛에는 독기가 서려 있다. 대비들의 관심도 중전 윤씨에게서 점차 멀어져가고 있었다.

"원자가 보고 싶구나……."

중전 윤씨가 이제 네 살이 된 원자가 보고 싶다 해도 상궁이나 무수리들은 그저 망극하다고만 대답할 뿐 누구도 일점혈육인 원자를 데려다주는 사람이 없다. 중전의 뼈저린 고독은 이미 삶이라 할 수 없을 만큼 납빛으로 바래져가고 있다.

절기는 어느덧 한여름으로 들어섰다. 움직이지 않아도 땀이 흐르는 무더운 여름이다. 악을 쓰듯 울어대는 매미 소리도 시원하게 들리지 않는다.

6월 1일. 중전 윤씨는 생일을 맞는다. 이미 그녀에게는 아무

즐거움도, 의미도 없는 생일이다.

"대소신료들이나 내외명부의 하례는 아니 받겠다고 일러라!"

중전 윤씨는 싸늘한 어조로 뱉어낸다. 중전이 아프거나, 왕실이나 종사에 근심거리가 있는 경우를 제외하고는 늘 치르는 큰 행사였음에도 중전이 이를 스스로 중지시킨 것은, 그렇게 하면 성종이 찾아올지도 모른다는 생각 때문이다. 그러나 이 소식을 접한 성종의 반응은 냉랭하기만 하다.

"중전의 몸이 편치 않은 것 같다. 하례는 중지하더라도 표리 (表裏, 생일선물)는 올리도록 하라."

이상궁과 김상궁이 쌓이는 표리를 정리하면서 올린 사람들의 이름을 알려주었지만 중전 윤씨는 허허로운 표정일 뿐, 아무 대답도 하지 않는다. 그녀는 오직 성종의 발걸음이 있기만을 바라고 있을 뿐이다. 만일 성종이 거동해준다면 지난날에 있었던 모든 불미한 일을 눈물로 속죄하며 새 출발을 다짐하리라고 마음을 다지고 있음이다.

성종은 이날도 바쁜 하루를 보내고 있다. 낮에는 경연청에 나가 경서의 강론에 임했고, 경연을 마치고는 정무를 살폈다. 그리고 저녁에는 다시 야대에 나가 대소신료들과 함께 국사를 의논한다.

밤이 이슥해졌는데도 성종이 오지 않자 중전 윤씨는 초조한 마음을 가늠할 길이 없다. 그 초조함은 차츰 분노로 변해가기 시작한다. 그러나 참는다. 아직은 야대가 끝나지 않았을지도 모르기 때문이다.

중전 윤씨는 무수리 홍이를 경연청으로 보낸다. 야대가 끝나면 어디로 향하는지 알아보기 위해서다. 그리고 자신은 손수 성종과 잠자리를 함께할 금침을 살핀다. 이상궁과 김상궁이 소담한 술상을 마련해온다. 이로써 성종을 맞을 채비가 모두 끝난 셈이다.

"홍이는 왜 이리 더디다더냐?"

"아직 야대가 끝나지 않은 것으로 아옵니다."

"그럴 리가 있겠느냐? 누구 한 사람 다시 가보라 일러라."

중전 윤씨의 초조함은 점점 더해간다. 몸소 경연청으로 달려가 성종의 손을 잡아끌고 싶은 충동까지 일고 있음을 어찌하랴.

촛불이 하늘거린다. 중전은 안석에 몸을 던지듯 기대앉는다. 흐트러진 옷매무새를 다시 고쳐보기도 한다.

"쇤네, 홍이옵니다."

"오, 그래. 어서 들라."

중전 윤씨의 가슴이 두근거린다. 야대가 끝났음이 분명했기 때문이다. 홍이가 들어와 앉는다. 그녀의 표정에는 송구함으로 가득하다. 중전 윤씨는 불길한 생각이 든다.

"야대는 마치셨겠지……?"

"그러하옵니다만…… 중전마마, 아뢰옵기 황공하오나 야대를 마치신 주상전하께서는 내간(內間)에 있는 시첩의 거처로 드셨사옵니다."

"……!"

순간 중전 윤씨는 몸을 가눌 수 없을 만큼 아뜩한 현기증을 느낀다. 어찌 이럴 수 있단 말이던가. 설사 미움을 받고 있는 중전이라 할지라도 생일을 맞지 않았던가. 더구나 대소신료들이나 내외명부의 하례까지 거부했다면 그것이 무슨 까닭인지 궁금해서라도 한번쯤 들러보는 게 인지상정이 아니던가. 여기까지 생각이 미친 중전 윤씨는 창백해진 얼굴로 내뱉듯 물었다.

"내간의 시첩이라니? 대체 어느 년이란 말이더냐!"

"일홍(一紅)이라는 아인 줄로 아옵니다."

"고얀년! 그 못된 년이 중전의 가슴에 한을 심으려 들다니!"

중전 윤씨는 벌떡 몸을 일으킨다. 잠시 휘청거리더니 이내 중심을 잡고 말한다.

"일홍인가 하는 년의 거처로 갈 것이니라!"

"중전마마……."

"당장 인도하렷다!"

홍이는 중전의 눈빛에서 살기를 느낀다. 더 이상 만류할 용기가 나지 않는다. 중전 윤씨가 홍이보다 먼저 중궁전을 박차고 나선다. 댓돌 밑에 서 있던 이상궁과 김상궁이 황급히 중전의 앞을 버티듯 막아선다.

"물러서렷다!"

"중전마마, 지금 납시는 일은 궐 내의 법도가 아닌 줄로 아옵니다."

"용서할 수 없음이니라. 감히 중전의 생일날에 시첩 따위가 주상을 모시려 들다니!"

"중전마마, 그와 같은 일은 밝은 날에 다스릴 수도 있을 것이옵니다."

"그렇게는 못한다. 당장 물러서렷다! 홍이는 무얼 하고 있느냐. 어서 앞장서지 않구!"

중전 윤씨의 목소리는 추상과도 같다. 이상궁과 김상궁은 길을 낼 수밖에 없다. 중전이 이미 정상이 아님을 어찌하랴. 이상궁이 눈짓하자 홍이가 등촉을 들고 앞장서 걷는다. 중전 윤씨가 빠른 걸음으로 홍이의 뒤를 따르고 있다.

칠흑 같은 밤이다. 후텁지근한 바람이 중전의 온몸을 땀으로 젖게 한다. 중전 윤씨의 숨소리가 몹시 거칠게 들린다. 앞장선 홍이는 중전의 숨소리에서 전율마저 느끼고 있다. 정말 심상치 않은 일이 아니고 무엇이랴. 중전 윤씨의 마음이 변하지 않는다면 경천동지할 사건이 터지고 말 것이 아니겠는가. 아무리 중전이기로 어찌 임금이 침수 든 방을 침범할 수 있다던가. 그러나 중전 윤씨는 더욱 거칠게 내달리고 있다.

일홍의 거처는 대낮같이 밝다. 중전 윤씨는 중문 안으로 성큼 들어선다. 상궁 둘이 사색이 된 얼굴로 중전 윤씨의 앞을 가로막아선다.

"어인 거동이신지요? 주상전하께서 드셔계시옵니다."

"물러서렷다!"

두 상궁은 중전 윤씨의 거친 숨소리에서 이미 자신들이 나설 수 없음을 깨닫고 양쪽으로 갈라서며 길을 내고야 만다. 중전의 발걸음은 거침이 없다. 댓돌을 오르며 방문 앞으로 다가선 중전은 세차게 방문을 열어젖힌다. 지켜보고 있던 두 상궁은 못 볼 것이라도 본 듯 몸을 돌리며 외면한다.

"이 무슨 해괴망측한 짓이오!"

벼락같은 성종의 노성이 울린다. 어쩌면 중전의 포악함을 제지하지 못한 이들 두 상궁에게까지 중벌이 내려질지도 모를 일이다.

일홍의 방에는 술상이 차려져 있다.

"당장 물리가시오!"

일홍을 안고 있던 성종이 다시 한 번 호통쳤으나 중전은 성큼

방 안으로 들어서며 날카롭게 소리친다.

"네 이년! 썩 이리 나서지 못하겠느냐!"

일홍은 성종의 품에서 황급히 빠져나오면서 휘청거리듯 몸을 떤다. 중전 윤씨가 사시나무 떨듯 하는 일홍의 곁으로 다가선다. 그녀의 불같은 눈초리는 이미 사람의 눈빛이 아니었다.

"네 이년! 오늘이 무슨 날인지 알고 있으렸다! 어찌 너 따위가 중전의 가슴에 비수를 꽂으려 든단 말이냐. 너같이 요망한 것은 죽어 마땅할 것이니라."

"무엄하오! 이 무슨 광태란 말이오!"

성종이 벌떡 몸을 일으키며 다가오려는 순간, 중전 윤씨는 일홍의 목덜미와 볼때기를 싸잡아 후려쳤다. 일홍은 술상 옆으로 나뒹굴고야 만다.

"중전!"

성종의 얼굴에 마침내 분노가 일렁이기 시작한다. 그러나 중전은 쓰러진 일홍의 머리채를 휘감아 쥐고 흔들며 발악하듯 소리친다.

"고얀 년! 요망한 년! 천벌을 받을 년! 어찌 그냥 두리. 내 네 년의 사지를 찢고야 말리라!"

"멈추시오, 중전!"

성종은 중전 윤씨의 팔을 비틀듯 세차게 낚아챈다.

"놓으소서!"

"물러서라지 않았소!"

"못하옵니다!"

"허어, 중전!"

실랑이는 중전과 성종으로 옮겨진다. 중전 윤씨는 성종의 가슴을 마구 밀치며 몸부림친다.

"비키소서. 비켜주소서!"

중전은 울부짖듯 악을 쓰며 성종에게까지 손찌검을 하고 말았다. 제정신이라고 할 수 없다. 그때다.

"앗!"

성종이 짧은 비명을 지르며 두 손으로 얼굴을 감싼다. 난장판과도 같았던 소란이 멎은 것은 그때다. 중전 윤씨는 그제야 제정신으로 돌아와 불안한 눈길로 성종을 바라본다. 성종이 얼굴을 가렸던 손을 내린다.

"아아, 전……하……."

중전 윤씨의 입에서 비명이 새어나온다. 성종의 얼굴에 핏발이 맺힌 손톱자국이 나 있었기 때문이다.

"전하! 신첩의 용렬함을 용서해주오소서."

"듣기 싫소이다!"

성종은 노성을 뱉어내며 방을 나선다.

"전하…… 전하……!"

중전 윤씨는 울부짖으며 따르려 했으나 몸을 가눌 수가 없다. 통렬한 흐느낌만 토해낼 뿐이다.

성종은 진노한 걸음으로 침전에 들어서며 소리친다.

"당장 입직승지를 들라 이르라!"

내시의 대답이 채 나오기도 전에 성종은 자신의 명을 다시 고친다.

"아니니라. 내일 아침 일찍 삼정승과 상당부원군, 청송부원군, 광산부원군을 입궐하라 이르라!"

얼굴에 난 생채기가 아렸다. 성종은 견딜 수 없는 통분함을 느끼고 있다. 일홍의 빰을 후려치고 낚아채던 중전의 포악한 모습이 성종의 뇌리를 어지럽힌다. 아무리 생각해도 폭거가 아닐 수 없다.

성종의 춘추 스물세 살. 대왕대비의 수렴청정이 칠 년간이나 계속되었다 하더라도 보위에 오른 지 어언 십 년이다. 그런 성종에게 임금으로서의 위엄이 없대서야 말이 되는가.

— 폐비하리라!

성종은 그렇게 마음을 굳히고 있다. 지난번에 있었던 비상과 방양서의 일이 다시 뇌리에 떠오르기도 한다. 그때도 성종은 폐비를 주장했었다. 강등에서 복위로 이어졌던 그때의 일도 무척 후회가 된다. 그때 자신의 뜻대로 폐출을 시켰다면 오늘 같은 불미한 일은 없었을 것이 아니겠는가.

어느새 날이 밝아오고 있다. 성종은 침전에 앉은 채 꼬박 밤을 새운다.

4

참으로 지루한 밤이었다. 한숨도 자지 못했지만 성종의 머리는 이상하리만큼 맑다. 그리고 얼마의 시간이 흐르자 내시의 전언이 있었다.

"전하, 재상들이 등청했사옵니다."

"선정전으로 들라 이르렷다!"

갑작스러운 어명을 받고 입궐한 사람들은 영의정 정창손을 비롯한 좌의정 한명회, 윤필상, 심회, 김국광 등이다. 지난밤의 어명이 심상치 않았던 탓으로 이미 승지들과 주서(注書), 사관들까지도 배석해 있다. 모두들 긴장된 눈빛이다. 입궐하여 빈청에서 대기하는 동안 간밤의 일을 어렴풋이나마 듣고는 있었지만, 성종이 그처럼 진노했다면 사태는 짐작보다 훨씬 심각한 것이 아니겠는가.

성종의 마른기침 소리가 침묵을 깬다. 곧이어 조금 격앙된 목소리로 입을 연다.

"과인이 종사를 다스리는 몸으로서 집안을 잘못 다스린 것이니 체신이 말이 아닙니다. 하나 오늘의 일은 사사로이는 제가(齊家)하지 못한 일일지 모르나, 크게는 나라의 기강이 흔들리는 일이라 차마 그냥 덮어둘 수 없어 말하는 것이니, 경들은 과인의 뜻을 새겨 바르게 행해주길 바라오."

짐작대로 중전의 일이 분명하다. 그러나 어느 정도 심각한지는 예측하기 어려웠다. 그저 귀를 한껏 열어 성종의 다음 말을 기다릴 수밖에 없다.

"어제 입직한 승지들만 불러서 통고하고자 했으나, 너무 중차대한 일이라 경들을 부른 것이오. 경들도 알다시피 내간에는 시첩의 방이 있는데, 과인이 마침 어젯밤 한 시첩의 방에 침수들고저 했었소. 그런데 중궁이 아무런 연고도 없이 들어왔어요. 이 일만으로도 이미 법도를 어긴 것인데 중궁은 내게 호통까지 쳤고, 내가 큰 소리로 나무라고 나가려는데 나를 가로막으며 얼굴에 손톱자국을 내기에 이르렀습니다."

성종은 스스로의 강변에 말려들기라도 한 듯 얼굴을 들어 볼에 난 생채기를 내보인다.

"아니, 손톱자국을……."

중신들은 저마다 자신도 모르게 탄식을 쏟아놓는다. 임금의 얼굴에 새겨진 상처, 그것은 도저히 믿기 어려울 만큼 엄청난 사건이었다.

"전하, 그 불경이 진정 사실이옵니까? 신 등은 믿기가 어렵사옵니다."

"들으세요! 내 말을 소상히 들으시오!"

성종은 잠시 노기를 가라앉히고는 천천히 말을 이어간다.

"과인이 전에 중궁의 실덕함이 컸을 때 폐하고자 하였으나 경들이 모두 불가하다 했고, 나 또한 마음을 고쳐 중궁이 스스로 깨우치기를 바랐는데 지금까지도 고치지 아니하고 과인을 능멸하기에 이르렀습니다. 이것은 비록 과인이 제가하지 못한 소치라 하겠으나, 종사의 대계를 위해서 더 이상 참고 있을 수 없는 일이기에 이리 통분해하는 것이에요. 경들은 과인의 심기를 헤아릴 수 있겠소?"

아무도 나서는 사람이 없다. 성종은 좀 더 자신의 뜻을 확실히 해두기 위해 덧붙여 말한다.

"옛날에 한나라의 광무제(光武帝)와 송나라의 인종(仁宗)이 모두 황후를 폐하였는데 아주 작은 허물로 인한 것이었다고 합니다. 하나 과인의 경우는 그 정도가 달라요. 중궁의 실덕은 한두 가지가 아니니 만일 일찍 내치지 않았다가는 뒷날 반드시 후회하게 될 것으로 압니다. 예법에 칠거지악이 있으나 중궁의 일은 자식이 없어 버리는 것이 아니에요. 말이 많은 것이 첫째요, 순종치 않은 것이 둘째요, 투기한 것이 셋째입니다. 이제 마땅히 중궁을 폐하여 서인으로 삼아야 하지를 않겠소."

격분한 와중에도 성종은 중국 역사까지 예로 들었고 예법에 해당하는 일을 두루두루 지적하기도 했다. 성종의 성숙함을 엿볼 수 있는 한편, 이번에야말로 폐비의 뜻을 관철시키고야 말겠다는 의지가 드러나 있음이 아니고 무엇이랴.

"말들을 해보라지 않소이까!"

여전히 아무 말 없이 서로 얼굴만 쳐다보는데 도승지 홍귀달이 간신히 입을 연다.

"신, 도승지 홍귀달 아뢰옵니다. 중전마마의 실덕은 폐하는 것이 마땅하옵니다. 하오나 원자아기씨를 생산하신 옥체이시라 폐서인은 옳지 못하옵니다. 위호를 깎아 별궁에 안치하심이 어떠하겠사옵니까?"

"강봉하면 이는 처로서 첩을 삼는 것이니, 이것이 어찌 옳단 말인가!"

성종의 논조는 빈틈이 없다. 이번에는 좌부승지 김계창이 나선다.

"중전마마의 고명은 이미 중국으로부터 받았고, 원자를 생산하시었으며, 나라의 근본과도 크게 관계되옵니다. 옛날 송나라 인종은 곽후(郭后)를 폐하여 옥청궁(玉淸宮)에 두었으니 원컨대 별궁에 두심은 옳은 일이옵니다.”

성종은 얼굴을 붉히며 벌떡 옥체를 일으킨다.

“어서들 물러가 중전의 출궁 채비를 서두르라!”

성종의 호통에 재상들과 동부승지 변수만이 물러났을 뿐, 다른 승지들은 엎드린 채 물러나지를 않는다. 임금의 뜻에 사사건건 꼬투리를 잡는 중신들의 버릇, 이는 언제고 엄히 다스리고 나갈 일이다. 대왕대비의 허락을 받고 폐출을 정한 다음에 중신들의 이러한 악습을 근절시키리라 다짐하는 성종이다.

5

“아니, 주상! 용안에 난 그 상처가……..”

대왕대비 윤씨와 인수대비 한씨는 성종의 얼굴에 난 손톱자국을 보며 경악을 금치 못한다.

“황공하기 그지없사오나, 중전의 광태가 여기에 이르렀사옵니다. 지난번에 폐출을 논할 때 대비마마께오서 후환이 없게 하라 하셨는데, 바로 그 후환이 이리 나타난 것이옵니다.”

"허허어! 저런 괘씸한 노릇이 있나!"

인수대비 한씨는 억장이 무너지는 탄식을 토한다. 성종이 어떤 임금인가. 그 얼굴에 상처를 내다니, 이는 죽어 마땅할 중죄이고도 남는다.

"중전의 그같은 소행을 그냥 두고볼 수 없는 일이옵니다."

가뜩이나 마땅치 않았던 중전의 소행이라 인수대비의 노성에는 분노의 기운까지 담겨 있었다. 그러나 대왕대비 윤씨에게는 칠 년이나 수렴청정을 했던 경륜이 있다. 원자를 생산한 국모를 벌하는 일이 얼마만큼의 중대사인지 잘 알고 있지를 않겠는가.

"하면 주상은 폐비를 해야 한다고 여기십니까?"

"마땅히 그래야 할 줄 아옵니다."

"중신들이 반대하고 있음일 테지요?"

대왕대비 윤씨는 이처럼 모든 정황을 세세히 점검한다.

"그러하옵니다, 대왕대비마마. 소손은 마땅히 폐비를 명하고자 하였으나, 원임·시임 재상들 이하 모든 대소신료들이 대왕대비마마의 허락이 있은 연후에라야 폐비할 수 있다고 하였사옵니다. 대왕대비마마, 윤허를 내려주소서."

성종은 애원하듯이 말했지만, 대왕대비는 침중한 모습으로 고개를 절레절레 흔든다.

"내가 허락할 것이 무엇이겠어요. 종사가 주상의 의지에 달려 있는데요."

후일의 액운을 예견하고 있음인가. 대왕대비는 폐비라는 말조차도 쓰지를 않는다. 그것은 중신들의 생각이 틀리지 않았음을 잘 알고 있기 때문이기도 하다. 섣불리 폐비의 명을 내렸다가 중신들과 유림의 반발을 사게 되면 다른 모든 국사에도 영향을 미치는 불행한 사태를 빚을 수도 있을 것이기 때문이다. 그러나 성종의 의지는 단호했다. 거기에 적극 동조한 사람이 인수대비 한씨다. 그녀는 처음부터 중전 윤씨를 국모의 자질로 보지 않고 있었지 않았던가. 인수대비 한씨의 찬동이 있고 보면 대왕대비나 왕대비의 처지로서도 반대할 명분이 없어진다. 마침내 대왕대비 윤씨가 단안을 내린다.

"만기를 친재하시는 주상이 아니십니까. 주상의 어의라면 따를밖에요."

"감읍하옵니다, 마마."

이젠 마음이 홀가분해진 성종이다. 세 대비로부터 허락을 얻었으니 더 이상 망설일 것도 없다. 성종은 서둘러 선정전으로 돌아와 추상같은 어명을 내린다.

"어서 중궁을 사저로 내치도록 하라. 동부승지 변수를 제외한 전 승지를 하옥시키도록 하고, 교서를 써올리도록 할 것이며, 종묘에 고할 절차를 갖추어 아뢰도록 하라!"

당당한 목소리다. 모든 일이 끝난 것이나 다름이 없다.

중전 윤씨는 눈물을 흘리며 소교(小轎)를 타고 궐 밖으로 쫓겨난다. 폐비 불가를 외치던 승지들은 모두 하옥되었고, 그 자리는 육조의 참의들로 메워진다. 그리고 교서가 반포된다.

바르게 시작하는 길은 반드시 내치(內治)를 먼저 해야 하는 것이니, 하(夏)나라는 도산(塗山)으로써 일어났고, 주(周)나라는 포사(褒姒, 주나라 유왕의 비)로써 패망했다. 후비(后妃)의 어질고 어질지 못함은 종사의 성쇠가 매인 것이니, 중하지 아니한가? 왕비 윤씨는 후궁으로 곤극(壼極)의 정위(正位)가 되었으나 음조(陰助)의 공은 없고 도리어 투기하는 마음만 가지어, 지난 정유년에는 몰래 독약을 품고서 궁인을 해치고자 하다가 음모가 분명히 드러났으므로 내가 이를 폐하고자 하였다. 그러나 조정 대신들이 합사해서 청하여 개과천선하기를 바랐으며 나도 폐출은 큰일이고 허물은 또한 고칠 수 있으리라고 여겨, 감히 결단하지 못하고 오늘에 이르렀는데 뉘우쳐 고칠 마음은 가지지 아니하고 실덕함이 더욱 심하여 일일이 열거하기가 어렵다. 그러니 결단코 위로는 종묘를 이어 받들고, 아래로는 국가에 모범이 될 수 없으므로 이에 성화(成化) 15년 6월 2일에 윤씨를 폐하여 서인으로 삼는다. 아아! 법에 칠거지악이 있는데, 어찌 감히 조금이라도 사사로움이 있겠는가. 일은 반드시 여러 번 생각하는 것이니 만세를 위해 염려해야 되기 때문이다.

작은 가마 한 채가 폐비가 된 윤씨 앞에 나타난다. 상궁나인들이 폐비를 부축하여 가마에 태운다. 가마가 흔들리기 시작한다. 그야말로 눈 깜짝할 사이에 일어난 일이다. 중궁전에서는 통곡소리가 퍼져나간다.

"중전마마!"

어디에선가 아이 우는 소리가 들려온다. 그제야 폐비는 정신이 번쩍 든다. 자신을 태운 가마가 중궁전 밖으로 나서고 있다.

"원자야, 원자야! 우리 원자는…… 원자의 얼굴을 한 번만 보게 해다오. 원자야, 원자야……."

가마 안에서 폐비는 발버둥치며 소리쳤다. 가마가 잠시 멈춰섰다. 폐비는 재빨리 휘장을 걷고 밖으로 나오려고 했으나 갑사(甲士)들이 막아선다.

"아니되옵니다. 서둘러 출궁케 하라는 주상전하의 어명이 계셨소이다. 얘들아!"

갑사들의 사이로 김상궁의 얼굴이 얼핏 보인다. 윤씨는 애타게 소리친다.

"김상궁, 원자를 부탁해요. 흐흑…… 원자를……."

다시 가마가 흔들리기 시작한다. 중궁전은 뒤로 멀어지고 있다. 눈물이 비 오듯 쏟아졌지만, 이젠 몸부림까지도 부질없는 미련에 불과하다. 이제는 어찌해야 하는지, 눈앞은 온통 칠흑 같은 어둠뿐이다.

궁에 든 지 6년, 곤위에 오른 지 4년. 그 현란하고 아름다웠던 부귀영화는 이제 다시 돌아오지 못한다는 말인가.

― 원자야…….

그래도 원자가 있지 않은가. 실오라기 같은 꿈이라도 있어서 얼마나 다행인가. 원자가 더 자라서 세자가 되면 어미를 다시 옛 지위로 올려놓을 것이며, 이 원수를 갚아줄 것이다.

― 아아, 원자야……!

폐비가 탄 가마가 당도한 곳은 어머니 신씨의 집이다.

"중전마마, 이 어인 지원극통한 일이란 말입니까?"

"어머님, 으흐흐흐."

통한의 눈물을 쏟을밖에, 달리 무슨 수로 이 쓰라린 순간을 감내할 수 있을 것인가.

"중전마마, 실의에 빠져서는 아니됩니다. 비록 폐서인이 되어 사가에 오셨다 하나 주상전하의 총애를 받으시며 이 나라의 국모로 군림하시던 옥체가 아니십니까. 게다가 원자아기씨의 생모이십니다. 설사 주상전하께서 부르시지 않더라도 원자아기씨가 보위에 오르시는 날에는 반드시 옛 지위로 복위될 것입니다. 심려치 마시고 기다리셔야지요 마마, 어서 눈물을 거두세요."

신씨는 손수 수건을 꺼내어 폐비의 백랍 같은 얼굴을 닦아준다.

"어머님, 제가 이 지경에 이르렀는데 원자가 무사할지요. 궁 안에는 간악한 무리들이 날뛰고 있어요. 어찌 무사히 원자가 보위에 오를 수 있겠어요. 으흐흐…… 어머님!"

"그런 말씀 마시라니까요. 살을 찢고 뼈를 깎아서라도 참고 기다리셔야 합니다."

비운의 두 모녀는 어느새 손을 굳게 잡고 있다. 그들은 기사회생의 기회를 하늘에 기구하고 있음이었다.

피 묻은 한삼

1

인수대비 한씨는 몸서리친다. 사가에 쫓겨나 있는 폐비 윤씨의 행실이 도무지 마음에 들지 않아서다. 들리는 풍문은 더욱 해괴하다. 폐비 윤씨가 소복 대신 무색옷을 입고 있더라고 했고, 얼굴에 분을 발라 달덩이와 같은 모습이더라고 한다. 중전의 자리에서 밀려나 서인이 되었다면 근신하고 삼가는 것이 마땅할텐데, 들리는 말이라고는 하나같이 고약할 뿐이다.

"오늘은 바깥출입까지 하였다 하옵니다."

"고얀 것……."

인수대비 한씨의 얼굴에 노기가 서린다. 지아비는 하늘이요,

지어미는 땅이라고 『내훈』에 적었을 만큼 엄격한 인수대비다.

"주상의 심기는 어떠하다 하더냐?"

"아뢰옵기 송구하오나 원자아기씨의 일을 심려하시더라는 전언이옵니다."

"끄음, 정녕 원자의 일을 심려할 양이면……."

인수대비 한씨는 탄식도 이어가지 못할 만큼 몸을 떨고 있다.

─주상, 폐비의 일을 경계해야 합니다. 원자의 앞날이 걱정입니다. 폐비가 문 밖 출입을 하고 있답니다. 이는 죄인이 취할 바가 아니지 않습니까. 폐비가 몸단장을 하고 얼굴에 분칠을 한 게 사실이면 사사를 해도 마땅한 대죄일 것으로 압니다.

인수대비 한씨는 기회가 있을 때마다 성종으로 하여금 폐비의 행태를 경계하게 하였다. 어질고 효성이 지극한 성종은 어머니의 엄격한 훈도를 소홀히 할 수가 없다. 그는 무럭무럭 자라고 있는 원자를 보면 장차 폐비 윤씨로 인해 큰 불행이 있을지도 모른다는 생각에 벙어리 냉가슴 앓듯 고통 받는 날이 많다. 그런데 마침내 성종 13년(1482년) 8월, 폐비의 일이 불거지고 말았다.

길고 무더웠던 여름은 논밭을 말리면서 심한 가뭄을 불러왔다. 농부들이 메마른 가을을 우려하고 있을 때, 승정원에서 폐비의 공봉(供奉, 생활에 필요한 물품을 바침)을 진언하였다.

"금년은 흉년이 들어 백성의 살림이 어려워지고 있사옵니다.

한데 폐비는 무엇을 먹고 살아야 하옵니까. 따로 처소를 정하시어 공봉을 해야 할 줄로 아옵니다."

도승지 노공필의 진언을 시작으로 대사헌 채수, 시독관 권경우, 동지사 이극기 등이 다투어 주청을 한다. 그중 특히 채수는 윤씨가 폐위될 때 승지로 있으면서 폐비의 불가함을 거듭 주장했던 사람이다. 폐비에게 새로 거처를 마련해주자는 것은 물론 식음도 함께 내려야 한다는 소망이 포함되어 있다.

"한때의 국모를 여염에 두심은 온 나라 백성들의 마음을 아프게 하는 일이옵니다. 옛날에 이르기를 '떨어진 장막을 버리지 아니함은 말(馬)을 묻기 위함이다'라고 하였사옵니다. 임금이 사용했던 수레나 말이라도 감히 함부로 처리하지 못하는 것은 지존(至尊)을 위해서가 아니옵니까. 신의 생각으로는 따로 거처를 마련해주는 것이 옳을 듯하옵니다."

시독관 권경우의 주청도 간절하다. 그러나 성종은 진노부디 한다. 목소리는 거칠고 높다.

"폐비된 지 삼 년에, 이제 와서 마음 아프다는 자가 누구인가. 내 그자를 벌하리라. 경들이 아뢰는 까닭은 내가 알겠다. 원자에게 아첨하여 후일의 지위를 노리고 있음이 아닌가?"

"아니옵니다. 인신(人臣)으로서 아뢰는 말씀이옵니다. 어찌 후일을 위한 계책이 있었겠사옵니까?"

"경들은 과인의 심중을 알지 못한다. 경들은 경들의 처가 경들의 발자취까지도 없애버리겠다는 말을 한 것을 들은 적이 있는가. 비상을 차고 다니고, 비상 바른 곶감을 채비해둔 처를 경들은 어찌하겠는가. 원자도 나중에 그 일을 알면 치를 떨고 그어미를 보려 하지 않을 것이다. 그것이 도리어 원자의 효도가 될것이니라."

그러나 중신들은 성종의 말을 조금도 들어주지 않고 계속 폐비 윤씨를 보호하자는 뜻을 내세운다. 또 채수가 나선다.

"금나라의 임금 옹이 즉위하였을 적에 그 먼저 왕인 폭군 양(亮)은 원수의 사람이었지만, 양의 후비(后妃)를 배고프고 헐벗게 하지 않았사옵니다. 폐비에게도 옷과 음식을 내려주소서."

"경은 윤씨가 가난한 줄을 어찌 아는가. 법도를 어기고 그곳에 출입했음이 아닌가?"

성종에 말에 채수는 주춤할 수밖에 없다. 자칫 잘못하다간 법도를 어긴 죄인으로 몰릴 지경이기 때문이다.

"신은 폐비의 집에 가본 적이 없사옵고 그 형제와도 친하지 않사옵니다."

"하면 누가 폐비의 일을 알려주더란 말이냐. 어서 바른대로 아뢰지 못하겠는가?"

그녀의 형제가 아니면 폐비의 집에 출입할 수 없게 되어 있다.

그런데도 폐비의 일을 중신들이 이처럼 잘 알고 있으니 이상한 노릇이 아닐 수 없다.

"이는 필시 곡절이 있을 것이다. 폐비의 집에 누가 드나든 것인가, 아니면 폐비가 스스로 집 밖으로 나와 떠들어댄 것이더냐! 내 그러잖아도 설마설마 하고 있던 참인데 이제야 본말을 밝힐 때가 왔음이로다. 여봐라, 폐비의 아우들을 의금부에 가두도록 하라."

마침내 회오리바람이 일기 시작한다. 헐벗고 굶주리더라도 조용히만 살고 있었던들 이같은 바람은 불지 않았을 것이리라. 그녀를 보호하자고 주청하지만 않았던들 이런 심상찮은 기운은 움트지 않았을 것이 분명하다.

이세좌는 급히 행렬을 갖추어 윤구의 집으로 향한다. 이세좌의 일행이 윤구의 집에 당도했을 때도 세 형제는 폐비의 집에 몰려와 있었다. 아직 폐비를 덮치려는 암운이 사방에서 몰려들고 있음을 모르고 있는 그들이다.

폐비 윤씨는 가끔씩 변복을 하고 밖을 나다니곤 했었다. 물론 원자에 대한 그리움 때문이다. 원자와 비슷한 또래의 아이들이 지나가는 것을 보면 반드시 걸음을 멈추는 폐비였다. 또한 조정 일에 대한 말이 있다면 두 귀를 세우고 들어두었다. 그녀가 들은 바로는 조정에 폐비동정론만 있는 게 아니라는 사실이다.

"윤구, 윤우, 윤후 삼형제가 예 와 있으면 어서 나와 어명을 받들라!"

이세좌의 목소리가 쩌렁쩌렁 울린다. 방 안에 있던 식솔들은 소스라치게 놀란다. 사색이 된 윤구가 장자답게 맨 먼저 문을 열고 나간다. 갑사들이 재빨리 그의 무릎을 꿇게 한다.

"아니, 이러지 마시오. 뭔가 잘못되었을 것이오!"

윤구는 거칠게 반항해보았지만 그것이 통할 자리가 아니다. 윤우, 윤후 두 형제도 차례로 끌려나와 무릎을 꿇는다. 이세좌가 어명을 전하고 갑사들이 세 형제를 포박하고 있는 동안 내관 조진은 열려진 방문으로 안을 살펴보고 있다.

신씨와 폐비의 놀란 얼굴이 보인다. 신씨는 밖으로 뛰어나와 이럴 수는 없는 일이라며 울부짖기 시작했고, 폐비는 망연히 방 안에 서서 눈물만 흘리고 있다. 통한의 눈물일 것이리라. 마지막 의지할 벽을 잃은 여인의 슬픔이 아니고 무엇인가. 그러나 조진은 그 눈물을 보고 있지 않고 폐비의 행색을 보고 있다. 필시 날마다 단장하고 있었음이 분명한 옷차림이었고 머리 모양이다.

"끔……."

조진은 고개를 끄덕인다. 역시 소문과 하나도 다르지 않은 폐비의 모습은 조진에게 의협심마저 불러일으키게 할 정도였다.

─개과천선이 없는 폐비는 사사(賜死)해야 옳다.

"자, 가자!"

이세좌는 세 형제를 끌고 행렬을 재촉하기 시작한다. 세 형제는 곧장 의금부에 하옥된다. 이무렵, 세 사람의 대비는 수강궁으로 거처를 옮겨가 있었다. 더위를 피하기 위함이다. 도승지 노공필로부터 조정에서 있었던 일을 전해들은 대비들은 드디어 올 것이 오는구나, 하면서도 놀라움을 감추지는 못한다.

"그래, 윤씨 삼형제를 가두어놓고 어찌하고 있답니까?"

대왕대비 윤씨가 노공필을 보면서 물었다.

"예, 폐비의 집에 드나든 사람이 누구였으며, 폐비가 집 밖을 드나들었음이 사실인가를 하문하게 하였사옵니다."

"폐비가 날마다 머리를 빗으며 단장하고 있다고 들었는데, 그 점은 누구에게 하문한다 하시던가요?"

인수대비 한씨의 날카로운 물음에 노공필의 대답이 이어진다.

"그에 대해서는 신은 아는 바가 없사옵니다."

"지난번에 여러 차례 폐비의 집에 주상의 언문을 전하러 간 승지가 누구누구이며, 이번에 윤구 형제들을 잡으러 간 사람은 누구였습니까?"

빈틈없는 질문이다. 옆에 있는 두 대비도 노공필의 대답에 큰 관심을 보이고 있다.

"언문을 전하던 승지는 성준·채수 등이옵고, 윤씨 형제를 잡아온 사람은 승지 이세좌이며, 내관으로 조진이 있사옵니다."

"음, 그래요?"

인수대비 한씨는 눈을 빛내며 시어머니 대왕대비를 돌아본다. 대왕대비 윤씨가 인수대비의 뜻을 짐작하겠다는 듯이 입을 연다.

"대비의 뜻을 도승지에게 말하세요."

"도승지, 이세좌와 조진을 불러주시오. 폐비의 행색을 짐작하는 일은 역시 대왕대비마마께서 계시는 이곳에서 해야 할 일이에요. 두 사람에게 폐비 집에 갔었던 일을 하문할 터인즉, 어서 승정원에 돌아가는 대로 내 뜻을 전하세요."

"알겠사옵니다."

노공필이 물러서려는데 대왕대비 윤씨가 그를 다시 불러세운다.

"오늘 조정에서 논의한 것을 들으니, 그 일은 신중을 기해야 할 일인 듯합니다. 우리 세 사람이 함께 언문으로 된 의지(懿旨)를 내릴 터인즉 주상에게 전하도록 하세요. 자, 대비가 친히 붓을 들도록 하세요."

인수대비 한씨는 지필묵을 앞에 두고 언문으로 된 의지를 써내려간다. 완성된 의지는 노공필에 의해 편선으로 옮겨졌다.

2

이세좌와 조진이 노공필의 말을 전해듣고 수강궁에 이른 것은 이미 해가 떨어지고 난 뒤다.

"어서 오시오. 조 내관도 어서 안으로 들라."

두 사람은 긴장된 얼굴로 안으로 든다. 바다 밑과도 같은 분위기다.

"두 사람이 오늘 윤씨 형제를 잡으려고 폐비의 집에까지 갔다고 들었어요."

"그러하옵니다. 본시 윤구의 집부터 찾았으나 삼형제가 함께 폐비의 집에 몰려갔다는 윤구 처의 말이 있었기로 급히 폐비의 집으로 달려가 삼형제를 포박해왔사옵니다."

"폐비는 어찌하고 있던가요?"

"저는 원래 폐비의 얼굴을 알지 못하옵니다. 또 삼형제가 반항을 하기에 그것을 진정시키느라 다른 일에 여념할 수가 없었사옵니다."

"어허! 그리 애써 발뺌을 하는 것을 보니 뭔가 숨기고 있음이 아닌가. 내관도 못 보았느냐!"

"멀리서 보았사옵니다."

조진의 대답에 세 명의 대비는 반색을 한다.

"오, 하면 폐비가 어찌하고 있더냐?"

"삼형제가 포박당하고 있는 동안 방문을 열고 서서 하염없이 눈물을 흘리고 있었사온데, 얼굴은 예쁘게 보이려고 했음인지 단장한 것이 분명했고 머리는 곱게 빗었으며 옷차림새도 죄인의 행색은 아니었사옵니다."

"저런! 죄인의 행색이 아니라면 그럼 무엇이란 말이더냐!"

인수대비의 탄식을 겸한 질책 소리는 높기만 하다.

"죄인의 행색이 아니오라…… 화사한 색깔의 옷을 입었으며, 사대부집 부인보다 그 모습이 사치스러웠사옵니다."

"아, 폐비가 그리도 사악하더란 말이더냐!"

대왕대비는 이마를 짚는다. 세상 사람이 모두 착하리라 믿고 싶어 하는 대왕대비의 성품이 또 한 번 갈가리 찢겨지는 지경이다. 인수대비 한씨가 다시 나서며 거듭 조진의 말을 확인하려 한다.

"조 내관의 말이 어김없이 사실이렷다!"

"그러하옵니다."

"오늘 이곳에서 한 말을 주상전하 앞에서도 다시 할 수 있겠느냐!"

"아, 예. 하겠사옵니다. 오늘의 일은 만세에 알려도 거짓 없는 사실이옵니다."

조진은 얼떨결에 그렇게 대답한다. 자신이 본 폐비의 모습을 좀 더 과장해서 말했다는 사실에 양심의 가책을 느끼면서도 내 친걸음이라 체념하고 만다.

"대왕대비마마, 제가 조진을 앞세우고 주상을 만나겠사옵니다."

"어찌 하시려고요?"

대왕대비 윤씨는 언제나 부드러운 마음씨다. 중전을 지냈던 같은 여인으로 폐비에게 내려질 철퇴를 생각하니 가슴이 아프지 않을 수가 없었던 모양이다.

"후환을 없애야지요. 제 잘못을 모르는 폐비가 오래 살아 있다면 원자에게 어떤 화가 미칠지 모르는 일입니다. 이 일을 주상께 아뢰어 일찌감치 화근의 뿌리를 뽑아야 할 것이옵니다."

대왕대비의 시선은 먼 곳을 향하고 있다. 그것이 바로 경륜이 아니고 무엇이랴. 인수대비 한씨는 폐비가 살아 있을 때의 후환만을 생각했지만, 대왕대비 윤씨는 폐비가 불행하게 죽고 난 다음의 후환까지를 어렴풋이 내다보고 있음이리라.

밤은 이슥해지고 있다. 그러나 지체할 일이 아니다. 인수대비 한씨는 조진을 앞세우고 창덕궁으로 향한다.

성종은 그때까지도 대비들의 의지를 중신들에게 알리고 무언가 결단을 내려야 할 때라는 쪽으로 마음이 기울고 있다.

오늘 조정에서 있었던 일을 전해듣고 몹시 놀랐소. 폐비의 불순함은
이미 수차례나 말하여 모두가 알 것이며 하늘도 이를 모른다 하지 않을
것이오. 폐비는 심지어 주상의 발자국까지 도려내지 못한 일을 늘 탄식
하고 상심해하여 세월 가는 것조차 알지 못하는 형편이라 합니다. 우리
는 모두 주상을 우러러보면서 사는 아낙들입니다. 폐비를 두둔하는 권
경우, 채수 등은 주상의 신하가 아님이오. 모든 것의 옳고 그름을 가려
내어 이를 징계해야 할 것입니다.

필적에는 쓴 사람의 속내가 담겨 있는 법이다. 언문으로 내려
진 어머니 인수대비의 필체는 소름이 돋을 만큼 빈틈이 없다. 성
종은 어느덧 모후의 필체에 잠겨들고 있다.

"도승지 들으시오. 사헌부에 일러 폐비의 집에 어떤 사람이
출입하였으며, 폐비도 어떠어떠한 곳에 출입하였는지를 삼절린
(三切隣, 가까이 사는 세 이웃)들을 가두고 추국하여 사실을 알아
오게 하렷다!"

추상과도 같은 어명이다. 성종의 진노가 이와 같다면 폐비의
일이 막바지로 치닫고 있음이 아니겠는가. 아직도 등촉이 밝혀
져 있는 편전 앞에 가마 한 채가 와서 멎는다. 인수대비 한씨가
가마 밖으로 모습을 드러낸다. 희미한 불빛에 드러난 대비의 얼
굴은 그늘져 있음이 완연하다. 차비문이 열리자 인수대비는 총

총걸음으로 안으로 든다. 그 뒤를 내관 조진이 따르고 있다.

인수대비 한씨의 목소리는 싸늘하다 못해 비장하기까지 하다.

"주상, 조 내관의 말을 들어보시면 알 일입니다만, 폐서인이 되고도 잘못을 뉘우치기는 고사하고, 머리를 빗고 얼굴을 단장하고 화사한 옷을 입고 있다니요. 이것이 어느 나라 법도에 있는 일입니까! 주상, 어서 결단을 내리세요!"

성종은 침통해한다. 악업이 없는 임금이 되겠다고 다짐해온 그가 아니던가. 왕조의 기틀을 잡기 위한 악업은 이미 전조에서 끝이 났다고 믿었다. 자신의 눈앞에는 태평성대만이 펼쳐져야 한다고 믿어온 그다. 사실 모후인 인수대비보다도 더 혹독하게 폐비 윤씨를 다스리라 다짐하고 있었는데 막상 모후의 단호한 진언을 들으니 자신의 처지가 한없이 슬퍼지는 느낌이다.

"주상, 내가 주상의 어진 성품을 탓하고 있는 것이 아니에요. 하지만 이 일은 뒷날의 종사와 관련되는 일이 아닙니까. 종사의 백년대계를 주상의 성품 때문에 그르치게 한다는 것은 말이 되지 않습니다. 어서 결단을 내리세요. 두고 볼 수 없는 변괴입니다."

"어마마마, 소자 또한 폐비가 사치스럽다는 조 내관의 말에 치를 떨고 있사옵니다. 언문을 내리어 그토록 경계하였건만, 그 죄를 뉘우칠 줄 모르고 집 밖 출입까지 하고 몸단장을 하다니요. 당장 사사를 명하고 싶사옵니다. 하오나……."

"하오나 무엇입니까? 원자가 제 어미를 찾는다고 생각해보세요. 원자가 뒷날에 제 어미를 찾아 궁으로 들여놓는다고 생각해보세요. 피바람이 일 것입니다. 종사는 또 어찌 되고요."

인수대비 한씨의 목소리는 애원하는 듯하지만, 불꽃이 일렁이는 서술이 담겨 있다. 아니 눈물로 성종의 결단을 촉구하고 있음이나 다름이 없다.

"모두가 종사와 왕실을 위해서입니다. 주상, 하찮은 계집 하나로 주상이 사초에 어리석은 임금으로 기록되어서야 되겠으며, 이 나라의 기강이 무너지고 종사가 위태롭게 되어서야 되겠습니까! 주상, 어서 사사한다고 명하세요. 사사한다고 말입니다."

마침내 인수대비 한씨의 입에서 사사란 말이 나온다. 그 말을 듣는 순간 성종은 폐부가 찔린 듯한 느낌이다.

"어마마마, 소자에게 내일 아침까지 말미를 주오소서."

"늦출수록 화가 커지는 법입니다, 주상."

"작게는 한 여인을 죽이는 일이나, 크게는 원자의 어미를 죽이는 일입니다. 소자의 심정을 헤아려주오소서."

모후 인수대비를 바라보는 성종의 눈이 물기에 젖고 있다. 인수대비 한씨가 한숨을 놓는다. 더 이상 재촉하는 것은 성종의 심장을 도려내는 아픔이 뒤따르리라 짐작했기 때문이다.

"좋습니다, 주상. 내일 아침에는 결말이 있어야 할 것이에요.

누가 어떤 반대를 하여도 말입니다. 어미 말을 잘 아시겠지요?"

"알겠사옵니다, 어마마마."

밤은 새벽을 향해 가차없이 흐르고 있다. 인수대비 한씨는 성종을 편전에 남겨두고 수강궁으로 돌아간다. 성종에게는 심란하기 그지없는 밤이다. 똑같은 어둠이라 해도 술시가 다르고 자시가 다르다. 달빛은 유난히 밝다. 성종 13년의 추석날 밤이 아니던가. 바람은 후텁지근하다.

"원자의 거처로 갈 것이니라."

성종은 원자가 보고 싶다. 그 어미에게 사약을 내려야 하는 성종이다. 잠이 든 원자의 얼굴을 바라보면서 마음으로나마 사죄의 말을 하고 싶다. 달빛은 사위를 비추고 있다. 아름답고 평화로운 밤이다. 이 나라 최대의 명절이 아니던가.

"원자가 잠이 들었을 것이니라. 깨우지는 말라."

성종의 명이 있자 호종하던 내시와 상궁들은 발소리를 죽인다. 숨소리마저 들리지 않는 고요 속으로 성종의 발걸음이 옮겨진다. 휘황한 달빛이라 이들의 그림자는 선명하게 드러난다.

원자는 잠이 들었다. 성종은 소리없이 원자의 머리맡으로 다가가 앉는다.

— 원자……

성종은 마음속으로 원자를 불러본다. 일곱 살 난 원자의 잠든 모습은 말 그대로 천진무구하다. 그보다 더 아름다운 모습은 이 세상에 다시없을 것이리라.

— 네 어미에게 사약을 내릴 것이니라.

성종은 왈칵 목이 멘다. 눈물이 쏟아져흐를 것만 같다. 성종은 잠시 고개를 돌려 원자를 외면한다. 철모르는 자식에게 죄를 짓는 것만 같아서다. 바로 그때다.

"아바마마……."

원자의 목소리가 들린다. 성종이 고개를 돌렸을 때 원자는 눈을 비비며 일어난다.

"일어날 것 없다. 그냥 누워 있도록 하라."

"아니옵니다. 예가 아닌 줄로 아옵니다."

성종의 가슴에는 알 수 없는 뜨거운 응어리가 요동치기 시작한다. 원자는 무릎을 꿇으며 백옥 같은 잠옷을 여미고 있다.

"밤이 깊사온데 어인 거둥이신지요?"

원자가 지나치게 총명해서인가. 이제 막 잠에서 깨어났는데도 신료들 못지않은 예를 갖추고 있다.

"불현듯 네 잠든 모습이 보고 싶어서 왔구나."

성종은 그 빈틈없이 늠름한 원자를 바라보면서, 자신의 내심이 드러날까 몹시 걱정하고 있다.

— 네가 폐비를 기억하고 있느냐?

그렇게 묻고 싶은 게 성종의 속내다. 사실 원자는 지금의 중전을 생모로 따르고 있다. 그런 예절이 너무나도 완벽하여 한때 원자의 내심을 궁금해하기도 했던 성종이다. 알 수 없는 일이었다. 원자의 총명이라면 폐비의 일을 알고 있으면서도 입에 담지 않을 수 있질 않겠는가.

"이제 그만 쉬어야지……."

"배웅을……."

"아니다. 그런 모습으로 문 밖을 나선대서야 원자의 체모가 서겠느냐. 자, 그만 누워야지."

성종은 서둘러 원자를 뉘였다. 그리고 이불을 가지런히 덮어 준다. 그리고 피하듯 원자의 거처를 나선다. 곧 날이 밝을 것이리라. 어쩌면 잠시 뒤의 일이요, 또 어쩌면 아득히 먼 날의 일 같은 생각이 들었으나 어머니 인수대비와 약조한 시각은 분명히 시시각각으로 밀려오고 있다.

첫닭이 우는 소리가 들린다. 운명의 날, 8월 16일은 그렇게 밝아오고 있다. 성종은 길고 지루한 새벽을 보내고 아침 일찍 편전으로 나와 승지들을 부른다.

"채수, 권경우의 직첩을 회수하라. 또한 윤구, 윤우, 윤후에게는 각기 장 일백 대를 때려 외방에 안치하렷다!"

진노한 듯한 성종의 목소리는 크고 단호하다. 승지들이 만류할 틈도 없이 튕겨나온 다음 어명은 청천벽력이나 다름이 없다.

"폐비 윤씨에게 사약을 내리도록 하라. 또한 그 어미 신씨는 염장이 끝나기를 기다려서 장흥에 유배토록 하라!"

"저, 전하."

"무얼 꾸물거리고 있느냐. 당장 시행하지 않고……!"

"……!"

"좌승지 이세좌가 폐비를 사사할 것이며, 우승지 성준은 지금 당장 이 사실을 세 분 대비전에 고해올리렷다!"

우승지 성준은 피하듯 어전을 물러나간다. 더 머무르고 있다가는 무슨 변을 당할지 모를 일이 아니던가. 이때 사약을 들고 나갈 좌승지 이세좌는 휘청거리는 몸을 추스르지 못하고 있다. 어찌하여 그같은 어명이 자신에게 떨어졌는지 오직 야속할 따름이다. 그러나 거역할 수 없는 일이다. 그는 내의 송흠을 부른다. 목이 타는 듯 목소리도 제대로 나오지 않는다.

"어떤 약이 사람을 죽일 수가 있는가?"

이세좌는 말도 안 되는 소리를 묻는다. 사약은 부자(附子)를 달여서 만든다는 사실을 이세좌가 모를 까닭이 없다. 이세좌의 물음만큼이나 송흠의 대답도 엉뚱하다.

"비상만 한 것이 없습니다."

"어서 채비하게……."

모두들 제정신이 아니었다. 이러한 까닭으로 폐비 윤씨에게 내려질 사약은 부자가 아닌 비상으로 정해지고 만다. 주서 권주가 전의감으로 달려가 비상을 마련했다. 이무렵 이세좌에게는 또 하나의 어명이 내려졌다.

"이세좌는 돌아오지 말고 그 집에 유숙하라."

폐비 윤씨의 염장(殮葬)까지 확인하고 오라는 명이다. 아무리 종사의 일이기로 이세좌에게는 잔인하기 짝이 없는 왕명이다.

좌승지 이세좌, 내관 조진, 주서 권주 등이 죽음의 사자들이다. 이들은 폐비의 집으로 빠르게 달려간다.

폐비 윤씨의 사사. 여기에는 몇 가지 문제점이 있다. 원자를 생산한 왕비를 폐하는 것은 중신들의 주청대로 지극히 부당한 일이었고, 게다가 폐비가 된 지 삼 년 만에 사약을 내리는 것도 명분을 찾기 어려운 일이다. 만일 꼭 사사해야 할 일이었다면 폐비함과 동시에 집행했어야 정상이 아니겠는가. 사사의 이유만 해도 그랬다. 몸을 단장했다는 사실, 집 밖 출입을 했다는 것이 어찌 사약을 받아야 할 중죄이던가.*

---

* 원자를 위한다는 것이 명분이었다. 그러나 앞날의 일을 잠시 앞당겨서 생각해보자. 원자가 자라서 연산군(燕山君)이 된다. 그때 폐비 윤씨가 살아 있어 다시 대궐로 데려와 대비로 올려모셨다면 그것으로 그만일지도 모른다. 물론 이것은 역사의 결과를 놓고 가정해보는 것에 불과하다. 그러나 분명한 것은 연산조에 불어닥친 저 무서운 피바람이 폐비의 사사에서 비롯된 것이 아니던가! 그렇다면 원자를 위해 폐비를 사사한 것은 옳은 명분이 될 수 없을지도 모른다.

3

찬란하고 눈부신 햇빛이다.

폐비 윤씨는 검은 머리를 길게 늘어뜨린 소복 차림이다. 투명한 햇빛은 그녀의 온몸에 고르게 내려앉고 있다. 좌승지 이세좌는 떨리는 목소리로, 아니 울먹이는 목소리로 성종의 교지를 읽었다. 신씨부인의 흐느낌 소리가 간간이 들릴 뿐 사위는 조용하기 그지없다.

이세좌는 읽기를 마치고 교지를 거두었다. 폐비는 모든 것을 체념한 듯 조용히 고개를 든다. 빨간 보자기를 씌운 작은 소반에는 사약 사발이 놓여 있다. 사약 사발을 향해 손을 뻗는 폐비의 얼굴엔 두 줄기 눈물이 흘러내린다. 햇빛은 그 눈물줄기로 빨려들며 영롱히 빛났다.

"마마, 중전마마! 혼자서는 못 가십니다. 못 가시옵니다, 마마!"

울부짖듯 달려드는 신씨를 나졸이 가로막는다. 약사발로 손을 뻗던 폐비가 주춤거린다.

"여보시오들! 나를 먼저 죽여주시오! 내가 사약을 먹겠소. 마마, 가시면 아니 되옵니다. 으흐흐…… 마마, 흐흑…….."

처절한 몸부림이다. 윤씨 가문의 별이며 꽃이던 폐비가 저렇

듯 한을 품고 사라질 수는 없다. 차라리 죽어야 한다면 신씨 자신이 대신 죽어야 한다. 신씨의 울부짖음으로 이세좌도 폐비도 주춤하지 않을 수 없다. 이미 모든 것을 체념했던 폐비는 마치 어머니 신씨의 울부짖음을 달래기라도 하려는 듯이 이세좌를 향해 말한다.

"좌승지, 내가 사약을 마시기 전에 한마디 해도 되겠는가?"

죽으면서까지도 자신이 중전이라는 자부심을 잃지 않는 폐비의 말투가 이세좌는 안쓰럽다.

"어서 말씀하시오."

이세좌의 허락이 있자 폐비는 더욱 꼿꼿이 얼굴을 쳐들고는 이세좌를 노려본다. 이세좌의 가슴이 철렁 내려앉을 만큼 무서운 눈빛이 그 얼굴에 멎어 있다.

"내가 사약을 마시거든 죽어가는 내 모습을 똑똑히 보았다가 주상전하께 말씀 아뢰도록 하게. 내 전생에 무슨 업원이 있어 한 때나마 가까이서 모셨던 주상으로부터 사약을 받는단 말인가. 이제 죽음이 목전에 다가오니 지난날 주상전하를 뫼시던 시절이 꿈같이 피어오르는구나. 아무리 그렇기로 한때의 지아비요, 내 아이 원자의 부왕이신 주상께서 내리신 사약인데 이를 어찌 거역할 수 있으리. 죄 없이 죽어가는 것이 원통하기는 하지만 기쁜 마음으로 사약을 받을 것이네. 주상께 말씀드려주게, 늠름하고 영특한 원자를 잘 보살펴주십사고. 그리고 내가 죽거든 건원릉(建元陵) 가는 길가에 묻어주시면 죽은 고혼이라도 주상전하의 능행길에 다시 뵐 수가 있으니 오직 그것이 소원이라 여쭈어주게."

건원릉 가는 길가에 묻어달라는 폐비의 마지막 소원. 그것은 애절하다기보다 무서운 소원이다. 그러나 아무도 그 소원이 얼마나 무서운 결과를 가져오리라는 것을 예측하지 못할 뿐이다.

말을 마친 폐비는 약사발을 뚫어져라 바라본다. 신씨의 울부짖음이 다시 들려온다.

"마마, 가지마오소서. 이 못난 어미를 먼저 죽이시고 가시는 게 옳지 않사옵니까. 마마, 으흐흐흐……."

신씨는 뛰어오려다 나졸의 팔에 걸려 땅바닥에 나뒹군다. 폐비는 그 모습을 돌아보지 않는다. 돌아보면 피눈물이 흐를 것 같아서다.

"어머님, 고정하시어요. 어명을 누가 어길 수 있어요. 부디 만수무강하시오소서……."

말끝이 흐려지는 폐비다. 울음을 애써 삼키고는 약사발을 든다. 따뜻하다. 이것도 마지막 온기려니 생각하니 참았던 눈물이 왈칵 쏟아져내린다. 그러나 폐비는 망설이지 않고 약사발을 들어 입술에 댄다.

"마마, 중전마마!"

신씨의 울부짖음이 허공을 울릴 때 폐비는 단숨에 약사발을
비운다.

"중전마마…… 으흐흐……."

신씨는 땅을 치며 통곡했고 이세좌는 고개를 돌린다.

"원…… 원, 원자."

폐비가 중얼거린다. 붉은 피가 폐비의 입에서 쏟아지듯 흐른
다. 폐비는 재빨리 한삼(汗衫)으로 입을 막는다. 피는 하얀 한삼
을 적시며 적삼으로 떨어져 흐른다.

"중전마마!"

신씨부인이 달려들어 폐비의 몸을 안는다. 폐비는 온몸을 어
머니 신씨의 품으로 던지듯 기댄다.

"어머님, 이 원통함을…… 이 지원극통함을 우리 원자에게 전
해…… 전해주세요."

폐비는 눈앞이 몽롱해지는 것을 느낀다. 몸은 허공을 날고 있
는 것만 같다. 피는 멈추지 않고 쏟아져흐른다. 그리고 잠시 후
폐비는 고개를 떨어뜨렸다.

"마마…… 중전마마. 으흐흐."

신씨의 오열만이 허공을 울리고 있다. 비운의 왕비는 이렇게
세상을 떠나갔다.

"시신을 방으로 뫼시어라!"

이세좌가 문득 제정신으로 돌아온 듯 명하자 내금위들은 폐비의 시신을 방으로 옮겼다. 이제 염장을 할 일이 남았으나 이일을 주선할 사람이 없다. 폐비의 세 동생들이 장 일백 대씩을 맞고 부처되는 지경에 이르자, 하인종속들은 앞을 다투어 달아났으므로 사람이 있을 까닭이 없다.

4

편전에는 등촉이 켜져 있지 않다. 어둠을 지키고 앉은 성종의 모습은 마치 하나의 돌과 같았다.

—불쌍한 것.

성종은 중얼거린다. 사약을 받고 피를 토하면서 죽어가는 폐비 윤씨의 모습이 선명히 떠오른다. 한때는 백년을 함께 하리라던 지어미였다. 더구나 원자의 생모가 아니던가. 스스로 고집하여 윤씨에게 사약을 내렸건만 가슴 한구석에는 그 여인으로 인한 회한이 남는다.

"전하, 가승지 손비장이옵니다."

"어서 들라."

가승지 손비장은 성종의 앞으로 다가와 앉았으면서 머뭇거리기만 한다.

"폐비의 마지막 모습은 어떠했다 하더냐?"

"원자아기씨의 모후답게 한치의 흐트러짐도 없었다 하옵니다."

"남긴 말은 있었느냐?"

"전하의 윤허가 계신다면 건원릉 가는 길에 묻어달라 하셨습니다."

성종은 눈시울이 시큰해온다. 폐비의 소망이 가슴에 와 닿았기 때문이다. 건원릉은 태조 이성계의 능이 아니던가. 성종이 건원릉으로 나가는 기회만 있다면 구천을 맴도는 고혼(孤魂)으로라도 만나보려는 폐비의 소망, 이를 어찌 애처롭다 아니하랴.

"폐비의 소망을 들어주라. 그리고 내금위의 갑사들을 보내 폐비의 장사를 돕게 하라."

"성은이 망극하옵니다, 전하."

폐비 윤씨의 사사는 일견 왕실의 시름을 더는 일처럼 보였으나, 사실은 그렇지가 않았다. 원자가 살아 있었기 때문이다. 원자의 나이 일곱 살. 창덕궁은 원자의 놀이터나 다를 바 없다. 궐 안에 있는 사람들은 창덕궁의 어디에서나 원자를 볼 수가 있다.

─아기씨가 불쌍해서 어쩌누…….

사람들은 원자의 티 없는 모습을 보면서 폐비 윤씨의 처참한 종말을 상상하곤 했다. 모든 사람들의 가슴에 남아 있는 폐비의 죽음은 원자가 있는 한 지워질 일이 아니다. 이와 같은 생각은 세 사람의 대비도 마찬가질 터이다.

　세 사람의 대비는 성종과 중전을 불렀다. 말이라도 확실히 해 두지 않고는 위안 받을 수 없었기 때문이다.

　"이제 주상 내외분께서 원자를 잘 보살펴야 할 것으로 압니다. 정으로 보살피지 아니하면 성품이 비뚤어질 수도 있지 않겠습니까."

　대왕대비 윤씨의 깊은 생각이다. 그녀는 폐비 윤씨에게 사약이 내려진 이후 몹시 수척해 있다.

　"대왕대비마마, 중전이 곧 원자의 생모입니다. 지금까지도 잘 해주고 있사오니 너무 심려치 마시오소서."

　"……!"

　대왕대비 윤씨는 고개를 끄덕이며 중전을 건너다본다. 뭔가 확실한 대답을 듣고 싶어 하는 간절한 눈빛이다.

　"아직 부족한 것이 많사오나 윗전의 분부를 명심하여 받들 것이옵니다. 바로 인도해주오소서."

　중전의 대답이 공손하면서도 명쾌하자 세 사람의 대비는 몹시 흡족해한다. 성종이 중전의 대답에 부연한다.

"중전이 잘해줄 것으로 아옵니다만, 아직은 부족함이 있을 것이옵니다. 중전을 비롯한 궐 내의 내명부들에게 성지를 내려서라도 폐비의 일을 입에 담지 못하도록 조처해주오소서."

"주상의 말씀이 백 번 옳습니다. 대왕대비마마의 성지가 계셔야 할 것으로 압니다."

왕대비도 대왕대비 윤씨에게 주청하고 나선다.

"대비에게 맡깁니다. 나는 문자도 모자라지만 이젠 나이 들었습니다. 대비께서 맡아서 해주세요."

"예……."

인수대비 한씨는 자신있게 대답하곤 성종에게 당부한다.

"주상, 경계해야 할 사람이 어찌 내명부뿐이겠습니까. 조정의 신료들이나 내시들도 경계하게 해야 마땅한 일이겠고, 특히 원자를 경계해야 합니다."

"……!"

"내가 걱정하는 바는 어미 없는 자식이라 하여 엄한 훈도를 늦출까 하는 점입니다. 그런 일이 없도록 각별히 유념하시도록 하세요."

"명심하겠사옵니다."

"그러기 위해서는 세자 책봉을 서둘러서 학당에 입학케 하여 사부들의 가르침을 받게 하는 것도 방법이 될 수 있습니다. 이

점도 신료들과 의논해보도록 하세요."

"예……."

원자를 바로 자라나게 하는 일. 이제 그 일보다 중요한 것은 없을 터이다. 인수대비 한씨가 세자 책봉을 입에 담은 것도, 학당에 입학시켜 사부들의 가르침을 받게 하려는 것도 이 때문이다. 그것은 원자를 학문에 전념하게 함으로써 잡념을 갖지 못하게 하는 뜻이기도 했다.

이때 대비들의 거처는 수강궁에서 경복궁으로 옮겨져 있었다. 경복궁에서 창덕궁까지는 가마를 타고 다녀야 했으므로 번거로운 편이었는데도 인수대비 한씨는 그것을 번거롭게 여기지 않는다. 원자를 바로 자라게 하는 일이라면 자신이 맡아 해야 한다는 한결같은 집념 때문이다.

인수대비 한씨는 하루도 빠짐없이 창덕궁으로 간다. 원자의 언동을 살피고 문자와 예절에 관한 일을 몸소 확인하기 위해서다. 그래서는 아니 된다, 이리 해야 된다, 인수대비의 훈도는 엄격하기만 했다. 나어린 원자에게는 인수대비 한씨의 주문이 달가울 까닭이 없다. 날이 갈수록 잔소리로만 들린다. 마냥 뛰놀고 싶은 원자에게 할머니 인수대비의 모습은 점차 무서운 존재로 새겨져간다.

"어마마마, 할머니가 무섭사옵니다."

"호호호, 왜 그같은 생각을 하느냐? 할머니는 원자를 위해서 말씀을 하시는 게 아니더냐."

"……."

할머니 인수대비가 경복궁으로 돌아가면 원자는 중전에게 애절하게 하소연하곤 한다. 이같은 나날은 지루하게 반복되어간다. 중전에게도 인수대비 한씨의 지나치게 엄한 성품이 꼭 달가울 수만은 없다. 원자의 하소연이 있는 날이면 자신의 처지마저도 안타까워질 정도였다.

5

어느새 가을이 성큼 다가왔다. 나뭇잎이 떨어져 황량하게 굴러다니는 어느 날, 원자는 할머니 인수대비 앞에 무릎을 꿇고 앉아 엄하게 꾸중을 듣고 있다. 중전은 처음으로 목격한 일이지만 안쓰럽기 그지없다. 일곱 살 난 원자에게는 지나친 힐책이며 주문이라는 것을 뼈저리게 느껴서다.

"원자는 이리 가까이 오너라."

인수대비 한씨는 엄하게 힐문한 것이 가엽다는 듯 원자를 따뜻이 맞아들여 안는다. 그러나 원자는 할머니 인수대비에게 안기는 것이 내키지 않는 기색이 완연하다. 그리고 끝내 소리내어 흐느끼기 시작한다.

―이런 가엾은 것이.

인수대비 한씨의 가슴도 미어진다. 자신이 어디 원자를 미워했던가. 어미 잃은 자식이기에 애써 돌보아주고 있었지만 행여나 하는 염려로 모질게 꾸중할 때도 있었다. 행여라도 사약으로 죽은 폐비 윤씨가 친어미인 것을 알까 두렵고, 왕도를 익혀가는 일을 게을리하지는 않을까, 오직 그것만이 일구월심 뇌리를 떠나지 않았다. 그러나 철없는 세자에게는 지나치게 엄격하고 근엄한 할머니 인수대비가 야차처럼 무서워지고, 때로는 멀리 도망이라도 가고 싶기까지 했다. 그런 어린 세자를 어찌 나무랄 수가 있겠는가.

―어미를 잘못 만나서…….

인수대비 한씨는 문득 그런 생각을 할 때도 있다. 폐비의 사단만 없었다면 얼마나 단란한 왕실이던가. 물론 누구보다 더 자신이 폐비의 사사를 혹독하게 입에 담기는 하였지만 그 모두가 왕실을 위한 일이었기에 인수대비 한씨는 어린 원자를 훌륭한 왕재로 키워 자신의 과실을 보상받고자 하는 마음이다.

"원자야, 할미의 말을 유념해서 들어두어야 한다."

인수대비 한씨는 자신의 품에 안긴 원자를 다독이면서 나직한 넋두리를 뱉어내기 시작한다. 그것은 가슴 깊숙이 쌓여 있었던 회한의 일단이기도 하다.

"네 할아버님 덕종대왕께서 승하하실 때, 아버님은 강보에 싸여 계셨다. 빈궁의 자리에 있었던 할머니는 그때의 일이 잊혀지질 않는구나."

원자가 알아들을 얘기는 아니다. 그런데도 인수대비 한씨는 뭉클해지는 가슴을 억누르면서 말을 잇는다.

"사저로 나와서 십이 년…… 그 십이 년이 이 할머니에게는 견딜 수 없는 긴 세월이었지. 네 아버님 주상을 기르면서 행여나 하는 생각을 한시도 멈춘 적이 없질 않았더냐. 그렇지, 그게 어디 될 법이나 한 일이었더냐. 그래도 이 할미는 소망을 이루었구나. 하늘이 이 할미의 소망을 들어주셨을 것이니라. 네 아버지 주상이 보위에 오르기 위해 사저를 떠나갈 때 할미는 정말 많이 울었다. 그같이 기쁜 일을 당하면서 웬 눈물이 그리도 쏟아지던지……."

인수대비 한씨의 두 볼에는 눈물이 흥건하게 흘러내리고 있다.

"…… 내가 원자에게 야단치고, 행실을 바르게 하라고 가르치는 것은 주상보다도 더 훌륭한 왕재로 다듬고 싶어서가 아니겠느냐. 그걸 마다하고서야 어찌 성군의 이름을 후대에 남길 수 있으리. 원자는 이 할미의 말을 귀담아들어야 할 것이니라. 그래야 훌륭한 왕재로 자라날 수 있을 것이야."

인수대비 한씨가 회한의 넋두리를 마치고 긴 한숨을 놓을 때, 원자는 할머니의 가슴에 안긴 채 잠이 들어 있다.

"호호호, 이런 녀석을 보았나."

인수대비 한씨는 원자를 보료 위에 눕힌다. 잠이 든 원자의 얼굴은 그대로 달덩이와 같다. 인수대비 한씨는 발소리를 죽이며 원자의 거처를 나선다. 날씨는 맑게 개어 있었으나 바람은 차갑다. 인수대비 한씨는 댓돌을 내려서며 민상궁에게 이른다.

"원자가 잠이 들었어. 깨우지 말도록 하여라."

회한의 넋두리가 있었던 뒤끝이라 그런지 인수대비 한씨의 마음은 무겁기만 하다. 그녀는 대궐 안을 혼자 걸어본다. 되도록 나뭇잎을 밟지 않고 걷는다. 그런 생각에라도 골몰하고 있으면 시름을 덜 수 있을 것 같아서다.

"대비마마."

인수대비 한씨는 걸음을 멈추며 소리나는 쪽으로 몸을 돌린다. 엄귀인과 정소용이 환한 얼굴로 다가서고 있다.

"오, 어서들 오너라……."

엄귀인과 정소용은 인수대비 한씨를 자신들의 거처로 인도한다. 엄귀인의 방은 아늑하고 훈훈했다. 지난여름, 무더위를 피해 수강궁으로 옮겨갔던 인수대비 한씨는 엄귀인과 정소용을 자주

대할 수 없었다. 그것은 얼마간 소원한 사이가 되어 있었다는 뜻
일 수도 있다.

"지척이 천리라더니 늘 가까이에 있으면서도 격조해 있었구
나."

"저희들이 용렬한 탓이옵니다. 헤아려주소서."

"꼭 그런 것만은 아니었을 테지. 그간에 불미한 일도 더러 있
었고……."

따지고 보면 이들 두 여인만큼 인수대비의 사랑을 받은 여인
도 드물다. 폐비 윤씨가 중전의 책봉을 받기 전에는 정소용이 중
전의 물망에 오른 적도 있었고, 지금의 중전이 곤위에 오를 무렵
에는 엄귀인이 물망에 오르기도 했었다. 그 모두 인수대비 한씨
의 총애가 있었기 때문이다.

성종의 은근한 고집만 아니었어도 이들 두 여인 중의 하나가
지금쯤 중전의 자리에 있을 터가 아니던가. 인수대비 한씨는 자
신의 뜻이 이루어지지 않은 것이 몹시 서운할 때도 있었으나, 지
금의 중전이 효성이 지극하고 심성이 착했으므로 서운함이 조금
씩 풀려가고 있는 때다.

다과상이 들었다. 인수대비 한씨는 원자와 함께 있었을 때의
우울함에서 밝은 쪽으로 심기를 펴고 있었는데, 정소용의 돌연
한 한마디로 다시 심기가 불편해지고 만다.

"대비마마, 경복궁에서 예까지 납시는 일도 번거로우신데 웬만하시면 원자의 훈도를 중전마마께 맡기심이 어떠실는지요?"

"정소용이 걱정해주는 것은 고마운 일이다만, 원자의 훈도는 곧 종사의 일이 아니더냐?"

"중전께서 탐탁히 여기지 않는다는 풍문이옵니다."

"중전이……?"

인수대비 한씨의 미간이 찌푸려진다.

"중전께서 주상전하께 그리 주청을 드렸다고 들었사옵니다."

엄귀인이 정소용의 의견을 뒷받침한다. 인수대비 한씨에게는 맹랑하기 짝이 없는 소리이고도 남는다.

"대체 무슨 소리야?"

"대비마마께서 원자의 훈도를 지나치게 엄하게 하는 것이 원자의 성품을 해칠 것이라고 걱정하더라 하옵니다."

인수대비 한씨의 안색이 창백하게 바래진다. 엄귀인과 정소용은 귀동냥으로 들은 것을 전하고 있었지만, 인수대비 한씨에게는 괘씸하다는 생각까지 들 정도로 서운한 노릇이 아니고 무엇이겠는가.

—도와주지는 못할망정!

인수대비는 내색하지 않으려고 무척 애를 썼지만 자신도 느껴질 만큼 안색은 달아오르고 있다.

"원자를 보살피는 일은 중전께서도 능히 하실 수 있는 일이라 사료되옵고, 대비마마께서도 번거로움을 더는 일이면 그리 하셔도 좋은 일이 아닐는지요?"

"그 일만은 그렇지가 않다. 원자의 훈도만은 내가 맡아서 더욱 엄히 해야 할 일일 것이니라."

인수대비 한씨의 말은 또렷하고 단호했으며, 듣기에 따라서는 노기마저 서려 있는 어조였다. 엄귀인은 그같은 인수대비 한씨의 노여움이 중전에게 비화되기를 은근히 바라고 있다. 언젠가는 자신의 소생과 원자가 세자의 자리를 다투게 될지도 모르기 때문이다. 그런 날을 위해서는 인수대비 한씨와 중전 사이에 불화가 깊어지는 것이 좋지 않겠는가.

인수대비 한씨를 배웅하고 돌아온 엄귀인과 정소용은 거처로 들어서면서 소리내어 웃는다.

"형님, 어쩜 제가 하고 싶은 말을 그렇게도 잘 아십니까. 호호호."

"귀인의 마음이 제 마음 아닙니까."

"호호호, 아무리 그렇기로…… 대비마마께서는 중궁전으로 가셨을 것이옵니다."

"그러자고 한 일이 아닙니까. 모르긴 해도 중전이 크게 꾸중을 들을 것입니다."

"형님, 고맙습니다."

이들의 예감은 적중한다. 인수대비 한씨는 엄귀인의 거처를 나서자마자 곧바로 중궁전으로 향한다. 원자에 관한 일이라면 결판을 내야 했고, 그녀의 성품으로는 그런 일을 가슴에 담아둘 수가 없기도 했다.

"주상에게 그런 진언을 드린 일이 있었습니까?"

중전은 얼굴을 붉힌다. 어느 못된 것이 그같은 말을 인수대비 한씨에게 옮겼는지 생각할 겨를이 없다. 다만 인수대비 한씨의 불벼락을 모면해야 한다는 생각만으로 가득할 지경이다.

"대비마마, 아뢰옵기 송구스러운 말씀 여쭙고자 하옵니다."

"그렇게 하세요. 그대신 숨김없이 말씀해주셔야 합니다."

"대비마마께오서 원자의 훈도를 마치시고 경복궁으로 가시면 원자는 늘 제게 와서 대비마마가 무섭다고 울먹이곤 하였사옵니다. 저는 그때마다 그 모든 것이 원자를 위한 것이니 할머니의 훈도를 귀담아듣고 받들어야 한다고 타일러왔사옵니다. 하오나 그런 일이 계속된다면 원자의 가슴에 저는 좋은 사람으로 새겨질 것이오나, 대비마마께서는 무서운 어른으로만 느껴지지 않을까 하는 두려움에서, 외람되게도 주상전하께 원자의 훈도를 제게 맡겨주십사 하고 진언드린 적은 있사옵니다. 하나 결코 다른 뜻은 없사옵니다. 잘못된 일이면 용서해주오소서."

중전은 솔직하게 자신의 심중을 털어놓는다. 가슴 한구석이 시원해지는 후련함은 있었으나 인수대비의 호통이 있을 것 같아 몹시 불안하기도 했다.

"그런 뜻으로 진언했다면 나로서는 고마워해야 할 일이겠지요."

"망극하옵니다."

"하나……."

"……?"

"원자의 일만은 중전에게 맡겨둘 수가 없습니다. 이는 중전을 믿지 못해서가 아닙니다. 원자가 어떤 처지에 있는지는 중전께서도 잘 알고 계실 터라 다른 말씀은 드리지 않겠습니다만, 원자의 훈도가 잘못되면 그것이 곧 이 나라의 종사가 잘못되는 일이라고 나는 생각합니다. 이 점은 중전께서도 아셔야 합니다."

"그걸 제가 어찌 모르리까. 다만 원자의 가슴에……."

"걱정 마세요. 설사 내가 원자의 가슴에 원수 같은 할미로 비쳐진다 해도 그것이 이 나라 종사를 바로하는 길이라면 후회하지 않습니다. 나 한 사람쯤 아무려면 어떻습니까."

"……."

중전은 인수대비 한씨의 단호함에 머리를 숙여야 했다. 인수대비 한씨의 그런 성품을 모르는 것은 아니었지만 왠지 가슴 섬뜩해지는 전율이 느껴졌기 때문이다.

"그러니 중전께서도 내 일에 마음 쓰지 마시고 원자의 일에나 마음 쓰세요. 온 조정과 왕실이 함께 매달려야 할 일입니다."

"명심하겠사옵니다, 대비마마."

중전의 다짐을 받은 인수대비 한씨는 창덕궁을 나섰다.

─차라리 중전에게 맡겨서…….

안 되지, 오직 안 된다는 생각뿐이다. 무슨 일이 있어도 자신의 노력과 정성으로 폐비의 일만은 알지 못하게 하고 싶었기 때문이다. 적장자로 태어나지 않았던 성종을 주상의 자리에까지 밀어올렸던 자신이 아니던가. 한번 한다고 마음먹은 일은 꼭 성취하고 말았던 인수대비다. 원자의 일도 자신의 소망대로, 폐비의 일을 모르는 성군으로 만들 수 있을 것이라는 그녀의 자만심이 후일 얼마나 큰 비극을 불러일으키리라는 것을 지금으로서는 전혀 짐작도 할 수 없는 일이었다.

6

폐비 윤씨가 백옥 같은 옷자락을 피눈물로 적시면서 지원극 통한 종말을 맞은 지도 어언 오 년의 세월이 흘렀다. 명망(名望)

에 때를 묻혀가면서도 살아 있다면 끈질긴 목숨일 수밖에 없으리라. 폐비를 사사한 후에 성종은 그 일이 원자에게 알려질까 몹시 두려워했다. 그러나 아무리 성종이 '백년 후에도 고칠 수 없는 대죄'임을 되풀이해 강조하였다고 하더라도, 폐비의 핏줄로 왕위가 이어지게 되면 언젠가는 폐비의 사사가 피바람을 몰고 올 것은 자명한 이치가 아니겠는가.

"전하, 상당부원군께서 위중하시다 하옵니다."

이젠 한명회도 칠십을 넘긴 노구다. 정경부인 민씨와도 사별을 했다. 그의 의식세계는 고립무원의 벌판을 서성이고 있었고, 그의 외관은 마른 삭정이 가지에 매달려 있는 마지막 나뭇잎과도 같았다.

한명회는 숱한 우여곡절을 겪으면서도 권부의 정상에서 내려선 일이 없다. 그것도 단종, 세조, 예종, 성종의 4대를 거치는 장장 삼십오 년여의 세월이었다. 그러나 죽음을 눈앞에 두고 병석에 누워 있는 그에게는 아무것도 남아 있지 않다. 사재를 털어서까지 종사를 도왔고, 왕비가 되었던 두 딸은 스물을 넘기지 못한 채 세상을 버렸으며, 외아들 보는 아직도 미관말직에서 헤어나지 못하고 있다. 얼핏 비참한 종말로 보이지만 한명회에게는 후회 없는 삶이다. 자신이 있음으로 인해서 4대의 왕업이 이어오지를 않았던가. 그 자부심 하나만으로도 한명회의 삶은 왕조의 씨앗이고도 남았다.

연화방 한명회의 집은 적막강산과도 같다. 아무도 찾아오는 사람이 없다. 한명회의 뇌리에는 폐비의 사사가 응어리져 있다. 그것이 피바람이 되어 소용돌이치는 액운으로 다가온다면 자신이 나서서 가로막고 싶은 일이었지만 지난 일임을 어찌하랴.

앙상한 나뭇가지가 바람에 실려 소리내 울었다. 다른 해에 비해 일찍 다가온 추위는 혹독했고 동짓날이 되면서 사람들의 몸을 움츠리게 한다. 사람이 죽고 사는 것은 천명이라 한다던가. 그러나 한명회가 위중한 지경에 있다는 비보는 성종에게도 남의 일 같지 않은 충격이다. 더구나 인수대비 한씨의 비통함은 성종의 그것에 비길 바가 아니다.

"주상, 돌보아드리도록 하세요. 왕실로 보나 종사로 보나 예사롭게 대하실 어른은 아닙니다. 한때는 주상의 국구가 아니셨습니까?"

"잘 알고 있사옵니다."

"종사에 대공을 세운 원훈이지만…… 그 어른에게 남아 있는 것이 무엇이 있습니까? 다른 분이라고 생각을 해보세요. 지금쯤은 부러울 것이 없을 겝니다."

인수대비는 뜨거운 눈물을 흘린다. 그녀에게는 시아버지 세조

못지않은 의지처가 아니었던가. 성종은 애통해하는 어머니 인수대비의 참담한 모습을 뒤로하고 돌아와 한언과 김처선을 한명회의 집으로 보냈다.

두 사람이 한명회의 집에 당도했을 때, 한명회는 이미 관복을 입고 있었다. 창백한 모습인 채 땀을 삘삘 흘리는 한명회의 모습은 목불인견이다. 그는 마지막 작별 문후를 올리기 위해 혼신의 힘을 다하고 있다. 주위에서 감히 만류할 수조차 없는 처연한 광경이다. 한명회는 몸을 부르르 떨면서도 귀기 서린 눈을 빛내며 일어서고 있다. 그리고 북쪽을 향해 사배를 올린다. 탈진한 듯이 절을 마친 그는 옆으로 쓰러진다. 한언과 김처선이 부축했으나 그의 눈동자는 이미 죽음 쪽으로 몰려 있다.

"대감, 마지막 소망을 말씀하소서. 전하의 엄명이 계셨습니다."

김처선은 귀를 세우며 채근한다. 한명회는 숨가쁜 목소리로 마지막 말을 입에 담는다.

"주, 주상전하께…… 처음에는 부지런하고 나중에는 태만해지는 것이 인지상정이니, 원컨대 나중을 삼가기를 처음처럼…… 처음처럼 하소서."

어찌 기막힌 말이 아니랴. 단종, 세조, 예종, 성종의 4대를 풍미하면서 조선왕조의 흐름을 바꾸어놓았던 한명회는, 참으로 아름답고 교훈적인 유언을 남기면서 파란으로 점철된 삶을 마감했다. 향년 73세였다.

피 바 람 의   전 주 곡

1

혹독하게 추운 겨울이다. 십년 만에 찾아온 추위라는 둥, 까치가 얼어서 죽었다는 둥 대궐 안 참새들의 입방아도 추위 못지않게 기승을 부린다. 게다가 섣달 스무사흗날이면 세모를 눈앞에 두고 있는 때가 아니던가.

바람소리가 스산하게 들리면서 등촉도 아물아물 흔들린다. 저녁상을 물린 인수대비 한씨는 단아한 모습으로 자신이 쓴『내훈』을 살펴보고 있다. 내용이야 고금의 명저에서 추린 것이기에 나무랄 데 없지만, 비로소 조선의 여인네들에게 살아가는 법도를 일깨워주었다는 자부심 때문에 인수대비 한씨는 스스로『내훈』을 펼칠 때마다 가슴이 뿌듯해지곤 한다.

이제 쉰여덟 살, 그간에 스쳐간 세파처럼 머리는 이미 반백이 되었고, 어차피 받아들일 수밖에 없었던 우여곡절은 잔주름이 되어 이마를 흘러간다. 그토록 왕재로 다듬고자 했던 성종도 어언 재위 25년을 마무리하고 있었고, 사람들은 그를 두고 세종대왕에 버금가는 성군의 자질이라고 칭송을 아끼지 않았다.

추위를 재촉하는 바람소리가 들린다. 인수대비 한씨가 잠자리에 들 생각으로 몸을 일으켰을 때다. 대전내관의 다급한 목소리가 들린다.

"대비마마, 아뢰옵기 송구하옵니다만, 잠시 전 주상전하께오서 혼절하셨사옵니다."

"혼절이라니, 야대에 드셨다지 않았느냐."

"침전으로 돌아오시는 길에……."

"이런 변이 있나."

인수대비 한씨는 살을 에는 밤바람을 누비며 허둥지둥 침전으로 달려간다. 퇴청을 아니했던 모양으로 영의정 이극배, 좌의정 노사신, 우의정 신승선이 침전의 내정을 서성이고 있다가 인수대비 한씨를 맞는다.

"대왕대비마마, 대체 이 일을 ……."

"아직 젊으신 주상이 아니십니까. 별일 없을 것이니 경들은 아무 심려치 말고 퇴청들 하세요."

인수대비 한씨는 잔잔하지만 싸늘한 어조로 훈신들을 위로하고 성종의 침전으로 든다. 먼저 와 있던 세자 융이 물기에 젖은 목소리로 입을 연다.

"할마마마, 소손도 알아보지 못하시옵니다."

"그럴 리가……."

인수대비 한씨는 철렁 내려앉는 속마음을 숨기며 성종의 곁으로 다가가 앉는다. 그리고 성종의 핏기 가신 손을 조심스럽게 당겨 잡아본다.

"주상, 어미가 왔습니다. 눈을 좀 떠보세요."

성종은 미동도 하지 않는다. 그제야 인수대비 한씨는 불길한 예감에 휩싸이면서 다시 어의를 불러들이라는 명을 내린다. 세모를 앞둔 혹독한 추위가 몰아치는데 대궐 안은 발칵 뒤집혔다. 내의들의 분주한 움직임이 있고, 탕제가 달여지는 등의 법석이 쉬지 않고 반복되었지만 성종의 용태에는 아무 변동이 없다.

인수대비 한씨는 혼절에서 깨어나지 못하는 아들 성종의 모습을 애타게 지켜보면서 허망하게 흘러간 세월을 뒤돌아본다. 자신의 곁을 떠나간 수많은 죽음들. 지아비는 의경세자의 자리에서 세상을 떠났고, 시아버지 세조는 파란과 곡절을 남기면서 눈을 감았다. 그리고 며느리 한씨는 열아홉 살 꽃같은 나이에 회한으로 가득했던 삶을 마감하지 않았던가. 그러나 인수대비 한 씨의 가슴에 돌이킬 수 없는 아픔을 안겨다주었던 것은 시어머니 정희왕후의 죽음이었다.

십 년 전, 그러니까 성종 14년 3월 30일.

세조비 정희왕후의 임종은 인수대비 한씨의 애간장을 찢어내는 아픔이었다. 사사롭게는 시어머니와 맏며느리의 사이였지만 공적으로는 문종, 단종, 세조, 예종, 성종조로 이어지는 5대에 걸친 왕실의 파란을 함께 헤쳐온 동지나 다름이 없었다. 그때 정희왕후 윤씨는 며느리 인수대비의 손을 잡고 당부하지를 않았던가.

"대비, 대비의 아드님이 아니십니까. 부디 성군으로 다듬어주세요."

"주상은 이미 성군이십니다. 심려치 마오소서."

"압니다. 그러나 나는 대비의 확답을 듣고서야 눈을 감을 수 있어요."

정희왕후가 아니었다면 성종은 왕위에 오를 수 없었다. 그녀가 장손인 월산군을 제치고 둘째인 잘산군으로 보위를 이어가게 하였던 것은, 어머니인 인수대비의 학덕과 장인인 한명회의 경륜으로라도 지아비 세조가 못다 한 태평성대를 이룰 수 있으리라는 열망 때문이었다.

"어마마마, 성심을 다할 것이옵니다. 심려치 마오소서."

"믿어요. 그리 믿고 떠나겠습니다."

정희왕후 윤씨는 그렇게 소망하면서 66세를 일기로 파란으로 점철된 삶을 마감했다. 그로부터 십 년 세월이 흐르면서 성종은 가없는 학문과 넓은 도량으로 내치(內治)는 물론, 외교에 이르기까지 빈틈없는 지도력을 발휘하여 세종대왕의 치세를 방불케 하는 태평성대를 이루어놓지를 않았던가.

"세자."

"예, 할마마마."

"당장 무슨 불행이 있겠습니까만, 아바마마께서는 성군이십니다."

"잘 알고 있사옵니다."

"세자는 아바마마를 본받으셔야 합니다. 또 부왕의 가르침과 유지는 반드시 받드셔야 합니다. 아시겠습니까."

인수대비는 미구에 보위를 이어가게 될 손자에게 마치 아버지를 대신하는 듯한 당부의 말을 한다. 그것은 폐비에 대한 관심에서 헤어나기를 바라는 소망이기도 했다.

"어마마마……."

성종이 가래 끓는 목소리로 어머니를 부른다.

"오, 이제야 정신이 드셨습니까."

"세자가 아직 어립니다. 수렴청정이 어려우시면 원상을 두시고……."

"수렴청정이라니요. 주상, 대체 그게……."

"소자의 불효를 용서해주오시고, 세자를…… 세자를 잘 좀……."

비로소 인수대비 한씨는 당황하기 시작한다. 성종이 운명하고 있었기 때문이다.

"여봐라, 밖에 아무도 없느냐!"

침전의 밖이 다시 어수선해진다. 시각은 섣달 스무나흗날의 묘시(卯時). 세종시대의 찬란한 태평성대에 버금가는 새로운 문치 시대를 열어가고 있던 성종이 세상을 떠났다. 춘추 서른여덟이면 실로 아까운 나이가 아니고 무엇이랴.

"주상, 어미를 남겨두고……."

인수대비 한씨는 통곡을 쏟는다. 열세 살 난 잘산군을 임금의 자리에 밀어올렸을 때가 서른세 살, 그간에 있었던 우여곡절을 어찌 말로 다할 수 있으랴만, 먼저 간 자식은 가슴에 묻는다는 말처럼 인수대비의 통한은 비할 데가 없다. 다섯 달 동안의 국상 기간이 끝나고 성종의 유해는 광주 땅에 묻힌다.*

---

* 능호는 선릉(宣陵), 지금의 서울특별시 강남구 삼성동이다.

2

새 임금은 열아홉 살.

마침내 연산군은 아버지 성종의 뒤를 이어 조선왕조의 열번째 임금으로 등극한다. 그는 하루에도 몇 번씩 아버지의 빈전(殯殿, 상여가 나갈 때까지 왕이나 왕비의 관을 모시던 전각)에 들러 자신이 아직 어려서 모든 것이 두렵기만 하다는 것을 진심으로 고하고 성군의 길로 인도해주실 것을 간곡히 청하면서 눈물을 흘리는 효성을 보인다. 그러나 사람들은 그가 생모인 폐비 윤씨의 죽음에 대해 관심을 갖고 있다는 사실을 어렴풋이 짐작하고 있었으므로 가슴 졸이는 나날을 보낼 수밖에 없다. 폐비 윤씨의 처참했던 마지막 모습이 그에게 알려진다면 피바람이 소용돌이치는 복수극이 벌어질 것은 자명한 이치이기 때문이다.

새해가 되어 따뜻한 바람이 불기 시작하자, 모두가 우려하고 있던 폐비 윤씨의 일이 급기야 드러나기 시작했다. 놀랍게도 연산군이 먼저 발설했다면 어찌되는가.

"호조참의는 판봉상시사 윤기견을 알고 있을 테지요."

"……!"

아찔한 노릇이 아닐 수 없다. 사사롭게는 연산군의 처남인 호조참의 신수근은 자리를 함께한 풍원위 임숭재의 눈치를 살핀다. 임숭재의 얼굴도 이미 사색이 되어 있다.

"허어, 왜들 대답을 아니 하시오!"

판봉상시사 윤기견은 연산군의 생모인 폐비 윤씨의 아버지가 아니던가. 그의 이름이 거명되면 자연히 폐비의 사사도 거론될 수밖에 없다. 그러므로 신수근으로서는 감당할 수 없는 일이며, 두려움을 동반하는 일이 아닐 수가 없다.

연산군은 다시 소상하게 부연한다.

"승하하신 대행대왕(성종)의 묘지문(墓誌文)을 보았어요. 내 어머님께서는 폐위되신 것으로 적혀 있었습니다."

"……."

아, 신수근과 임숭재는 마른침을 꿀꺽 삼킬 수밖에 없다.

"지금의 대비마마께서 내 생모가 아님을 짐작은 하고 있었던 일이나, 내 생모가 폐위되어 물러났다는 사실은 이번에 처음 알게 되었다니까요."

"전하!"

"묻는 말에나 대답하세요. 내 외조부 윤기견은 지금 어디서 무엇을 하고 있습니까?"

폐비 윤씨에 대한 일을 입 밖에 내는 것은 오래된 금기의 하나가 아니던가. 그러나 연산군은 자신의 생모가 폐비가 되어 사사된 것을 정확히 모른 채 보위에 올랐고, 아버지의 묘지문을 보고서야 비로소 그 사실을 알았다고 하고 있다.

"전하의 외조부 윤기견은 따님이 중전으로 책봉되기 전에 이미 세상을 떠나신 것으로 알고 있사옵니다."

연산군은 허망한 눈빛을 굴리면서 한숨을 놓는다. 보기에도 안타까운 모습이다. 이번에는 신수근이 조심스럽게 입을 연다. 연산군의 진의를 살피기 위해서다.

"전하, 무엇을 아시고자 하시옵니까. 이제 새삼스럽게 그 일을 거론하시는 것은⋯⋯."

"딱하시오, 내 생모가 폐위가 되어 쫓겨났다면 그에 합당한 죄명이 있었을 것이오. 그러나 이미 승하하셨다니 애통하기 그지없소만 폐비에게도 식솔들이 있었을 것이 아니오. 그들은 지금 어디에서 어찌 살고들 있다는 말이오."

연산군은 어머니의 사사를 모르고 있었기에 외가의 식솔들이 살아 있는지를 물었고, 신수근과 임숭재는 그야말로 죽어넘어가는 목소리로 윤씨 일족이 살아 있음을 고하고야 만다.

"폐비의 어머님과 남자형제들이 귀양처에서 지내고 있을 것이옵니다."

"귀양살이면, 그들에게도 지은 죄가 있을 것이 아닌가."

"거기까지는 소상히 모르옵니다. 신 등이 어렸을 때의 일이옵니다."

참으로 아슬아슬한 내용이었으나, 이날 나눈 대화는 더 이상 진척되지 않고 끝났다. 그러나 연산군이 폐비와 외가의 일에 관심을 표명했다는 사실 하나만으로도 문제는 복잡하게 전개될 수밖에 없는 일이었다. 아첨하는 무리들이 연산군의 마음을 사로잡기 위해 밀고를 하듯 거론하는 경우를 배제할 수가 없기 때문이다.

연산군은 며칠을 궁리한 끝에 묘안을 한 가지 생각해낸다.

"승정원일기(承政院日記)를 상고해서라도 폐비에 관한 일을 세세히 살펴서 아뢰도록 하라."

승지들은 난감해하지 않을 수 없다. '백년이 지나도 고칠 수 없는 것이 아비의 뜻'이라고 못박았던 성종의 유지가 엄연히 살아 있지를 않던가. 그런 유지가 있었는지조차도 모르는 연산군의 채근은 조정과 왕실을 전전긍긍케 하고도 남을 일이다.

인수대왕대비 한씨도 난감하지 않을 수 없다. 오직 그 일 하나를 덮어두기 위해 어린 세자를 엄하게 가르치고 또 철저하게 훈도하였는데 이제 와서 그 일이, 더구나 연산군에 의해 밝혀진다는 것은 상상도 못 할 일이 아니고 무엇인가.

"편전으로 갈 것이니라."

상궁과 나인들의 만류가 있었으나 일이 더 커지기 전에 수습해놓는 것이 상책이라고 인수대왕대비 한씨는 확신하고 있었기에 그녀의 빠른 걸음은 허둥거리기까지 한다.

"어인 행보시옵니까."

자격지심 때문이었을까. 인수대왕대비 한씨는 연산군의 어조가 자신을 향해 비아냥거리고 있는 것으로 들린다.

"주상, 듣자하니 모후의 일을 소상히 고해올리라고 하셨다면서요?"

"그러하옵니다. 짐승도 어미를 찾는다지 않사옵니까."

"그렇지요, 그렇다마다요. 다만 한 가지를 모르시는 것 같아 이 할미가 알려드리려고 달려왔습니다."

"모르다니요. 대체 무엇을 모른다는 말씀이옵니까?"

"승하하신 대행대왕께서 생전에 이르시기를 '폐비의 일은 향후 백년이 지나도 고칠 수 없는 것이 나의 유지'라고 하셨습니다. 선왕의 유지를 받드는 것은……."

인수대왕대비의 말이 채 끝나기도 전에 연산군의 반발이 터져나온다.

"딱하시옵니다. 누가 언제 무엇을 고치자고 하였습니까. 다만 자식 된 도리로 모후께서 폐비가 되었던 전말이나 알고자 하였는데……."

연산군은 여기서 말을 뚝 끊고, 다급히 연상을 뒤져서 상소문 한 통을 인수대왕대비 한씨에게 내민다.

"읽어보소서."

인수대왕대비 한씨는 두근거리는 가슴을 애써 진정하면서 연산군이 내민 상소문을 받아든다. 전 창원부사 조지서가 올린 것인데, 그 내용이 참으로 요상하였다.

폐후가 임인년(성종 13년) 가을에 서거하자 풀밭에 장사하여 이제까지 14년 동안 길 가는 사람들이 슬퍼하였거니와, 지금으로서는 산릉(山陵)의 일이 있으므로 아울러 거행할 수는 없사오나 상이 끝난 뒤에는 마땅히 별전(別殿)을 세우고 자릉(慈陵)을 만들어서 어머님의 은혜를 보답함이 어찌 전칙(典則)에 맞는 일이 아니겠습니까.

인수대왕대비 한씨는 부들부들 몸을 떤다. 성종의 유지가 무참하게 무너지는 것은 고사하고, 어느새 사태가 이런 지경에까지 진척되었는지 눈앞이 캄캄해졌기 때문이다.

"할마마마, 어머니 무덤을 높여서 회묘(懷墓)라 할 것이며, 사당을 지어 효사묘(孝思廟)라고 할 것입니다."

"……!"

얼마나 놀라운 일인가. 지난 세월 가슴 졸이며 삼가고 조심했던 일들이 한꺼번에 무너져내린다면 또 얼마나 많은 사람들이 피를 흘리며 죽어가야 한다는 말인가. 인수대왕대비 한씨는 애원하는 목소리로 다시 입을 연다.

"주상…… 그게 바로 부왕의 유지를 따르지 않는 일이며……."

"저에게는 어미의 묘소라도 찾아서 공경하는 일이옵니다. 원컨대 이 일만은 나무라지 마오소서."

"주상……."

"자식 된 도리를 다하자는 일이라니까요!"

마침내 연산군은 할머니 인수대왕대비를 남겨놓은 채 자리를 박차고 방을 나선다. 나이 스무 살, 어려서부터 왕도를 수업해온 연산군에게 두려움이 있을 까닭이 없다. 인수대왕대비 한씨는 통한을 씹으며 편전을 물러나온다. 연산군이 세자였던 엊그제까지 그토록 엄하고 모질게 훈도하였는데, 막상 보위에 오른 지금에 이르러서는 까마득히 높은 곳에 있는 남처럼 느껴지는 것을 어찌하랴.

"폐비마마의 형제들은 곧 나의 외숙이 아니더냐. 당장 방면하여 도성으로 돌아와서 살게 하라!"

철저하게 세자의 교육을 받았으며, 지금은 보위에 오른 연산군이다. 폐비가 된 어머니의 형제들을 방면하는 것은 조금도 어색한 일이 아닐 것이리라. 다만 그것이 어머니의 사사를 캐는 전주곡이기에 사람들의 애간장을 말릴 뿐이다.

폐비의 묘를 고치는 일이 한창 진행되고 있을 때, 연산군을 가장 가까이서 보필하던 두 사람이 있었다. 그 하나는 중전 신씨의 오라비인 좌승지 신수근이고, 또 하나는 내관 김자원, 여기에 임숭재가 찾아와 어울리곤 하였다. 폐비 윤씨의 형제들이 살아서 도성으로 돌아온 사실도 이들에 의해 연산군에게 알려진다.

"내 그분들을 친히 만날 것이지만, 우선 외숙으로 예우를 하자면 한직이라도 벼슬이 있어야 그 녹봉으로 생계를 꾸려나갈 것이 아니겠소."

"지당하신 분부시옵니다."

"외숙 구는 사복시 첨정으로, 우는 사섬시 주부로, 후는 예빈시 직장으로 제수하시오."

"하해와 같은 성은이십니다."

대왕대비 한씨는 판내시부사 김처선으로부터 폐비의 형제들이 도성으로 돌아왔으며, 그들에게 벼슬이 내려졌다는 사실을 전해듣고 숨이 멎을 것만 같았다. 미구에 폐비의 사사가 연산군에게 알려질 것이기 때문이다.

"이서 가서 대비마마를 모셔오렷다."

비록 생모는 아니었으나 대비 윤씨만큼 세자 시절의 연산군을 따뜻하게 돌보아준 사람도 없었기에 그녀에게 도움을 청해서라도 연산군으로 하여금 성종의 유지를 받들게 할 생각에서다.

3

"문치로 다스려지던 선대가 아니더냐. 대체 이 나라 종사를 어디로 끌고 가겠다는 것이야!"

인수대왕대비 한씨는 애써 세워진 성종시대의 영광이 일시에 무너져내리는 비감에 젖는다. '무오사화'*라고 불리는 피의 소용돌이는 일찍이 없었던 참사였다. 판내시부사 김처선은 인수대왕대비 한씨의 심중을 누구보다도 잘 알고 있었기에 어려운 가운데서도 폐비를 향한 연산군의 내심을 면밀히 살피고 있다. 자칫 잘못되는 날이면 인수대왕대비에게 화가 미칠 수 있었기 때문이다.

"대왕대비마마, 폐비의 외숙 윤구가 동부승지에 제수되었사옵니다."

김처선에 의해 대왕대비전에 전해진 엄청난 소식이다. 그건 연산군이 폐비의 오라비 윤구를 가까이에 두고 어머니에 관한 일을 철저하게 살피고자 하는 의지가 아니고 무엇이겠는가.

—큰일이로세······.

인수대왕대비 한씨는 두렵다는 생각으로 몸을 떤다. 그 두려

---

* 김일손의 사초(史草)에서 비롯된 무오년(戊午年, 연산군 4년)의 사화(士禍)는 조선 선비의 씨앗을 말릴 뻔한 일대 참사이기도 했지만, 연산군의 심성을 포악하게 하여 그가 다스리는 시대의 비극적인 실마리를 예고하는 것이기도 했다.

움은 가늠할 수 없는 질곡으로 자신의 심신을 밀어넣을 만큼 극심한 복수극이 될 수도 있어서다.

"내가…… 내 몸이……."

평생을 배운 대로 실행하면서 살아온 인수대왕대비 한씨가 아니던가. 오직 옳은 일에만 매달려왔다고 자부할 수 있는 육십 평생인데도, 어미의 일을 캐기 위해 물불을 가리지 않는 연산군을 생각하면 온몸이 무너져내리는 허탈감을 가늠할 길이 없다.

인수대왕대비 한씨는 자리에 눕고 만다. 눈앞으로 밀려오고 있는 피의 소용돌이를 감당할 수 없어서다.

"대왕대비마마, 심기를 굳건히 하소서."

대비 윤씨가 병상을 지키면서 간절히 소망하는데도 인수대왕대비 한씨는 같은 말만 되풀이할 뿐이다.

"말려야 합니다. 폐비의 일만은 선왕의 유고를 따라야 합니다. 어떤 일이 있어도 다시 거론되어서는 아니 될 일입니다."

"주상의 생각은, 다만 어미의 일을……."

"글쎄, 아니 된다니까요. 주상을 나무라서라도 말려야 한다니까요. 이 일에는 대비께서 나서주셔야 합니다."

인수대왕대비 한씨는 어린 세자를 훈도할 때, 자신은 무섭고 엄하기만 한 할머니였고, 대비 윤씨는 자애로운 어머니의 모습이었던 것을 회상하면서 간곡히 당부하곤 한다.

"힘닿는 데까지……."

대비 윤씨의 대답은 애매하기 그지없다. 그녀는 이미 승정원
의 분위기를 읽고 있었기에 인수대왕대비의 당부를 받아들일 수
가 없다.

새로 동부승지에 제수된 윤구는 통한으로 점철되었던 폐비의
마지막 모습을 복원하기 위하여 안간힘을 다하고 있다.

"전하, 살펴보오소서."

마침내 윤구는 폐비의 일을 문건으로 정리하여 연산군에게
올린다.

"노고가 크셨습니다."

연산군은 자신의 성장기와 보위에 오르고 나서의 일을 애써
되살리며 윤구가 올린 보고서와 맞추어보기 시작한다.

연산군의 생모 폐비 윤씨가 중전이 된 것은 1476년, 그러니까
성종 7년 8월이었고, 연산군이 태어난 것은 그해 11월이다. 연산
군을 잉태한 연후에 중전이 되었다는 말이 된다. 숙의에서 중전
이 되었으니 다른 후궁들이 투총할 만한 일이라고 짐작되었으나
그 내막을 구체적으로는 알 길이 없다. 그 다음해 8월, 중전은 침
소에 비상 바른 곶감과 방양서를 둔 죄가 문제되어 강등 직전까
지 간다. 그 곶감과 방양서가 누구를 해치려 한 것인지는 기록에
없었고, 그것을 알려주는 자 또한 없다.

성종 10년 6월에 드디어 폐비가 되었다. 성종이 침수든 나인의 방에 들어가 행패를 부린 까닭이었다. 그 나인이 누구인지 알아보았으나 확인할 길이 없다. 이듬해 지금의 대비인 윤씨가 숙의로 있다가 새 중전이 되었고, 어린 연산군은 피병처에서 환궁하였기에 새 중전 윤씨를 어머니로 알고 지내게 되었다.

폐비가 사약을 받은 것은 성종 13년 8월, 연산군이 일곱 살 된 때다. 연산군으로서는 당시에 그런 비극이 있는 줄도 모르고 자라고 있었다. 그로부터 칠 년 뒤인 성종 20년, 성종은 폐비의 무덤을 '윤씨의 묘'로 칭하게 했고 속절(俗節)에 제사를 지내도록 했으며, 이를 백년 뒤에도 고치지 말라고 명했다. 물론 연산군에게 친히 명한 것은 아니다.

연산군은 등극하기 전까지 지금의 대비 윤씨를 친어머니로 알았고, 어렴풋이 자신의 생모가 일찍 죽었다는 생각을 떠올리기도 했으나 중요하게 여기지 않았었다. 그도 그럴 것이 그의 곁에서 폐비에 대해 말 한마디 하는 사람이 없었으니 아무리 빗나가기 쉬운 연산군이라 하더라도 의심을 품을 수가 없었다.

그런데 등극하고 나서 조금씩 폐비의 일을 알게 되었기에 그 가솔들을 도성으로 불러들여 벼슬과 쌀을 내리고, 폐비의 사당을 세우고 묘호를 정했다. 그건 자식 된 도리로서 당연한 것이리라. 또한 그 일로써 연산군은 웬만큼 효성을 한 셈이다. 만약에 연산군의 곁에 미희(美姬)들이 들끓지 않았다면 폐비에 대한 의혹은 일찌감치 피바람을 일으키고 말았을지도 모른다.

그러나 세월은 다시 흘러 연산군 10년(1504년)이 되었다. 새삼 폐비의 일에 의혹을 품기 시작한 연산군은 쉽사리 의혹의 불씨를 끄지 않으면서 용의주도하게 기회를 엿보고 있었다.

"폐비할 때 관계한 중신들, 사사할 때 관계한 신하들이 있을 것입니다. 이들을 알아내 물어보면 한결 선명하게 일을 상고할 수 있을 것이 아닙니까?"

연산군은 어머니의 일을 상고해온 윤구에게 물었다. 윤구는 난감해하는 기색이었다.

"비밀리에 알아보아야 하는 일인데다가, 중신들은 회릉에 대한 일이라면 성종대왕의 유교를 받들어야 한다며 입을 다무는 통에 깊이는 상고할 수 없었사옵니다."

"이 죽일 놈들!"

연산군은 폭발할 것 같은 분노를 삭이면서 말한다.

"애 많이 쓰시었습니다. 어마마마의 한을 풀어드릴 날이 조만간 있을 테지요. 동부승지의 소임을 다하시었으니 이제 원하시는 직책을 말씀해보세요."

윤구는 신중했다. 승지의 자리에서 적어도 두 직급은 뛸 수 있는 기회였지만 욕심내지 않는다.

"전하, 망극하신 성은이오나, 신은 늙고 어리석사옵니다. 큰 직책은 맡을 수가 없사옵니다."

"아닙니다, 어서 말씀해보세요."

"공조참의면 족하옵니다. 큰 직책은 차후에라도 늦지 않을 것이옵니다."

"차후? 그렇지요, 차후에 좋은 때가 올 겝니다. 외숙, 공조참의로 계시면서 정무는 보시지 않아도 됩니다. 부부인을 잘 봉양해주시면 내 무엇이든 다 해드리리다."

"성은이 망극하옵니다, 전하."

윤구는 깊이 고개를 숙이며 감읍해한다. 그때 밖에서 내시 이공신의 전언이 들려왔다. 이공신은 판부사 김처선의 양아들이다.

"전하, 대왕대비마마전의 전언이온데, 대왕대비마마께오서 신열이 계시다 하옵니다."

연산군은 순간 자신도 모르게 무릎을 탁 쳤다. 할머니 인수대왕대비의 병과 폐비의 일이 머릿속에서 뒤섞이고 있어서다.

창경궁으로 나아가는 연 안에서 연산군은 부지런히 생각을 굴리고 있다. 올해로 68세의 인수대왕대비가 병을 얻었다는 사실은 한 시대가 마감될 조짐을 보이고 있음을 의미한다. 연산군에게만은 언제나 모질게만 대했던 인수대왕대비, 그녀의 병환이 왜 이처럼 연산군에게 설렘을 안겨주는 것일까.

—차라리…….

연산군은 스스로 인수대왕대비가 세상을 떠났으면 하는 생각을 지우지 않는다. 폐비의 일도 인수대왕대비의 비수 같은 지휘하에서 행해진 일이라고 짐작을 한 터였고, 폐비의 일이 발설될까 두려워서 그리도 자신을 핍박했을 것이라는 생각도 아주 없지는 않다. 인수대왕대비가 병을 얻었다고 하지만 아직은 그 서슬을 짓누르기에는 역부족임을 알고 있었던 연산군은, 그녀가 죽어 힘을 쓸 수 없을 때에야 비로소 폐비 일을 자유롭게 처결할 수 있을 것 같다고 생각한다.

연산군이 창경궁 대왕대비전에 닿았을 때는 전의가 다녀간 뒤였다. 인수대왕대비는 놀랍게도 꼿꼿이 앉아 있었다.

"대왕대비마마, 오래 문후 여쭙지 못했사옵니다. 신열은 어떠하신지요?"

연산군은 내심 실망하면서도 나아가 엎드린다.

"대비전 문안을 게을리 함은 고사하고, 경연을 철폐하고 내관들에게는 말을 삼가게 하여 입을 막으셨다니 대체 어느 조종이 그리하였답니까? 주상, 이러시면 아니 됩니다. 내 늙고 병들어 오래지 않아 죽을 것이지만, 주상이 그리하면 죽어서도 눈을 감지 못합니다."

"황공하옵니다, 대왕대비마마."

연산군의 머릿속에는 인수대왕대비가 폐비를 사사케 한 장본인이라는 생각이 가득 차 있었지만 애써 공손함을 가장해 보인다. 인수대왕대비로서는 그 점이 더 불안했던 것이리라.

　"주상이 심기를 바로해야 종사가 안정됩니다. 주상, 제발 이 할미가 죽어 편히 잠들게 해주세요."

　"깊이 명심하겠사옵니다, 대왕대비마마."

　인수대왕대비는 두 눈이 움푹 들어간 초췌한 얼굴로 연산군의 속내를 짐작해보려고 애쓴다. 공손한 때일수록 기상천외한 주정과 비아냥을 뱉어오기 일쑤였던 연산군이 아니던가. 무슨 까닭인지는 몰라도 오늘 연산군은 할머니 인수대왕대비에게 지극히 공손하고 정중하게 고하고 있다.

　"대왕대비마마의 만수무강이 바로 이 나라의 안녕과 같사옵니다. 모쪼록 모든 사념을 끊으시고 옥체를 보전하시어 만조백관들과 만백성들을 불안에서 헤어나게 하오소서."

　인수대왕대비는 의아스러운 눈빛으로 연산군을 바라보면서 입을 연다.

　"주상, 내 병은 심려 마세요. 주상이 정사만 바르게 보신다면 이 늙은 것의 병이야 무슨 대수겠습니까?"

　"아니옵니다. 소손에게도 효심이 있사온데 어찌 대왕대비마마의 환후를 가벼이 여기오리까? 오늘부터 매일 아침저녁으로

전의 두 사람으로 하여금 사진케 하겠사옵니다.”

“주상…….”

연산군은 주위를 둘러보며 소리친다.

“여봐라, 오늘 내가 이른 말 빈틈없이 시행하도록 하렸다. 대왕대비마마의 환후가 쾌유되지 않는다면 모든 잘못을 너희들에게 물을 것이니라. 잡인을 근접하지 못하게 하고, 국정에 관한 일도 당분간 아뢰는 일이 없도록 하라. 대왕대비마마께 사념을 들게 해서는 안 될 것이니라. 내 말 명심하지 않으면 죽음을 면치 못할 것이야.”

“주상…….”

인수대왕대비가 또 한 번 연산군을 불렀으나 연산군은 들은 척도 하지 않는다.

“대왕대비마마, 모쪼록 쾌유하오소서. 소손은 주강을 열어야 하오니 이만 물러가겠사옵니다.”

연산군은 급히 대왕대비전을 물러나간다. 인수대왕대비 한씨의 당황해하는 모습을 뒤로 남긴 채…….

인수대왕대비 한씨도 결코 만만치는 않다. 그녀는 민상궁을 불러 명했다.

“어서 판내시부사에게 알리게. 주상이 꾸미는 일이 심상치가 않아. 수상한 명이 하달되는 대로 내게 알리도록 해두게.”

인수대왕대비 한씨는 다시 눈앞이 아득해진다. 연산군의 가시 돋힌 말에 너무 긴장했던 탓인지도 모른다. 연산군의 명으로 인수대왕대비 한씨의 쾌유를 비는 재가 곳곳에 있었으나 병의 차도는 없다.

대왕대비전에 다녀온 다음날부터 연산군의 기세는 하늘을 찌를 듯했다. 할머니 대왕대비의 기력이 쇠진했음을 확인한 때문일 것이리라. 그는 승지들을 불러 지체없이 명한다.

"폐비를 추존하는 일이 지난 정사년에 있었다. 그러나 중신들의 반대가 있어 묘호는 효사(孝思)요, 능호는 회묘(懷墓)로밖에 정하지 못했다. 요사이 꿈에 폐비의 혼령이 자주 나타나 눈물을 흘리신다. 내가 효를 아는 사람으로 이를 두고볼 수는 없다. 능호는 회묘로서는 부당하고, 또 폐비의 시호를 정하지 않았음도 예에 어긋나는 일이다. 어서 중신들로 하여금 이를 논의케 하라."

얘기의 본말은 폐비 윤씨를 적비 왕후를 지낸 사람으로 추존하겠다는 것이나 다름이 없다. 이는 물론 인수대왕대비와 적비인 대비 윤씨가 살아 있는 중에 행할 수는 없는 일이다. 그러나 승지들은 아무도 입을 열지 못한다. 연산군의 눈빛에서 살기를 느꼈기 때문이다. 그들은 주춤주춤 물러나 중신들을 빈청으로 들게 한다. 중신들은 속속 빈청으로 몰려든다. 폐비에게 묘호와 능호를 준 일로도 성종의 유교를 저버린 일이라 양심의 가책을 느끼던 터인데, 이제 능호를 더 올리고 시호까지 올리라는 것이 아닌가.

"선왕의 유교가 있는데 그리할 수는 없는 일이지요."

"폐비의 일은 애석하긴 하나 추존하면 문제가 더욱 커져요."

"대비마마께서 엄연히 적비로서 생존해 계신데 어찌 폐비를 적비로 추존한단 말입니까?"

중신들의 뜻은 대체로 추존 불가로 모아지고 있다. 그들의 뜻은 그대로 연산군에게 올려졌고, 연산군은 치를 떨며 분노했다. 이미 연산군은 점차 복수의 화신으로 변해가고 있었다.

4

연산군 10년, 갑자년(甲子年). 이 해에 연산군은 폐비의 원한을 피바람으로 씻어가기 시작한다. 이른바 갑자사화의 참극, 그 무서운 참극의 씨앗이 서서히 꿈틀거리는 3월, 절기는 예년과 다름없이 아름답기만 했다.

만산은 늦은 봄빛으로 가득하다. 꽃이 진 나뭇가지에서는 파릇파릇 새잎이 돋았다. 그것은 생기요 섭리이기도 하였다. 사람들의 일손도 바빠진다. 올 한 해만이라도 풍년이 들기를 기원하는 몸놀림이기도 하였다. 이무렵 풍원위 임숭재는 장악원제조가 됨으로써 연산군의 주연에 깊이 관여하기 시작한다. 그것이 비록 종사의 일에는 관여하지 못한다 해도 다섯 사(司)의 제조가 되었다면 막강한 세도를 누릴 수 있다. 그만큼 임숭재는 연산군의 총애를 받고 있다. 또 그에게는 남달리 총명한 데도 있었다.

바로 그 임숭재의 사랑방에서 실로 엄청난 음모가 시작된다. 그날 연산군이 몸소 임숭재의 집으로 거둥하기로 했고, 주연이 무르익어가면 연산군은 미복으로 갈아입고 부부인 신씨를 만나기로 되어 있다.

3월 20일, 신시(申時). 입직내시 이공신은 갑작스런 연산군의 거둥 채비에 눈이 휘둥그레진다. 그도 그럴 것이 연산군은 폐비 추존에 대한 문제로 근 한 달을 편전에만 틀어박혀 있었는데, 갑작스레 궐 밖으로 거둥을 하겠다 명했기 때문이다. 명리에 밝은 이공신의 촉각에 이상하게 여겨지지 않을 수 없다.

봄밤은 깊을 대로 깊어가고 있다. 풍원위저는 때아니게 꽹과리와 장구소리로 요란했고, 사방이 환하게 불이 밝혀져 있다. 미희들이 사랑 둘레를 돌며 춤을 추었고 간간이 노랫소리도 울려퍼진다.

연산군은 미처 미희들조차도 알지 못하는 사이에 임숭재의

집 사랑에서 미복으로 갈아입고 작은 가마에 올라 후문을 빠져
나가고 있다. 연산군을 태운 가마는 어둠 속에서 소리 없는 인도
를 받으며 임사홍의 집으로 스며들고 있다.

그와 똑같은 시각에 부부인 신씨를 태운 가마도 임사홍 집의
다른 협문으로 스며들고 있었다. 그렇다, 스며들고 있다는 표현
이 정확했다. 적막한 밤이다. 동네 개들조차 그들의 움직임을 모
를 정도로 은밀한 움직임이었음에랴. 임사홍의 집 사랑에는 희
미하게 등촉이 밝혀진다. 임사홍의 몸은 떨리고 있다. 소리 없는
하례를 올리고 작은 술상을 손수 올렸다. 김자원이 밖을 지키고
있었을 뿐 하인들은 일체 얼씬거리지 않았다.

방 안에는 연산군과 임사홍만이 앉아 있다. 미희도 없고 춤과
노래도 없는 적막강산이다. 연산군은 초조한 듯이 젓가락으로
술상을 딱딱 치며 한숨을 토하고 있다. 임사홍이 문을 열고 밖을
내다본다. 내다보는 것만으로 신호가 되어 있다. 밖에 있던 김자
원은 중문 쪽으로 가서 마른기침을 두 번 했고, 그것이 신호가
되어 안채로부터 부부인 신씨가 윤구의 부축을 받으며 걸어나
온다.

"……!"

눈빛만의 대화다. 김자원과 윤구는 밖을 지키고 부부인 신씨
는 사랑으로 들어선다. 임사홍이 그녀를 부액해 맞아들인다. 연

산군은 눈을 크게 뜨려 애쓴다. 어머니 윤씨가 부부인을 닮았으리라는 생각에서다.

"주상전하, 문후 여쭙사옵니다."

늙은 부부인은 몸을 부들부들 떨면서 절을 올린다. 그녀의 눈에서는 벌써 눈물이 줄기줄기 흘러내리고 있다. 연산군은 무슨 말인가를 하려 했으나 목이 잠겨 말을 할 수가 없다.

실로 이십칠 년 만의 해후가 아니던가. 성종 8년에 비상과 방양서 사건으로 폐비 윤씨가 강등의 위기에 몰렸을 때부터 신씨는 당시 두 살이던 연산군마저 볼 수가 없었다. 그런데 그 원자가 눈앞에 장성한 임금으로 앉아 있지를 않던가.

"외조모님……."

연산군이 마침내 먼저 입을 연다. 그 낯선 이름 외조모…… 연산군의 가슴도 미어지는 듯 아프다.

"전하……!"

"외조모님, 소손이 부덕하여 이제야 외조모님을 뵙게 되었습니다. 용서해주세요, 으흐흐……."

연산군의 볼을 타고 뜨거운 눈물이 흘러내리고 있다.

"당치 않으시오이다. 이 늙은 것이 지금까지 살아서 주상전하의 용안을 흐리게 하고 있음이오이다. 으흐흐흐……."

"외조모님, 이리 가까이 오세요. 내 어머니를 낳으신 외조모님

이 아니십니까. 내 어머니의 손을 잡듯이 손을 잡고 싶어요, 외
조모님……."

"전하, 으흐흐흐."

두 사람은 손을 마주잡고 하염없는 눈물을 쏟아놓는다. 이토
록 처절한 광경을 임사홍은 본 적이 없다.

"외조모님, 제 어미가 어찌 생기셨습니까. 미모는 어떠했으며
마음씨는 어떠했습니까?"

"전하를 뵈오니 회릉이 더욱 생각납니다. 전하께서 회릉을 많
이 닮으셨습니다. 으흐흐흐……."

"내 어미가 무슨 죄를 저질렀습니까. 누가 폐비를 정하였고
누가 사사하자 하였습니까? 외조모님, 어서 말씀해보세요. 날 폭
군이라 불러도 좋습니다. 날 패륜아라 불러도 좋습니다. 임금이
아니라 해도 좋습니다. 단지 모후의 지원극통함을 풀어드리고
말 것입니다. 모후를 해친 자들이 그 누구이든 응징하고야 말 것
입니다. 산 사람은 능지처참을 할 것이고 죽은 사람은 부관참시
를 할 것이옵니다. 외조모님, 누구오이까. 누가 모후를 죽였습니
까? 한명회이오이까, 대왕대비이오이까? 누구이오이까…… 말
씀을 하세요, 어서요."

연산군의 눈빛은 점점 살기를 더해가고 있다. 눈물로 범벅이
된 신씨의 얼굴은 상기되다 못해 창백하게 변해가고 있다. 너무

도 처절하여 몸이 굳어지는 지경이다.

"저, 저, 전하……!"

말이 잘 나오지 않고 자꾸 끊긴다. 임사홍이 신씨를 다시 부축했다. 신씨는 이윽고 하얀 보자기를 꺼낸다.

"전하, 이것을…… 이것을 보시오소서."

신씨의 혀가 뻣뻣하게 굳어지고 있다. 임사홍이 재빨리 보자기를 풀었다.

피묻은 적삼이었다. 그 옛날 폐비 윤씨가 사약을 마시고 죽어갈 때 흘린 피가 폐비의 적삼을 적셨고, 그것을 오늘까지 소중히 간직했던 신씨였다.

"전, 전하…… 이것이…… 회릉께서 죽어가면서 흘리신 핏자국이옵니다. 원자께서 보위에 오른 뒤에…… 전해올리라고, 전하…… 회릉께서는 억울하게 모함을…… 받아 사사되었습니다."

"누구의 모함이오이까?"

"정귀인, 엄귀인……."

임사홍이 재빨리 거들었다.

"정귀인, 엄귀인은 모두 성종대왕의 후궁인 줄로 아옵니다."

"또, 또 누가 모함을 했습니까?"

다그치듯 연산군이 묻는다. 임사홍의 부축으로 간신히 몸을 지탱해 앉아 있는 신씨는 또 더듬거리며 말을 이어간다.

"모, 모든 대소신료들도 사사를 반대하지 않았사옵니다. 대왕대비께서 두 후궁을 편들어 회릉을 사사케 했사옵니다."

"대왕대비가……?"

온몸에 소름이 오싹 끼친 연산군은 주먹을 쥐며 부르르 떤다. 그제야 인수대왕대비가 자신을 꾸짖어온 연유를 확연하게 알 수 있을 것 같아서다.

"외조모님, 어서 다 말씀해보세요. 원수는 제가 갚습니다. 임대감, 임대감도 그때의 일을 아실 테지요? 어서 속시원하게 털어놓으세요. 원수는 제 칼에 죽습니다. 대비이든 선왕의 후궁이든 모두 내 손에 죽고야 말 것입니다."

복수의 화신이 된 연산군은 그날 새벽이 올 때까지 폐비가 사사되던 때의 전모를 들었다. 특히 두 후궁의 투총 부분에서는 치를 떨기까지 했다. 강등 위기에서 복위의 과정, 그리고 다시 모함, 폐비, 사약…… 그리고 피맺힌 적삼.

"아, 으흐흐흐……."

연산군은 마침내 피로 얼룩진 적삼에 얼굴을 묻고 오열을 터뜨리고야 만다.

"어머니이…… 으흐흐흐!"

적삼에 맺힌 폐비의 피는 검붉게 변해 있었고, 거기에 연산군의 한 맺힌 눈물이 점점이 번져가고 있다.

5

인수대왕대비 한씨는 가위눌림을 뿌리치며 간신히 소리친다.

"으으…… 무, 물!"

밖에서 입직하고 있던 민상궁이 황급히 방으로 달려들어 인수대왕대비를 일으켜 앉혔다. 이어 나인 하나가 물을 가져와 인수대왕대비의 입술을 축여주었다.

"악몽을 꾸셨습니까? 땀을 이렇게 많이 흘리시고……."

민상궁이 인수대왕대비의 얼굴에 번진 땀을 닦아준다. 인수대왕대비 한씨는 겨우 정신이 드는 듯 한숨을 길게 토한다.

"이런 악몽은 생전 처음이로구나. 망나니들이 내 목을……."

"에그머니나! 대왕대비마마, 아예 말씀을 마오소서. 한시라도 빨리 다른 생각을 하오소서."

"아니야, 오늘 꿈은 심상치가 않아. 얘야, 행여 무슨 일이 있는지 밖을 좀 내다보아라."

인수대왕대비 한씨는 나인을 밖으로 내보낸다.

"무슨 일이 일어난다 하시옵니까? 날이 새면 좋은 기별이 당도할지 모르오니 어서 심기를 가다듬으시고 다시 침수 드소서."

"아니라니까, 필시 무슨 변괴가 있을 것이야. 일찍이 이런 꿈자리는 없었어."

"고정하오소서, 마마."

인수대왕대비 한씨는 거듭 한숨을 내쉬어보지만 쉽사리 진정되지 않는 모양이다. 자꾸 불안한 마음만 더해간다. 그때 밖으로 나갔던 나인이 헐레벌떡 달려 들어온다.

"큰일났사옵니다. 의금부 낭청들이 옥졸 열 명과 죄인 두 사람을 끌고 창경궁 안으로 들어와 있사옵니다."

"무엇이야? 죄인을 끌고 오다니, 그 죄인들이 대체 누구이더냐?"

꿈이 들어맞는가 싶어서 인수대왕대비 한씨는 머리끝이 절로 쭈뼛해지는 것을 느낀다.

"어둡고 황망스러워 자세히 볼 수는 없었사오나 목에 칼이 씌워졌고 예사로운 사람들은 아닌 듯했사옵니다."

"예사로운 사람이 아닌 듯하다니?"

"왕자님이나 대신처럼 높고 귀한 분들인 듯했사옵니다."

"허허허, 이럴 수가 있나. 아니 되겠다, 꿈에 자꾸 성종대왕의 왕자들이 눈에 어른대더니 그 왕자들이 아닌지 모르겠다. 내가 나가볼 터인즉 어서 의복을 갖추어다오."

인수대왕대비 한씨가 벌떡 일어서자 민상궁이 앞을 가로막아선다.

"위험하옵니다. 쇤네가 나가서 자세한 연유를 알아올 것이오니 예서 기다리소서."

"아니다, 내 두 눈으로 보기 전에는……."

인수대왕대비 한씨가 불편한 몸을 이끌고 방문 밖으로 걸음을 옮기려는데, 밖에서 나인들의 비명 소리와 다급한 발걸음 소리가 한꺼번에 들려온다. 그중 몇몇은 대왕대비전까지 도망치듯 들어오고 있다.

"웬 소란들이야!"

민상궁이 나서서 호통을 친다. 그러나 나인들은 더 무서운 꼴을 당한 듯 몸을 사리며 민상궁 쪽으로 다가오면서 엄청난 말을 전한다.

"끔찍하옵니다. 성종대왕의 두 후궁이 손과 발이 꽁꽁 묶인 채로 끌려오고 있었사옵니다."

"두 후궁이라니, 대체 누구를 이름이냐?"

인수대왕대비 한씨의 얼굴은 핏기가 싹 가시고 있다. 나이 든 나인이 더듬거린다.

"얼핏 보기에 정귀인, 엄귀인인 듯하였사옵니다."

"대체 그들이 무엇 때문에 끌려온다는 게야?"

"모르옵니다. 다만 기세를 보아서는 모두 참할 듯이 보였사옵니다."

"아아……!"

인수대왕대비 한씨는 더 이상 버틸 힘이 없다. 아뜩한 현기증을 일으키며 쓰러지는 인수대왕대비를 민상궁이 급하게 부액한다.

"마마."

"나를, 나를 침소로……."

인수대왕대비 한씨의 몸이 부들부들 떨리고 있다. 악몽에 이은 생시가 그녀에게 더 큰 충격을 준 모양이다.

"민상궁, 밖에서 벌어지는 일을 내게, 내게…… 소상히 알리도록 해……."

간신히 말을 마친 인수대왕대비 한씨는 자리에 눕혀지자마자, 또 꿈결과 같은 혼몽한 세계로 들어간다. 망나니가 칼춤을 추고 정귀인, 엄귀인이 피를 뿜으며 쓰러지고, 안양군과 봉안군의 목에도 시퍼런 칼날이 춤을 추듯 다가가고 있다.

밖은 칠흑같이 어둡다. 어디에 누가 서 있는지조차 알기 어려울 정도로. 그러나 어둠 속에 오래 서 있던 사람은 사방을 분간하기가 어렵지 않다.

"칼을 벗겨라!"

어디선가 연산군의 노성이 터져나온다.

옥졸들은 안양군과 봉안군의 목에서 칼을 벗겨낸다.

"일어서라!"

두 왕자는 연산군이 어디 있는지 알지 못한다. 사방은 캄캄한 어둠이었고, 눈앞에는 허연 자루로 보이는 보자기 같은 물체가 두 개 놓여 있을 뿐이다.

"몽둥이를 주어라!"

안양군과 봉안군에게 곤장이 전해진다. 연산군의 목소리가 다시 들린다.

"자루를 쳐라. 힘들여 치면 너희가 목숨을 구할 것이니라. 어서 서둘라!"

안양군과 봉안군은 살기 위해서라도 힘껏 곤장을 휘둘러야 한다. 자루 속에 있는 여인들에게 자갈이 물려 있었던 탓으로 아무 소리도 들리지 않는다. 다만 흰 자루만 심하게 꿈틀거릴 따름이다. 두 사내의 매질은 야차와 같이 이어진다. 그야말로 살기 위한 몸부림이었으므로.

"사정 볼 것 없다. 더 힘껏 다시 치렷다!"

두 왕자는 곤장을 다시 힘껏 내려친다. 끔찍하고 불행한 일이 아닐 수가 없었다. 제 어미를 치는 패륜을 자신도 모르게 자행하고 있었음에랴.

피를 본 연산군의 노성은 더욱 괴기스럽게 울린다. 얼마를 더 그랬을까, 두 여인이 들어 있는 자루가 움직이지 않는다. 피가 자루는 물론 땅바닥을 흥건히 적시고 있고, 두 여인의 다리가 허옇게 드러나 핏물 속에 잠겨 있다.

"허허허…… 이를 두고 사필귀정이라 했느니, 이제야 나의 모후가 저승에서 눈을 감을 것이다. 여봐라, 저년들의 옷을 벗기고 모두 달려들어 짓이겨버려라!"

어느새 들고 있었는지 연산군의 손에는 장검이 빛을 뿜고 있다. 어둠 속에서도 장검의 빛이 흔들리자 옥졸들은 더 망설일 수 없다. 미쳐버린 연산군 앞에서 그 누가 명을 어기려 들 것인가.

사람에게는 누구나 수성(獸性)이 있는 법이다. 기왕 저지르는 일이라고 여긴 옥졸들은 허연 알몸들을 발로 차고 창으로 내리찍으면서도 아무런 죄책감을 느끼지 않았다. 도리어 어떤 쾌감까지 맛보고 있다. 미쳐버린 군주 밑에 미쳐버린 신하들인 셈이 아니랴.

"허허허! 그래, 그래, 힘껏 찢어서 죽여라. 내 어미의 원수, 내 어미를 죽게 한 원수년들이니라. 죽여라, 찢어라, 자취도 없이 갈가리 찢어서…… 으흐흐흐."

연산군은 장검을 높이높이 치켜올리며 미친 듯한 울음을 터뜨린다. 두 후궁은 연산군의 말대로 갈가리 찢겨지고 있다. 참혹한 형상이다. 손가락, 발가락, 머리카락 한 올까지 갈가리 찢겨지고 있다.

"자취를 남겨서는 안 된다. 핏자국도 남기지 마라. 그래, 으흐흐흐."

그야말로 자취 없는 죽음이다. 성종 5년, 공혜왕후 한씨가 죽은 뒤에 비어 있는 곤위를 두고 각축을 벌이던 두 후궁. 폐비 윤씨가 중전이 되고 연산군을 낳은 뒤에도 줄곧 윤씨를 모함하고 시기하여 폐비시키는 데 결정적인 공헌을 한 여인들. 그리고 끝내 그 폐비를 죽음으로까지 몰고 간 여인들. 그 두 여인 정귀인과 엄귀인은 장장 삼십 년 뒤에 이렇게 처참하게 자취도 없이 죽어가고 만다.

그러고도 그 밤은 끝나지 않았다. 장검을 치켜든 연산군은 얼이 빠져 통곡할 엄두도 못 내는 안양군과 봉안군을 데리고 대비 윤씨의 침전으로 달려간다. 당장 장검으로 내려칠 기세였다.

"아악!"

"어이쿠!"

시녀들은 대비전 지키기를 포기하고 비명을 지르며 달아난다. 어둠 속에 파묻혀 있는 대비전의 댓돌 밑에서 연산군이 소리친다.

"대비는 당장 나오시오!"

안에서는 아무런 대꾸도 없다. 연산군은 장검으로 문기둥을 탁 하고 내려친다. 나무가 푹 패어 떨어져나간다. 안에서 비명소리가 났다.

"당장 나오지 못하겠느냐! 내 어미를 죽인 이 원수년아!"

연산군은 이미 사람이 아니었다. 그는 마루로 뛰어올라 침전의 문을 확 열어젖혔다. 다시 비명이 울린다. 일촉즉발의 위기다. 연산군은 친모와 다름없는 대비 윤씨를 단칼에 베어버리려는 기세다.

그때였다. 용케 급보를 듣고 달려온 여인이 있다. 바로 중전 신씨다. 버선발로 달려온 그녀는 마루로 뛰어올라 연산군의 허리를 잡고 늘어진다.

"전하, 아니되옵니다. 대비마마께서는 아무런 허물이 없사옵니다. 어서 내려서오소서, 어서요."

"이것 놓지 못하겠소. 나는 대비를 나의 생모로 알고 자랐어. 한데도 대비는 내 친모가 사약을 받았음을 알려주지 않았어. 이는 대비도 폐비를 모함했음을 뜻하는 게야. 그러니 정귀인, 엄귀인과 똑같이 쳐죽여야 해! 이 손 놓아!"

연산군은 길길이 날뛴다. 신씨는 힘으로는 감당하기 어려웠지만 사력을 다해 애원한다.

"전하, 주상이 대비를 베는 일이 세상천지에 어디 있사옵니까. 대비마마를 베시려거든 차라리 신첩의 목을 치소서. 신첩을요!"

"비키라니까. 다 똑같은 것들이야. 똑같이 베어야 해! 똑같이!"

"신첩도 대비마마의 편입니다. 신첩을 먼저 치소서."

"비키라니까!"

세차게 뿌리치자 중전 신씨가 나뒹굴었다. 연산군이 방 안으로 뛰어들자 신씨는 다시 연산군을 붙들고 늘어진다.

"전하, 만고에 없던 일이옵니다. 정히 그러시면 신첩의 목을 쳐주소서…… 대비도 아니 계신 나라에서 전하 혼자 남아서 무엇을 하겠습니까. 전하, 이러시면 아니 되옵니다. 전하, 전하……."

발악같은 몸부림이다. 이것이 통하지 않는다면 대비 윤씨의 몸을 막아서서 연산군의 장검을 받을 각오도 되어 있다.

연산군은 성가시다는 듯이 신씨를 발로 차서 밀어낸다. 그러고는 대비의 침전에 침을 뱉고 밖으로 나간다. 무슨 생각을 했는지 알 수 없지만 연산군은 붉으락푸르락한 얼굴로 거친 숨을 몰아쉬며 대비전을 벗어나기 시작한다.

대비전의 위기는 중전 신씨의 발악적인 몸부림으로 모면할 수 있었지만, 그다음이 문제였다. 연산군은 대비전을 벗어나면서부터 양 옆에 안양군과 봉안군을 두고 옥졸들로 하여금 질질 끌다시피 해서 대왕대비전으로 향하고 있다.

"주상께오서 장검을 들고 안양군, 봉안군을 거느리고 납시고 계시옵니다."

나인이 달려들어와 인수대왕대비 한씨에게 알린다. 인수대왕대비는 겨우 몸을 일으켜 앉았다. 조금 전에 받은 충격으로 얼굴은 이미 창백하게 바래져 있다.

"그래, 대비전은 무사하더냐?"

"중전마마께서 극구 막으시어 대비마마께오서는 무사하시다 하옵니다."

"다행이구나."

인수대왕대비 한씨는 도리어 대비전의 무사함을 다행하게 여기고 있다. 옆에서 보기에도 안쓰러운 모습이 아닐 수 없다.

"어서 몸을 피하시오소서. 주상께 무슨 변을 당하실지 모를 일이옵니다."

민상궁은 서둘렀지만 인수대왕대비 한씨는 체념한 듯 꼼짝도 하지 않는다.

"다 내가 전생에 지은 죄가 많아서 이같은 변을 당하게 되는 게야. 내가 뿌린 씨앗 내가 거두어들여야지."

"전하는 지금 미쳐 있사옵니다. 지금은 몸을 피하셨다가 뒷날에……."

"미쳐도 내 자식이야. 내가 손자를 바르게 훈도하지 못했으니 내가 벌을 받아 마땅하지."

"마마……."

밖에서 연산군 일행이 오고 있는지 시녀들의 비명소리가 어지러웠고, 마루를 쿵쾅거리는 발걸음 소리가 들려온다.

"등촉을 밝히렷다."

인수대왕대비는 핼쑥한 얼굴이지만 혼신의 힘을 다해 연산군을 맞을 참이다. 방문이 벌컥 열린다. 연산군은 양손으로 두 왕자의 머리채를 휘어잡고 들어선다.

"대왕대비마마, 이 사랑하는 두 손자가 드리는 술잔을 받으시지요!"

연산군은 거칠게 내뱉는다. 사색이 다 된 두 왕자는 거의 초주검이 되어 있다. 인수대왕대비 한씨는 조금도 흐트러짐 없이 말한다.

"주상, 주연을 할 양이면 거기 앉으세요."

"으하하하, 늙은 대비가 주연을 즐기시는군. 여봐라, 어서 술상 대령하렷다!"

연산군은 비아냥거리듯 소리친다.

"어서 앉으라니까요. 두 왕자도 함께 앉도록 해라."

"흥, 대왕대비 말씀은 참으로 위엄이 있소이다. 그 위엄 있는 말로 폐비를 사사하라 명했을 테지요!"

연산군은 두 왕자의 머리채를 뿌리치듯 놓는다. 두 왕자는 양옆으로 쓰러진다. 그들은 온몸이 피투성이나 다름이 없다.

"고정하세요, 주상. 일에는 선후가 있는데 어찌 이리 서두시는 게요?"

"생모가 돌아간 이후 삼십 년 동안 속아만 살았는데, 서둘지 말라니요. 끝끝내 날 기만하려다가는 무슨 화를 입을지 알기나 하시오?"

인수대왕대비 한씨는 이미 연산군이 돌이킬 수 없는 지경에 도달해 있음을 직감한다. 그러나 포기할 수도 체념할 수도 없는 일 아닌가.

"주상, 술이라도 한잔 드시고 심기를 편하게 하세요."

인수대왕대비 한씨는 술상이 들어오자 술을 권해본다. 그렇게 라도 연산군의 관심을 다른 데로 돌리고 싶었던 것이리라.

"언제 내게 술을 마시라 한 적이 있었던가요. 어서 사랑하는 손자들이 주는 술이나 받으시오. 얘들아, 술을 올리지 않고 무얼 하느냐?"

연산군은 안양군과 봉안군을 재촉한다. 얼이 빠지고 기력을 잃은 두 왕자는 가까스로 술잔을 들어 인수대왕대비에게 올린 다. 술을 마실 생각이야 터럭만큼이나 있겠는가. 그러나 인수대 왕대비 한씨는 독배를 들듯 손자들이 바친 술잔에 입을 댄다.

"술을 받아 마셨으니 아끼는 손자들에게 하사할 것이 있어야 하질 않습니까!"

폐비를 죽게 해놓고 다른 후궁들과 그 왕자들에게는 덕을 베풀어오지 않았느냐는 뜻이 내포된 기막힌 조롱이요, 복수였다. 그것마저도 인수대왕대비 한씨는 별수 없이 당해야 했다.

"저 아이들에게 비단 두 필을 하사토록 해라!"

"역시 아끼는 손자에겐 자상하시군요. 으흐흐흐…… 폐비에 겐 사약을 내리고 다른 후궁에겐 인자하였지요. 대왕대비께선 왜 내 어머니를 죽였습니까? 왜, 왜, 폐비를 죽였어, 왜!"

"주상!"

연산군은 미친 사람처럼 울부짖기 시작한다.

"내 어머니를 죽여놓고 삼십 년 동안 날 속여왔어. 대왕대비 도, 대비도, 재상들도, 대신들도, 상궁 내관들도 쉬쉬하며 삼십 년 동안 나를, 이 나라의 임금인 나를…… 불효자로 만들었어요. 왜 죽였던가요, 왜 날 속였던가요! 내 어머니를 살려내시오!"

"주상, 폐비는 죄를 지어……."

"헛, 죄를 지었다고요? 정귀인, 엄귀인 그 찢어죽일 것들이 내 어미를 모함한 줄 어찌 모르고 그런 망발만 입 밖에 내시오. 내 가만두지 않을 것이오. 폐비를 사사케 한 자를 모두 가려내 능지 처사를 할 것이오! 모두 찢어서 죽일 참이외다!"

"주상, 어서 진정하시고, 이 할미의 말을……."

"듣기 싫소이다. 대왕대비도 똑같이 능지처사해야 하는 것을 지친이라 용서하는 것이니 그리 아시오."

"이것 보시오, 주상!"

인수대왕대비 한씨는 안간힘을 쓰며 혼신의 힘을 다해 언성을 높인다. 그때였다. 연산군은 두 손으로 술상을 높이 들었다.

"치시오, 주상!"

인수대왕대비 한씨가 노기에 가득 찬 눈알을 부라리며 언성을 높이자 연산군은 들고 있던 술상을 인수대왕대비 한씨의 가슴을 향해 힘껏 던진다.

픽! 둔탁한 소리를 내며 인수대왕대비 한씨의 가슴을 때린 술상이 방바닥을 굴렀다. 인수대왕대비 한씨는 부릅뜬 눈으로 연산군을 쏘아보다가 스르르 몸을 옆으로 눕히고 만다. 몇 사람의 상궁들이 웅크린 모습으로 이 처참한 광경을 지켜보고 있었으나 아무도 나서지는 못한다.

"대왕대비, 들어두시오! 오늘 이후, 단 한 번이라도 내가 하는 일에 왈가왈부한다면, 그땐 정말 살아남지 못할 것이오! 내 어미를 죽인 원수들, 한 놈도 살려두지는 않을 터인즉!"

연산군은 짐승 같은 포효를 남기고 뛰쳐나가듯 사라져간다. 그제야 상궁들이 달려나오면서 울음을 터뜨린다.

"대왕대비마마."

"대왕대비마마, 으흐흐."

쓰러진 인수대왕대비 한씨의 귀에는 아무 소리도 들려오지 않는다. 삼월 스무날의 밤은 견딜 수 없이 길기만 했다.

6

먼동이 터오고 있다. 그리고 밝은 아침해가 솟아오른다. 그러나 이날에 떠오른 아침해는 희망의 해일 수가 없다.

갑자년 3월 21일. 참극 중의 참극, 피비린내 솟구치는 '갑자사화'가 시작된 날이다.

조회(朝會)가 열린다. 연산군은 두서없이 명했다.

"안양군 항에게 말을 한 필 하사하라."

부복한 신료들은 영문을 알 길이 없다. 그러나 항은 오열을 터뜨리며 말을 받아야 했다. 정귀인, 엄귀인은 병들어 죽은 것으로 공식 발표되었고, 항은 그 어미 정귀인을 때려죽인 공으로 말을 한 필 하사받게 된 것이니 어찌되는가.

"폐비의 시호와 능호를 올리는 일을 논의하도록 하라!"

엄중한 왕명이다. 어느 누구라도 반대의사를 밝히기만 한다면 그 자리에서 주살할 작정이다.

"전하, 유교가 있는데 어찌 추존하오리까, 거두어주소서."

연산군이 연상을 내려치는 일은 예비된 일이나 다름이 없다.

"저놈은 이세좌의 한패로 세도를 일삼아 종사를 어지럽힌 놈이다. 당장 하옥하여 추국토록 하렷다!"

명이 떨어지자 내금위들이 우르르 몰려왔다. 이극균은 그 자리에서 포박되어 나간다. 하옥되고, 추국 받고, 그리고 마침내 귀양가는 일이 이극균의 운명이다.

연산군의 난폭함이 정사를 살피는 조회에서까지 드러나고 있다. 중신들은 무어라고 반대할 엄두를 내지 못할 지경이다.

"무엇들 하는가, 어서 폐비 추존을 논의하라 했거늘!"

연산군의 재촉은 중신들을 더욱 큰 곤궁 속으로 몰아넣는다. 파평부원군 윤필상은 책임감에 불타오른다. 중신들을 위기에서 구하기 위해서는 서둘러 나서야 했기 때문이다.

"회묘는 마땅히 회릉으로 올려야 하옵니다. 시호는 제헌왕후라 하면 어떠할는지요?"

윤필상이 그렇게 나서지 않았다면 필시 화살은 다른 대신들에게로 날아갔을 것이 아니겠는가.

"파평부원군의 주청이 옳사옵니다."

연산군은 다소 흡족하다는 듯이 고개를 끄덕인다.

"제헌왕후라…… 제헌왕후라…… 으음, 그럴듯하다."

폐비가 제헌왕후라 불리게 되었다. 삼십 년 만에 복위가 된 셈이다.

"시호를 올리고 능호를 정하였으니 그다음으로 해야 할 일이 있지 않은가?"

예조참판 신용개가 지체없이 나선다.

"그러하옵니다. 책보를 올려야 하옵니다."

"옳은 생각이다. 예조에서 서둘러 시행해야 할 것이니라."

"분부대로 거행하겠사옵니다."

예조의 관원들이 일제히 머리를 숙인다. 연산군은 다시 명한다.

"폐비할 때 의논에 참여한 재상과 궁궐에서 나갈 때 시위한 재상 및 사약을 내릴 때 참여한 재상들을『승정원일기』등을 상고하여 한 사람도 빠짐없이 아뢰도록 하렷다!"

이제는 쉬쉬하고 있을 때가 아님을 중신들은 직감한다. 유교를 저버릴 수 없다고 나섰다가는 무슨 봉변을 당할지 알 수 없어서다. 주상의 눈에 살기가 있다. 주상의 옥체에서 피냄새가 진동한다는 게 조회를 마친 중신들의 공통된 느낌이었다.

『 내 훈 』을   남 기 고

1

인수대왕대비 한씨의 심중에 새겨진 통한의 상처는 쉬이 가시지 않는다. 비록 엄격하게 훈도는 하였어도 어려서 어미를 잃은 친손자가 아니던가. 그 손자가 왕위를 이어 부왕 성종이 이룩한 태평성대를 이어가기를 진실로 열망하였건만, 어찌 짐작이나 하였으랴. 그 소중했던 손자가 입에 담지 못할 욕설을 퍼부으면서 술상을 던질 줄이야.

─전생의 업보인 것을……

인수대왕대비 한씨는 몸소 저술한 『내훈』을 찾아들고 효도하는 마음을 적었던 「효친장」을 펼쳐든다.

효도하는 자식의 부모 섬기는 법이란, 일상의 기거를 공경스럽게 받들어드리고, 봉양하는 것을 즐거운 마음으로 받들며, 병이 드시면 극진히 걱정하여드리고, 상을 당하셨을 때에는 진심으로 슬프게 받들며, 제사를 모실 때에는 위엄을 갖추어 극진히 받들면 되는 것이다.

이 다섯을 갖추고 나면 부모를 잘 모실 수 있을 것이다. 부모를 잘 모시는 사람은 윗자리에 있어도 교만하게 굴지 아니하고, 아랫사람이 되어서도 난잡스럽게 행동하지 아니하며, 동등한 자리에 있어서도 다투지 아니한다.

인수대왕대비 한씨는 자신이 적은 문장을 읽으면서도 곤혹스러워지는 회한을 떨쳐내지 못한다. 어려서 어미를 잃은 손자 하나 바로 가르치지 못하고서야 어찌 할머니의 소임을 다했다 하랴.

인수대왕대비 한씨는 가슴속 깊이 파인 아픈 상처를 추스르지 못할 것이라는 비감에 젖는다. 폐비를 향한 연산군의 광패가 어디까지 번져갈지 가늠할 수가 없어서다.

그때 판내시부사 김처선이 달려와 편전의 소식을 전한다.

"폐비를 사사할 때, 사약을 받들었던 이세좌에게 자진을 하랍시는 어명이 계셨사옵니다."

"……!"

"그나마 거열이나 참수가 아닌 것이 다행인 줄로 아옵니다."

인수대왕대비 한씨는 조용히 고개를 저으면서 입을 연다.

"난 자넬 믿고 눈을 감을 것이네. 주상을 바른 길로 이끌어주시게나."

인수대왕대비 한씨는 통한의 눈물을 쏟고 있다. 그러나 무슨 소용인가. 연산군의 광태는 조금도 잦아들지 않고 있다. 더 놀라운 것은 이미 죽고 없는 관련자들에게는 무덤을 파헤치는 불관참시 형이 내릴 것이라는 소문도 자자하다.

"회릉을 폐할 때와 사사할 때 관련이 되는 재상급 중신들로 정창손, 한명회, 심회 등이 있사옵니다."

"한명회…… 정창손…… 심회……."

연산군은 살기등등하다. 중직에 있는 몇 사람까지 하옥된 터라, 어전으로 몰려드는 얼굴들이 연산군에게는 한결 신선미가 넘쳐 보인다.

마침내 상당부원군 한명회의 무덤이 파헤쳐지고 그 시체가 다시 밖으로 나와 토막지어지는 참극이 자행된다. 설혹 죽은 사람은 모른다 하더라도 살아 있는 사람들에게는 참담한 노릇이 아닐 수 없다. 인수대왕대비는 넋이 나간 사람처럼 허공을 바라보고 있다. 삶이 무엇이고 영화가 무엇이란 말인가. 모두가 한

조각 뜬구름이 아니던가. 인수대왕대비는 땅이 꺼질 듯한 한숨을 놓는다. 이제 죽어서 그를 다시 만난다 해도 할말이 없을 것이라는 생각은 참담하고 또 참담한 노릇일밖에 없다.

봄이 가고 다시 여름이 와 있다. 창경궁의 나무들은 푸르름으로 물이 오르고, 새들이 찾아와 우짖고 있었으며 나비와 벌들이 어우러지고 있다. 어느 해보다도 맑고 화사한 초여름이다. 그러나 이 갑자년 사월의 바람에는 피냄새가 섞여 있다. 경춘전 그윽한 그늘마다 통한의 눈물이 어리고 있다. 상궁들도 나인들도 웃음을 잃은 지 오래다. 너무나도 큰 충격을 받고 자리에 누운 인수대왕대비 한씨는 눈만 붙이면 악몽과 가위눌림으로 괴로워했고, 겨우 눈을 뜨면 한숨부터 쏟아져나온다.

"왕실의 앞날이 어찌 될 것인가. 종사의 앞날은 또 어찌 될 것인지. 아아……."

그 깊은 시름을 자순대비 윤씨가 와서 달래려고 애쓴다. 그녀도 너무 큰 충격을 받아 몸을 가누기 어려울 만큼 혼몽한 상태였지만, 차마 인수대왕대비 한씨를 두고 볼 수 없어서 연일 간병에 나서고 있다.

"대왕대비마마, 너무 심려치 마오소서. 주상이 폐비의 일을 처음 듣고 어찌할 바를 몰라 저지른 일이니 곧 슬기롭게 마무리할 것이옵니다."

"아니야, 주상은 미쳤어. 미친 사람은 제가 미쳤음을 모르는 법이지. 주상이 정씨, 엄씨를 찢어죽였다지 않은가. 이세좌도 죽이고, 지금 폐비 때 재상이었던 자를 가려내 주살하려 하고 있다지 않은가. 진시황제보다 더한 폭군을 내가 키워왔음이야."

"어마마마……."

대비도 목이 메고 만다.

"성종조의 태평성대가 일시에 아비규환의 지옥으로 바뀌고 말았어. 주상의 잘못을 간하려던 신하들은 모두 유배되거나 참수되고, 이제 남은 신하들은 목숨을 부지하기 위해서라도 주상의 말을 따를 수밖에 없어. 주상이 백모를 욕보이고 중신들의 처를 빼앗고, 사람까지 마구 죽여 없애고 있으니, 전대미문의 일이야. 내 이럴 줄 알았으면 차라리 진성대군에게 보위를 물리게 하여 내가 수렴청정을 할 것을. 주상이 이럴 줄 알았으면……."

때늦은 통한이다. 진성대군은 대비 윤씨의 왕자였다. 성종이 세상을 떠날 때 그의 나이 일곱. 물론 보위에 오를 수 있는 나이는 아니었다. 그러나 죽은 폐비의 아들인 연산군보다는 적어도 후환의 소지가 적었으리라. 그러나 그것도 헛된 후회일 뿐이었다.

폐비의 일에 관련된 옛 신하들이 하옥되고 그 죄를 논하는 일이 진행중이라는 소식은, 인수대왕대비 한씨의 병세를 극도로 악화시키는 계기가 되고도 남는다.

"대비, 날, 날 좀 일으켜주세요. 주상을 만나야겠어요. 이리 누워 있을 일이 아니에요. 어서, 어서요."

대비 윤씨는 인수대왕대비 한씨를 부액한다. 떨리는 몸이 용케 일어났다 싶은 순간이다. 인수대왕대비 한씨는 심신을 지탱하지 못하고 짚단처럼 무너지고 만다.

"어마마마, 대왕대비마마!"

"대왕대비마마!"

인수대왕대비 한씨의 혼절 소식은 급히 어전으로 전해지고 있다.

"전하, 대왕대비마마께오서 환후 위중하시어 홍서(薨逝, 왕이나 왕족, 귀족 등의 죽음을 높여 이르는 말)하실 때에 이르렀다 하옵니다."

연산군은 한창 열중하던 일을 방해받았다는 투로 내뱉는다.

"전의를 보내지 그랬느냐?"

"이미 전의들이 물러났다 하옵니다. 어서 거둥하오소서."

김처선은 사력을 다해 연산군을 재촉한다. 연산군은 거듭 상을 찌푸리며 말한다.

"중대한 국사를 두고 거둥할 수 있더냐? 기다리라 일러라."

"전하, 대왕대비마마의 위중한 환후보다 더 중한 국사는 없사옵니다. 어서 납시소서."

"헛, 그것 참!"

김처선의 말은 언제나 연산군의 폐부를 찌른다. 불쾌했지만 흠잡을 데는 없다. 하는 수 없이 연산군은 벌떡 일어난다.

"그대들은 남아서 남은 죄인들을 논죄토록 하렷다!"

연산군을 태운 연이 빠른 속도로 창경궁으로 달려가고 있다. 그러나 운명은 인수대왕대비 한씨가 연산군에게 남기는 마지막 유언을 듣지 못하게 하였다.

갑자년(1504년) 4월 26일 술시(戌時).

인수대왕대비 한씨는 혼절한 상태에서 깨어나 입술을 꼼지락 거렸으나 말이 되어 나오지는 않는다.

"주, 주……."

대비, 중전, 상궁, 전의 들이 인수대왕대비 한씨의 소생을 기원하고 있다. 인수대왕대비 한씨의 눈은 천천히 그들을 살피고 있다.

"주, 주상은……?"

"곧 당도할 것이옵니다."

인수대왕대비 한씨는 마지막 말을 남기기 위해서 혼신의 힘을 다하고 있다.

"주, 주상에게, 서, 선정을…… 베푸시라…… 전하라."

말은 채 끝나지 않았으나 더 이상 입술이 움직이지 않는다. 눈동자도 멎었다.

"대왕대비마마!"

"대왕대비마마, 으흐흐흐."

대비 등이 인수대왕대비 한씨를 목놓아 불렀을 때는 이미 늦었다. 연산군의 연은 그제야 경춘당으로 들어서고 있다. 상궁나인들이 오열을 터뜨리는 모습을 연산군은 한동안 아무런 표정 없이 바라보았다.

2

향년 예순여덟 살. 인수대왕대비의 시호와 휘호는 인수휘숙명의소혜왕후(仁粹徽肅明懿昭惠王后)로 올려졌다.

연산군은 할머니의 주검 앞에서 냉랭하게 말했다.

"덕종대왕이 본시 보위에 있었던 임금이 아니니, 그 왕비인 대행대비도 옳은 대비라 할 수 없다. 하나 내가 성의를 베풀어 안순왕대비의 장례에 준하게 하겠다."

예종비 안순왕대비의 승하 시에 연산군은 달을 날로 쳐서 국상을 치렀었다. 그런 불경함을 이번에도 똑같이 저지르고자 하는 것이 아니던가. 그럼에도 중신들은 그릇된 어의에 맞서지 못했다.

이극균의 유배 뒤에 좌의정에 오른 유순, 연산군의 세자 시절에 빈객으로서 잘 감싸준 공으로 우의정에 올라 있는 허침, 그리고 예조판서 김감 등은 연산군의 뜻을 꺾을 수 없음을 알고 재빨리 고개를 숙였다.

"지당하오신 분부이신 줄로 아옵니다."

그러나 연산군은 자신이 정해놓은 일마저도 제대로 지키지 않았다. 삼 일 만에 육찬을 들고도 조금도 안색이 변하지 않았다.

"공조참판에게 명해 경릉(敬陵)*에 장사지낼 수 있는지 살펴고 오도록 하라!"

공조참판 임사홍이 돌아보고 와서 그곳이 장지로 적당함을 알렸다.

"서둘러 시행하라!"

인수대왕대비 한씨. 조선조 여인으로서는 상상할 수도 없는 학문과 인품을 갖추었기에 지아비 덕종이 못다 한 회한을, 아니 자신이 꿈꾸었던 야망을 끝내 이루어낸 철혈 같은 여인. 그러나 지나치게 곧고 엄하였던 성품 탓으로 마침내 친손자 연산군이

---

* 경릉은 경기도 고양에 있는 덕종의 능이다.

던진 술상에 가슴을 맞으면서 마음의 병을 얻은 채 파란으로 점철된 삶을 마치고 지아비 덕종의 곁으로 돌아간다.

작가의 말

　조선왕조 519년을 통틀어 가장 훌륭했던 지식인 여성을 한 사람만 거명하라면 나는 이 소설의 주인공인 인수대비(仁粹大妃)를 꼽겠다. 또 누가 조선왕조를 통틀어 혹독한 추위와 눈보라를 견디면서도 아름다운 꽃을 피우고, 탐스러운 향기를 뿜어내는 설중매(雪中梅)와 같은 인물이냐고 물어도 대답은 같다.

　소혜왕후(昭惠王后, 1437~1504)라고도 불리는 인수대비는 좌의정을 지낸 한확(韓確)의 딸로 태어나 어린 나이에 수양대군의 맏며느리로 출가하여 시아버지의 험난했던 정치행로를 도우면서 지아비 장(暲, 도원군)을 세자의 자리에 밀어올리는 데 성공한다. 그 결과로 자신은 세자빈 수빈(粹嬪)에 책봉될 수가 있었다.

　세조 내외는 그녀의 지극한 효성에 감복하여 효부(孝婦)라는 도장을 새겨서 내렸고 또 아랫사람을 경계함에 있어 추호의 빈틈이 없다 하여 때로는 폭빈(暴嬪)이라고 놀리기도 하였다.

　세자 장이 왕위에 오르지 못하고 스무 살 아까운 나이로 세상을 등지자 수빈은 눈앞에까지 와 있던 중전의 자리를 포기하고 경복궁에서 밀려나 세조의 잠저로 돌아가야 하는 비운을 겪는다. 어린 세 남매를 거느린 왕실의 젊은 과부로 십이 년 동안의 뼈아픈 세월을 보내면서도 그녀는 기사회생의 의지를 버리지 않다가 마침내 한명회의 사위가 된 둘째아들 잘산군(成宗)을 보위에 밀어올리는 데 성공한다. 이로써 수빈은 중전의 자리를 거치지 않았으면서도 대비의 지위에 오르는 조선왕조 최초의 기적을 연출했고 원칙을 지키는 대비로서 영화와 위엄을 누리게 된다.

그녀의 높은 학문은 산스크리트어(梵語)와 한어(漢語), 그리고 한글의 삼자체(三子體)로 된 불서(佛書)를 저술할 정도였고, 조선조의 부녀자들을 훈육하기 위해 『내훈(內訓)』을 지어 높은 학문을 과시하면서 여성교육의 개선을 선도하였다.

그『내훈』의 서문을 보자.

"한 나라의 정치의 치란(治亂)과 흥망은 비록 남자 대장부의 어질고 우매함에 달려 있다고는 하지만, 역시 부인의 선악에도 달려 있다. 그러니 부인도 가르치지 않으면 안 된다."

이처럼 그녀는 조선조 여성의 교육과 훈도에도 앞장을 섰을 만큼 현대적인 감각을 소유한 여걸이기도 하였다. 인수대비는 단종, 세조, 예종, 성종, 연산군의 다섯 임금을 거치는 동안 수많은 영걸들의 부침을 가까이서 지켜보았고, 시아버지 세조를 비롯하여 안평대군, 김종서, 정인지 등의 석학과의 만남을 자신의 예지를 닦는 절호의 기회로 삼을 줄도 알았다. 특히 사돈 한명회와 신숙주의 경륜에 자신의 의지를 더하여 찬란한 성종시대를 열었는가 하면, 성삼문, 박팽년 등과의 악연까지도 제왕학의 테두리 안으로 수용할 줄 알았던 그야말로 걸출한 여인이었다.

인수대비에게 주어졌던 가장 큰 불행은 조선의 여인들이면 누구나 겪어야 했던 좁은 행동반경에서 오는 언동의 제약이었다. 조선왕조에서 가장 돋보였던 지식인 여성이면서도 왕조 최대의 비극이랄 수 있는 연산조(燕山朝)의 난정을 잉태하게 한 것도 따지고 보면 현실 표면에 나설 수 없었던 조선조 여성의 숙명과도 같은 것이 아니겠는가.

강상(綱常)과 윤기(倫紀)를 치도의 근본으로 삼았던 아름다운 도덕국가의 왕실에서 친손자인 연산군이 던진 술상이 가슴팍을 때리는 전대미문의 패륜을 조선조 최고의 지식인 여성이 몸소 체험해야 하는 비극을 소설로 그리면서 나는 지식이란 어떻게 쓰여야 정말 가치 있는 것인지를, 진실로 아름다운 교양이란 어떻게 피어나야 온당한지에 대해 수없이 생각해볼 수밖에 없었다.

2012년 정월
인사동 '초당서실'에서

왕을 만든 여자 2

초판 1쇄 발행 2012년 1월 20일
초판 4쇄 발행 2012년 2월 11일

지은이 신봉승
펴낸이 김선식

Chief editing creator 김현정
Editing creator 한보라
Design creator 황정민

2nd Creative Story Dept. 김현정, 박여영, 최선혜, 한보라, 유희성, 백상웅
Creative Design Dept. 최부돈, 황정민, 김태수, 손은숙, 박효영, 이명애, 박혜원
Creative Marketing Dept. 이주화, 원종필, 백미숙
　　　　　Communication Team 서선행, 김선준, 전아름, 이예림
　　　　　Contents Rights Team 이정순, 김미영
Creative Management Team 김성자, 송현주, 류수민, 김태옥, 윤이경, 김민아, 권송이

펴낸곳 다산북스
주소 서울시 마포구 서교동 395-27
전화 02-702-1724(기획편집) 02-703-1725(마케팅) 02-704-1724(경영지원)
팩스 02-703-2219
이메일 dasanbooks@hanmail.net
홈페이지 www.dasanbooks.com
출판등록 2005년 12월 23일 제313-2005-00277호

필름 출력 스크린그래픽센타
종이 월드페이퍼(주)
인쇄 · 제본 (주)현문

ISBN 978-89-6370-792-1 (04810)

· 책값은 뒤표지에 있습니다.
· 파본은 본사와 구입하신 서점에서 교환해드립니다.
· 이 책은 저작권법에 의하여 보호를 받는 저작물이므로 무단 전재와 복제를 금합니다.